KB008907

빅 퀘스천

대답을 기대할 수 없는 큰 질문들

빅 퀘스천

대답을 기대할 수 없는 큰 질문들

ALL THE BIG QUESTIONS

더글라스 케네디 Douglas Kennedy 지음 | **조동섭** 옮김

밝은세상

빅 퀘스천

초판 1쇄 발행일 2015년 4월 20일 | **초판 6쇄 발행일** 2021년 5월 12일
지은이 더글라스 케네디 | **옮긴이** 조동섭 | **펴낸이** 김석원
펴낸곳 도서출판 밝은세상 | **출판등록** 1990. 10. 5 (제 10 - 427호)
주 소 (10881) 경기도 파주시 문발로 119, 202호
전 화 031-955-8101 | **팩 스** 031-955-8110 | **메일** wsesang@hanmail.net
블로그 blog.naver.com/balgunsesang8101 | **인스타그램** www.instagram.com/wsesang

ISBN 978-89-8437-244-3 03840 | **값** 13,800원
잘못된 책은 구입한 곳에서 교환해 드립니다.

사는 동안 직면하게 되는 문제들에 대한 생각과 의견들

여행은 움직이는 고해소다. 여행 중에 만나는 사람들은 다시 볼 사이가 아니기에 삶에 깃든 어두운 비밀이나 상처, 슬픔 등을 주저하지 않고 털어놓을 때가 많이 있다.

인생이라는 여정에서도 우리는 내밀한 이야기를 털어놓아야 할 때가 많이 있다. 삶의 복잡한 문제를 드러내고 구체화하려면 그 문제를 말로 표현해야 할 필요가 있으니까.

소설가에게 가장 중요한 재료는 '다른 사람의 삶'이다. 이 책은 소설이 아니라 나의 자전적 이야기이자 내가 인생에서 직면했던 어려운 문제들을 되짚어보는 이야기로 채워져 있다. 이 책에는 다른 사람들에 대한 이야기가 곳곳에 들어 있다. 그 사람들의 프라이버시를 보호하기 위해 어쩔 수 없이 가명을 사용하고, 신상에 대한 자세한 설명은 바꾸었다. 그렇지만 이 책에 기록한 모든 이야기는 내가 사는 동안 실제로 겪은 일이라는 걸 밝혀둔다.

더글라스 케네디

인생은 사람들 앞에서 바이올린을 연주하면서 바이올린을 배우는 것과 같다.

–새뮤얼 버틀러

ALL THE BIG QUESTIONS

Douglas Kennedy

CONTENTS

행복은 순간순간 나타나는 것일까?

스위스 알프스의 비 오는 날, 나는 극심한 우울과 싸우고 있었다. 내가 우울에 빠지기까지 내외적 요인이 모두 작용했다. 때는 2000년, 새로운 밀레니엄이 시작되었다는 흥분이 가신 지 겨우 몇 주 지나지 않았을 때였다. 나는 마치 초콜릿 상자 같은 풍경을 담고 있는 스위스의 칸데르슈테크를 방문했다. 크로스컨트리스키에 대한 열정을 채우는 동시에 이런저런 문제들로부터 한숨 돌릴 여유를 찾기 위해서였다.

내가 당면한 문제들 중에서 부부 문제가 가장 심각했다. 당시 15년째에 접어든 내 결혼생활은 점점 더 지리멸렬해지고 있었다. 우리 부부는 화기애애하게 지내는 때보다 위태위태하게 싸우며 지내는 때가 더 많았고, 특히 그 즈음은 일촉즉발의 위기상태라고 단정지을 수 있을 만큼 관계가 악화일로를 치닫고 있었다. 우리 부부 사이에는 전에도 자주 한랭전선이 지나갔다. 여전히 가슴 밑바닥에는 오랜 시간 함께 해오는 동안 쌓인 신뢰와 애정이 존재하고 있었고, 공통의 관심사 중 으뜸이라고 할 수 있는 두 아이가 있었기에 가정을 깰 수 있다는 생각을 할 수 없는 형편이었지만 서로에 대한 무관심의 정도가 나날이 깊어가고 있다는 것은 심각하게 우려할 만한 수준이었다.

그 당시 일곱 살이던 아들 맥스도 나를 자주 우울하게 했다. 3년 전, 맥스는 의사로부터 자폐증 판정을 받았고, 1년 동안 자폐증 관련 전문 교육프로그램을 이수한 교사들로부터 특별수업을 받았다. UCLA대학교 심리학과의 아이버 로바스 교수가 자폐증 아동을 위해 고안한 교육 프로그램인 '행동분석 응용교육'을 이수한 교사들로 구성된 팀이었다. 행동분석 응용교육 시스템은 그 당시 굉장히 획기적이고 혁신적이라는 평가와 함께 자폐아를 둔 부모들로부터 큰 신뢰를 얻어가고 있었다. 내 아들 맥스가 자폐증 진단을 처음 받은 1998년에는(이전에는 '언어 장애'라는 잘못된 진단을 받았다) 단어를 3백 개밖에 구사하지 못했지만 일 년 동안 일주일에 40시간씩 교육을 받은 결과 괄목할 만한 진전을 보게 되었다. 그 결과, 우리 부부는 맥스를 초등학교 특수반에 전학시킬 수 있으리라는 희망을 품게 되었다. 하지만 맥스는 여전히 어휘력이 턱없이 부족할뿐더러 같은 말을 되풀이하는 습관을 고치지 못하고 있었다. 정상적인 발달 과정에 있는 7세 아동과 비교했을 때 현저한 장애가 있는 셈이었다.

한편, 새 밀레니엄이 시작되기 직전 발표한 나의 소설 《행복의 추구》는 이전에 쓴 세 편의 심리스릴러와 내용적으로 크게 다른 작품이었다. 매카시즘의 광풍이 몰아치는 가운데 흑백논리에 휩싸인 20세기 중반 맨해튼을 배경으로 삼고 있으며 세대를 달리 하는 두 여자의 시선으로 그려지는 소설이다. 내 담당 편집자들은 새 소설의 내용에 놀라는 한편 아주 위험한 도박이 될지도 모른다며 심각한 우려를 표했다. 그 과정에서 나는 리틀브라운 출판사를 떠나 허치슨 출판사로 적을 옮겼다. 허치슨 출판사와 세 권의 책을 계약했고, 프랑스 독일 네덜란드의 편집자들은 모두들 나의 새로운 도전으로 가름할 수 있는 소설 《행복의 추구》에 힘을 실어주기로 결정했다. 그 반면, 뉴욕에 있는 출판사들은 내 책을 출간하지 않기로 결정했다는 의사를 표명해왔다. 내가 작가로서 이름을 알린 스릴러 장르가 아니라는 점이 그들이 포기 결정을 내리는데 단단히 한몫을 한 셈이었다. 뉴욕의 출판사들은 바로 이전작인 《더 잡》의 판매가 기대에 미치지 못해 실망이 컸던 사실을 상기시키며 내 소설 출간을 포기할 수밖에 없었던 배경을 설명했다.

스위스로 떠나기 바로 전날, 마지막으로 원고를 보낸 뉴욕의 출판사로부터 내 소설을 출간하지 않겠다는 최후통첩을 받았다. 키르케고르는 '인생은 앞으로만 나아간다. 지나간 뒤에야 인생을 이해할 수 있다.' 라고 했다. 그 당시 나는 출구가 보이지 않는 거대한 절망에 갇혀 있었고, 중대한 위기국면이라는 점을 부인하기 힘들었다. 금세 주저앉아버릴 만큼 힘들었던 위기의 순간도 한참 시간이 흐른 뒤에 돌이켜보면 오히려 역경을 만나 얼마나 큰 교훈을 얻게 되었는지 깨닫게 된다. 인생은 역경으로부터 교훈을 얻는 법이니까. 철학자 니체도 '시련으로 죽지 않는 한, 사람은 그 시련으로부터 더욱 단단해진다.' 라고 하지 않았던가?

그 당시 내 나이 45세, 중년이 된 지 5년이나 지났지만 나는 여전히 삶에 대해 혼란스러워하고 있었고, 좀처럼 마음의 안정을 찾지 못했다. 그 무렵 나는 인생에서 배우게 되는 여러 가지 교훈들 중 비로소

한 가지를 깨달아가고 있었다. 그것은 바로 아무리 발버둥 쳐도 절망, 낙심, 비극으로부터 결코 자유로울 수 없다는 인식이었다. 절망, 낙심, 비극은 살아가는 동안 반드시 치러야만 하는 통과의례라 할 수 있었다. 사람들은 대개 커다란 시련을 겪고 나서야 비로소 세상을 바라보는 시각이 넓고 깊게 트인다. 사람은 상실, 재난, 아픔, 슬픔 따위를 겪고 나서야 비로소 삶을 깊이 있게 이해할 수 있게 된다. 나는 맥스가 자폐아라는 판정을 받기 이전까지 절망이 뭔지 제대로 알지 못했다.

나는 스위스의 알프스 산악지대를 절망의 피난처로 선택했다. 몇 달 동안 심대한 타격을 입은 정신의 상처를 치유하고 싶었다. 알프스 산악지대에서 일주일 동안 두문불출하며 세상과 담을 쌓고 지내기로 마음먹었다. 이슬이 내려 촉촉하게 젖어 있는 산길에 비가 가세했다. 기온은 0도에 근접할 만큼 쌀쌀했고, 바람이 바그너의 오페라 〈방황하는 네덜란드인〉 같은 기세로 불어댔다.

호텔 프런트 직원이 말하길 지난 수십 년 동안 칸데르슈테크에서 한 번도 경험해본 적 없는 악천후라고 했다. 산 아래쪽에서부터 불어온 돌풍이 칸데르슈테크 주변 계곡의 눈을 모두 휩쓸어갔다. 크로스컨트리스키를 즐기러 온 내게는 낭패가 아닐 수 없었다.

크로스컨트리스키 코스에서 눈이 사라지다니…….

칸데르슈테크에서 케이블카를 타고 더 높이 올라간 곳에 있는 스키 코스도 엉망이 되어 있긴 마찬가지였다. 비가 어찌나 세차게 내리는지 밖으로 나가자마자 온몸이 흠뻑 젖었다.

딱히 할 일이 없어진 나는 하루 종일 방안에 틀어박혀 지낼 수밖에 없었다. 칸데르슈테크는 겨울철에 비가 드물게 내리는 곳이었다. 알프스 골짜기에 자리한 스키 코스를 휩쓸고 간 비바람을 보고 있으려니 마치 내 인생이 처해 있는 상황을 비유적으로 대변하는 듯해 더욱 씁쓸했다. 그때 내 머릿속에는 온통 패배자적인 생각만이 가득했다.

방에서 빈둥거리는 게 지겨워진 나는 비에 흠뻑 젖을 각오를 하고 근처 편의점으로 달려갔다. 편의점에서 브랜디 한 병과 《헤럴드 트리뷴》지, 《가디언》지를 각각 한 부씩 사 어둡고 좁은 석관처럼 생긴 내 방으로 돌아왔다. 내 방의 벽면은 두터운 나무로 장식되어 있었고, 스위스의 아름다운 마을을 그린 그림이 걸려 있었다.

딱딱한 싱글베드에 누워 두 가지 신문을 샅샅이 읽고 나서 브랜디를 두 잔 마셨다. 그다음, 조르주 심농의 소설 《뉴욕의 매그레》를 꺼냈다. 조르주 심농은 86세에 세상을 떠나기 전까지 2백여 편의 소설을 쓴 벨기에 출신 작가이다. 그는 보름 동안 한 권의 소설을 써낼 만큼 무시무시한 창의력을 자랑했고, 확인할 길은 없지만 약 1만 명의 여자들과 잠자리를 가진 바람둥이로도 유명하다. 앙드레 지드는 조르주 심농을 20세기의 주요 작가로 꼽기에 주저하지 않았다.

그 당시 나는 막 조르주 심농을 발견했고, 그의 소설을 읽는 동안 같은 작가로서 동지애를 느꼈다. 인간 조건의 결정적인 순간들을 읽기 쉬운 이야기와 문장으로 결합하는 능력, 마치 슬픈 코미디처럼 인간관계가 변모해가는 모습, 인생에서 피할 수 없는 불공평에 대해 차가운 일침을 가하는 절규 등이 나의 소설 세계와 일치하는 부분이었다.

문학에서는 '읽기 쉬운 책'과 '인기 있는 책'이 동의어가 된다. 다시 말하자면 인기 있는 소설들은 무게가 깊거나 미학적인 성취가 뛰어나다는 평가와는 거리가 먼 경우가 대부분이다. 도스토옙스키의 《죄와 벌》은 서구문학에서 대단히 비중 있는 작품으로 손꼽히고 있다. 당연히 그런 평가를 받을 만한 가치가 있다. 한편 《죄와 벌》은 스릴러로 읽힐 수도 있다. 사실 《죄와 벌》은 탐정소설의 구조를 취하고 있다고 해도 과언이 아니다. 도스토옙스키가 도박 빚 때문에 극심한 경제적 곤란을 겪을 때 쓴 《죄와 벌》은 독자들로 하여금 쉴 새 없이 책장을 넘기게 한다. '읽기 쉬운 책'을 걸작의 반대 요소로 치부하자면 《죄와 벌》은 1950년대 프랑스 누보로망 작가들이 쓴 작품보다 뒤떨어진다. 누보로망은 줄거리와 인물이라는 소설의 기본 구조를 다 던져 버리고 형이상학적인 실험에 매달렸던 문예사조이다.

대학에 다니던 시절, 내 친구들은 미국식 누보로망 작가인 토마스 핀천, 로버트 쿠버 등이 쓴 작품에 열광했다. 내 친구들이 《중력의 무지개》와 도널드 바셀미의 단편소설들을 한창 이야기할 때, 나는 존 업다이크와 존 치버를 즐겨 읽었다. 한편 20세기 초 리얼리즘의 거장인 테오도어 드레이저와 여전히 위대한 싱클레어 루이스를 발견하고 있었다. 이렇듯 나는 평범한 존재의 복잡한 현실, 일상을 견디기 위해서 우리('개인으로서의 우리'와 '국가로서의 우리' 모두를 가리킨다)가 스스로에게 던지는 거짓말 등을 주제의 뿌리로 삼는 작가들에게 반응하기 시작했다.

1999년 말에 내가 조르주 심농을 발견하게 된 건 결코 이상한 일이 아니었다. 사람들의 외로움, 어긋날 수밖에 없는 인간관계 등을 다루는 심농에게서 나는 작가로서의 동지애를 느꼈다.

스위스의 비 오는 날 저녁, 조르주 심농이 1946년에 쓴 소설 《뉴욕의 매그레》를 읽으며 내 상황을 소설에 대입해보지 않을 수 없었다. 소설의 초반부에 등장하는 다음 구절은 특히 내 처지를 묘사하고 있는 것처럼 보였다.

'머리통 형태 그대로 눌려 있는 베개, 잠 못 들고 몸을 심하게 뒤척이다 구겨진 시트, 파자마, 슬리퍼, 의자에 널브러진 옷가지, 탁자 위에 펼쳐진 책 옆에는 먹고 남은 저녁음식이 차갑게 식어 있었다. 외로운 남자의 끔찍한 음식……. 불현듯 그는 자신이 도망쳐 온 모든 것들을 떠올렸다. 그는 입구에 서서 고개를 숙인 채 움직이기 두려워 얼어붙어 있었다.'

사람은 왜 책을 읽을까? 혹시 책을 읽는 가장 큰 이유는 이 혼돈의 세상에서 절망적인 상황에 처한 사람이 나 하나만은 아닐 것이라는 사실을 확인하고 싶기 때문은 아닐까?

조르주 심농의 소설에 등장하는 위의 구절은 당시 내가 처해 있는 상황을 그대로 정리해놓은 듯했다. 다행히 내 방에 식은 음식이나 우스꽝스런 슬리퍼는 없었다. 다만 소설에 등장하는 주인공의 추락하는 감정, 내가 처해 있는 불행과 산적한 문제들을 그대로 비추는 거울 같았다.

조르주 심농의 소설은 대부분 빨리 읽히는 편이었고, 읽는 동안 이야기에 푹 빠져들게 된다. 책을 마지막 페이지까지 읽고 고개를 들자 바깥은 어느새 어두워져 있었다. 나는 집에 전화를 걸었다. 맥스와 딸 아멜리아(당시 네 살)와 통화하고 나서 아내와도 잠깐 통화했다. 비가 와서 아무 일도 못했다고 말하자 아내가 말했다.

"당신이 달아날 때면 늘 그런 일이 생기지."

나는 움찔했지만 아무런 대꾸도 하지 않았다. 무슨 말을 한들 달라질 건 없다는 사실을 잘 알고 있었기 때문이다. 그런 내 생각은 어느덧 봉합이 불가할 만큼 벌어진 우리의 부부 사이를 입증하고 있었다.

호텔 바에서 압생트를 마시면서 노트에 꽤 많은 글을 썼다. 내게 우울을 해소하는 가장 좋은 치료법은 작업이다. 그렇게 한 시간 동안 글을 쓰고 나서 식당으로 저녁을 먹으러 갔다. 나는 이 호텔에 체크 인한 뒤로 이틀 내내 지정된 테이블에 앉았다. 주방 입구 가까이에 놓인 테이블이었다. 그렇지만 이번에는 다른 빈 테이블에 앉았다.

티롤 지방 민속 의상(호텔 유니폼으로 청소부까지도 이 의상을 입고 있었다)을 입은 종업원이 내게로 다가왔다. 몸집이 크고 왠지 표정이 슬퍼 보이는 여자였다. 1890년대 스위스 하녀 복장을 하고 있으니 표정이 부루퉁해 보이는 것도 무리는 아니었다. 아무튼 종업원은 내가 테이블을 마음대로 선택한 게 못마땅한 듯 잔뜩 불만스러운 표정을 지었다.

"손님, 그 자리에 앉으시면 안 됩니다."

"왜 안 되죠?"

"왜 안 되죠, 라니요? 손님 테이블은 따로 정해져 있으니까요. 손님은 지정된 테이블에 앉아야만 합니다. 지정된 테이블에 앉지 않으면……."

조지 오웰이 '상투적인 말들은 모두 진실이다.' 라고 했던가?

나는 칸데르슈테크의 호텔 식당에서 스위스 사람들이 지나치게 규칙과 규범에 얽매인다는 사실을 눈으로 확인했다.

일주일 내내 지정된 테이블에 앉지 않을 경우 불행이 밀어닥친다고? 어떤 불행?

흥분한 종업원이 울음을 터뜨리며 주방으로 달려갈 테고, 나는 마음대로 테이블을 선택한 것에 대해 커다란 죄책감을 느껴야 한다.

종업원이 흥분해 우는 모습을 본 나는 얼른 지정된 테이블로 돌아갈 수밖에 없었다. 잠시 후, 종업원이 내 테이블로 수프를 가져왔다. 지정된 테이블에 앉은 덕분에 종업원으로부터 정중한 인사도 덤으로 받았다. 종업원의 눈은 잠시 전 눈물을 흘린 탓에 붉게 충혈 돼 있었다.

나는 생각했다.

정말이지 세상은 내 편이 아니야.

"아까는 정말 미안했습니다."

종업원은 내 사과의 말을 듣고는 알았다는 뜻으로 어깨를 으쓱하고 나서 주방으로 돌아갔다. 남아 있는 닷새 동안 절대로 다른 자리에는 앉지 말아야겠다고 생각했다.

저녁을 먹고 나서 거리를 산책했다. 비는 그쳐 있었지만 하늘은 여전히 답답해 보일 만큼 먹구름이 잔뜩 끼어 있었다. 문을 열어놓은 가게라고는 딱 한 곳밖에 없었다. 가게 주인은 두 사람이었는데 중동지역에서 이민 온 듯했다. 그들은 자기들끼리만 알아들을 수 있는 아랍어로만 이야기했다. 가게에는 옴 칼소움이 부르는 〈나일 강의 나이팅게일〉이 흐르고 있었다. 옴 칼소움의 목소리를 듣자 내 머릿속에서 이집트의 온갖 풍경이 떠올랐다. 나는 몇 달 동안 이집트를 여행한 적이 있었다. 이집트 여행을 다녀와 나의 첫 책 《피라미드 너머》를 썼다. 가게에서 초콜릿을 산 나는 카운터 뒤에 앉아 있는 주인에게 내일 일기예보를 들었는지 물어보았다. 그는 모르겠다는 뜻으로 어깨를 으쓱하고 나서 아랍인들이 미래에 벌어질 일에 대해 덕담삼아 말하는 상징적인 인사를 건넸다.

"인샤 알라."

호텔로 돌아온 나는 프런트에서 정확한 일기예보를 들을 수 있었다.

프런트 직원이 말했다.

"밤새 20센티에서 30센티미터쯤 눈이 온답니다."

"확실한가요?"

"스위스 기상청에서 눈이 20센티에서 30센티미터쯤 온다고 하면, 반드시 눈이 20센티에서 30센티미터 옵니다."

나는 그 말을 믿기로 했다. 살아가는 동안 과연 저토록 확신에 찬 말을 몇 번이나 더 들을 수 있겠는가?

그날 밤, 나는 깊이 잠들지 못하고 뒤척이다 새벽녘에 깨어났다. 커튼 밖으로 어슴푸레한 회색빛이 보였고, 나는 비척거리며 침대에서 일어났다. 잠이 부족한 탓에 머리가 멍했다. 바깥세상은 여전히 비에 젖어 있겠거니 생각하며 커튼을 젖힌 순간 깜짝 놀랐다. 세상이 온통 하얀 눈으로 덮여 있었다. 내가 잠들어 있던 다섯 시간 동안 내린 눈이었다. 눈이 온 탓인지 거리는 지나다니는 사람 하나 없이 온통 고요 속에 침잠해 있었다. 눈이 그저 내린 정도가 아니라 퍼붓다시피 쏟아졌다는 걸 알 수 있었다. 눈이 여전히 펑펑 쏟아지고 있어 발코니 난간만 어렴풋이 보일 뿐 아무것도 보이지 않았다.

큰 눈이 올 거라고 했던 스위스기상청의 일기예보는 한 치의 의심할 여지도 없이 정확하게 맞아떨어진 셈이었다. 아침식사를 푸짐하게 먹고, 커피를 마시고 나서 밖으로 나갔다. 눈은 여전히 펑펑 쏟아지고 있었고, 칸데르슈테크를 동화 속 겨울왕국으로 바꾸어 놓았다. 적설량이 적어도 15센티미터 이상은 족히 돼보였다. 나는 스키와 폴을 짊어지고, 마을 끝에서 시작되는 크로스컨트리스키 코스를 오르기 시작했다. 금방 내린 눈 위에 스키 자국이 나 있었다. 나도 길 위에 스키를 내려놓고 출발했다.

크로스컨트리스키는 강도가 센 유산소 운동으로 인내력이 필요하고 앞으로 나아가려는 관성에 맞춘 반복되는 신체 리듬이 요구된다. 이 신체 리듬은 '전진 활강, 전진 활강'으로 묘사할 수 있다. 나는 10분에 1킬로미터를 주파하는 속도를 유지하며 앞으로 나아갔다. 그 정도 속도로 움직일 경우 3시간 동안 18킬로미터를 갈 수 있다.

영하 6도의 아침에 '전진 활강, 전진 활강' 리듬으로 몸을 움직이자 스키를 타기 시작한 지 10분 만에 몸에서 뜨거운 열기가 솟구치기 시작했다. 20분이 지났을 때 재킷의 지퍼를 내렸다. 내복이 땀으로 젖어 들기 시작했다. 이제 8시가 막 지난 이른 아침이었고, 나 말고 스키를 타는 사람은 눈에 띄지 않았다. 눈이 펑펑 쏟아지고 있어 시야도 좁았다. 짙은 안개 속에 갇힌 느낌이었지만 그나마 바로 앞은 잘 보였다. 방금 내린 눈 위에서 스키를 탈 경우 움직임이 유연해지고 빠르게 앞으로 나아갈 수 있다는 걸 알고 있었다.

30분쯤 달리자 마을에서 제법 멀리 떨어졌다. 잠시 멈춰선 나는 배낭에서 물병을 꺼내며 주변을 둘러보았다. 세상이 온통 눈에 덮여 있어 아무것도 보이지 않았다. 20분쯤 새하얀 겨울나라로 더욱 깊이 들어갔다. 귀에 들려오는 소리라고는 내 스키가 눈을 긁어대는 소리밖에 없었다. 펑펑 쏟아지는 눈이 세상의 모든 소리를 잠식해버려 귀를 먹먹하게 만들었다. 저 너머 세상은 그저 느낌만으로 존재할 뿐이었다.

어느새 나를 둘러싸고 있던 일상은 이제 내 주변에서 까마득히 멀어져 있었다.

평소 목요일이었다면 아이들을 차에 태워 학교에 데려다주고 돌아오면서 런던의 교통체증과 싸우고 있겠지? 집에 도착하면 아내는 집을 치우고 나서 일할 준비를 하고 있겠지? 심각한 불면증으로 잠을 이루지 못한 탓에 극심한 피로를 느끼고 있겠지? 내 책상에 적어 놓은 '오늘 할 일 목록' 메모의 대여섯 가지 일들이 머릿속으로 무겁게 밀려오겠지?

매일이다시피 그 날 할 일 목록을 메모해두는 것에서 알 수 있듯이 나는 늘 끝없이 일을 만들어내는 사람이었다. 할 일을 끝내고 나면 또 다른 일이 그 자리를 차지했다. 그 일을 다 끝내면 또…….

우리를 지치게 만드는 일상의 복잡함이라니?

아이들이 자라는 모습을 바라보는 즐거움을 빼고 나면 내 삶은 점점 더 지리멸렬해지고 있었고, 생에 대한 의구심만 커져갔다. 스키를 타고 달리는 동안 생이 가져다주는 온통 부조리한 현상들을 잊을 수 있어 좋았다. 점점 더 짙어지는 눈송이들이 삶에 대한 온갖 의심과 불안을 하얗게 씻어 내주고 있었다.

전진 활강, 전진 활강.

스키가 나아가는 길을 빼면 내 눈앞에서 보이는 건 없었고, 방향감각도 알 수 없었다. 잠시 멈춰 서 목을 길게 빼고 지나온 길을 돌아보았다. 눈에 보이는 것이라고는 오직 눈밖에 없었다. 다시 출발하려 했지만 눈이 시야를 가려 더 이상 앞으로 나아갈 수 없었다. 나는 폴을 눈 속에 깊이 찌르고 한동안 가만히 서 있었다. 눈이 내 몸을 휘감았고, 깊이 숨죽인 세상은 적막하고 고요했다. 며칠, 아니 몇 달, 아니 몇 년 만에 처음으로 나는 점점 더 긴장을 더해 가는 삶에서 마주친 적 없는 낯선 감정에 굴복했다. 나는 작가로서의 성공과는 무관하게 잠시도 불안감이 가시지 않는 삶을 살아오고 있었다. 온통 눈으로 덮인 적막강산에 서 있는 동안 그때까지 내 삶을 좀먹고 있던 모든 괴로움이 사라졌다. 인생은 근원적으로 부조리하다는 생각과 내 자신, 혹은 주변사람들 때문에 느껴야 했던 불안감이 어느새 내 머릿속에서 자취를 감춘 순간이었다. 이곳에서는 세상이 온통 낙천적으로 보였다. 지금 이 순간, 이 특별한 '지금 여기'를 느낄 수 있다는 것에, 이 장소, 이 시간, 이 순수한 마법의 경이 속에 있다는 것에 감사했다.

그 순간, 정말이지 나는 행복했다. 그때껏 느끼지 못했던 미지의 행복이었다. 그래, 어쩌다가 행복과 마주친 적이 있긴 했다. 아내와 사랑에 빠지고, 두 아이가 태어났을 때 얼마나 행복했던가? 그런 일들을 빼면 내 인생에서 행복은 드물었다.

8년 전, 호주의 서부 킴벌리에 있는 번글번글에 가 있었다. 정말이지 호주에서도 황무지로 치부하는 외딴 곳을 여행하다가 '문명 세계'에서 수백 킬로미터나 떨어진 사막의 흙길을 달리던 지프를 잠깐 멈춰 세우고 세상의 끝에서 나 자신을 잃어버린 동시에 찾아냈다는 생각에 사로잡힌 순간, 칸데르슈테크로 출발하기 일주일 전 런던 바비칸센터에서 마이클 틸슨 토마스가 지휘하는 런던심포니오케스트라의 연주로 말러의 9번 교향곡을 듣다가 인생이란 정답이 없는 실존적 수수께끼라는 생각을 했던 순간…….

물론 내 인생이 괴롭기만 했던 건 아니지만 결코 '행복' 하지도 않았다. 내가 인생의 여러 가지 복잡다단한 문제 때문에 시달리고 있었기 때문인지도 모른다. 나의 감정사전에는 '행복' 이라는 단어가 없었는지도 모른다. 어른이 되어 '즐거워할 수는 있지만 행복할 수는 없어.' 라고 자기 자신에게 말하는 시점이 있다. 그 시점을 지나고 나서부터는 갑자기 행복과 마주친다는 생각만으로도 당황하게 된다. 행복, 그 심오하고 모순적인 의미를 가진 단어를 입 밖으로 끄집어내어 말할 때 우리는 과연 어떤 의미를 전하고 싶어 한 것일까? 진부하든 고상하든 노랫말 속에도 '행복' 이라는 어휘가 얼마나 많이 들어 있던가? 슈베르트는 행복을 향한 소망을 수천 곡이나 되는 작품 속에 집어넣었지만 그의 고통스런 생애는 서른한 해로 마무리되었다.

행복이라는 개념을 어떻게 정의할 수 있을까? 인간의 모든 딜레마가 포함되어 있는 거대한 구조물에서 행복은 왜 큰 초석으로 여겨지는가?

행복은 사랑과 비슷한 개념이다. 우리는 사랑과 행복을 간절히 소망하지만 스스로 장애물을 만들어가며 앞을 가로막기도 한다.

우리는 과연 행복해지길 원할까? 우리는 혹시 삶에 어두운 그림자를 드리우는 근원적인 결핍을 끌어안고 사는 것에 익숙해져 있는 건 아닐까? 오히려 우리에게 불편을 가져다주는 상황을 자초하며 사는 건 아닐까? 우리는 삶에 만족을 주는 조건들을 스스로 밀어내는 행위를 하며 사는 건 아닐까?

이러한 의문들은 나중에 그 눈 속에서의 상황을 다시 떠올렸을 당시 내 머릿속에서 빠르게 오간 생각들이었다. 하얀 눈으로 뒤덮인 스키 코스에 나 홀로 서 있던 바로 그 순간 모든 고민과 갈등이 모두 하얗게 씻겨나가는 느낌을 받았다. 나를 계속 휘감고 있는 눈송이들이 마치 움직이는 추상미술품 같았다. 백지의 로르샤흐테스트 용지에 내가 투사할 수 있었던 생각은 단 하나, '나는 지금 아무런 장벽 없는 곳에서 거침없이 자유로워진 내 자신을 보고 있어.' 하는 생각뿐이었다.

잠시 후, 다시 추위가 느껴지기 시작했고, 어디로든 움직이지 않을 수 없었다. 크로스컨트리 코스를 따라 6킬로미터쯤 더 들어갔다. 나는 내 몸을 휘감는 눈보라 속에서도 두 시간 동안이나 더 스키를 타다가 처음 출발선이 있는 곳으로 돌아왔다. 스키를 타는 내내 행복감이 내 머릿속을 가득 채운 채 사라지지 않았다. 마치 내 인생을 괴롭고 힘들게 만드는 넝마들을 눈보라 속에 날려버리고 온 듯 홀가분한 기분을 느꼈고, 가슴 가득 차오르는 희열과 함께 행복을 만끽했다.

호텔로 돌아와 코코아를 마신 다음 브랜디를 아주 조금 마셨다. 모처럼 마음이 편안하고 흡족했다. 몇 시간 뒤, 뉴욕 에이전시에서 전화가 걸려왔다. 또 다른 출판사에서 내 소설이 퇴짜를 맞았다는 소식이었다.

나의 동떨어진 행복감은 다시 복잡하고 고단한 일상으로의 복귀와 더불어 종적을 감췄지만 14년이 지난 지금까지도 칸데르슈테크에서의 눈 내리는 아침을 떠올릴 때마다 날아오를 듯 짜릿한 희열을 느끼는 동시에 편안하고 행복한 기분에 젖어든다. 비록 한시적일 뿐이었지만 난생처음 진정으로 행복을 느꼈던 순간이었다.

과연 나에게 그 순간이 갖는 의미는 무엇일까?

나는 내 인생을 끝없는 재난과 위기의 연속으로 받아들인다. 유리잔에 반 정도 남은 물을 보고, 반밖에 남지 않았다고 느끼지 않을 방법이 있을까? 그 물이 지상에 남은 마지막 물이고, 그마저도 방사능에 오염되었다고 느끼지 않을 방법이 있을까?

내가 소설가로서 여러 가지 곤경에 현명하게 대처해 왔다고 해도, 아들의 자폐증을 치료하기 위해 지혜롭게 대처해 왔다고 해도, 직업적으로나 개인적으로 내가 책임져야 할 의무들을 훌륭하게 잘 수행해 왔다고 해도, 여전히 삶에 대한 식지 않은 열정을 가지고 있다고 해도, 나는 언제나 위기감을 느끼며 살아왔다. 누구나 가슴속에 '언젠가 내 모든 게 드러나게 되지 않을까?' 하는 두려움을 품고 있다. 그것이 바로 우리 모두의 인생에 깃든 가장 큰 두려움이 아닐까?

우리는 스스로 얼마나 한심하고 비겁한지 잘 알고 있다. 언젠가 자신의 실망스럽고 부족한 모습을 들키지 않을까 늘 두려워하며 살고 있다. 인간은 자기의심에 빠질 확률이 높다. 자기혐오에 빠질 확률도 높다. 아니, 자기 자신의 모습을 불편하게 여길 확률도 높다.

나는 그런 증상들에 대해 잘 알고 있고, 마침내 한 가지 결론에 도달했다.

'행복은 동화 속에나 있다. 행복이란 손에 넣은 사람이 극히 드문 꿈이며, 나의 감정이나 심리로는 도저히 취할 수 없는 개념이다.'

그렇다면 내가 칸데르슈테크의 눈보라 속에서 느꼈던 행복감은 무엇일까? 과연 눈에는 어떤 힘이 내재해 있기에 생이 주는 온갖 고뇌에 찌들어 있던 나를 한순간에 바꾸어 놓을 수 있었을까?

러시아문학에서 눈이 없다면 어떨지 생각해 보라. 순백의 순수한 풍경 속에서 벌어지는 처절한 결투 장면이 나오는 작품이라면 아마도 체호프의 〈세 자매〉나 푸시킨의 〈예브게니 오네긴〉를 가장 먼저 떠올릴 것이다. 러시아문학에 눈이 얼마나 많이 등장하는지 생각해 보라. 러시아영화에서는 또 어떤가? 눈을 배경으로 로맨틱한 사랑이 펼쳐지는 순간을 그리고 있는 장면이 얼마나 많은가?

오손 웰스의 영화 〈시민 케인〉에서 보면 찰스 포스터 케인이 눈보라가 심한 곳에서 썰매를 타고 노는 장면이 나온다. 눈썰매와 소년, 19세기 말 미국의 목가적인 모습을 그림엽서처럼 완벽하게 재현해보인 장면이라 할 수 있다. 그 목가적인 이미지는 찰스 포스터 케인을 부모로부터 데려가 입양하는 권위적이고 엄격한 신사가 등장하면서 산산 조각난다. 케인의 행복했던 어린 시절은 그렇게 끝나고, 그는 분노와 함께 쓰디쓴 눈물을 흘린다.

눈은 계속 내린다. 케인의 썰매는 버려진다. 나는 그 장면을 볼 때마다(나는 지금껏 〈시민 케인〉을 스무 번도 넘게 보았다) 내 깊은 곳에 숨어 있는 커다란 상실감을 다시 느낀다. 그리고 '어린 시절은 아무도 죽지 않는 마법의 왕국이다.' 라는 아주 흔하게 인용되는 에드나 세인트 빈

센트 밀레이의 말을 떠올린다.

나는 뉴욕 웨스트사이드에 사는 아이였다. 어린 시절 나의 행복한 기억도 눈과 연관되어 있다. 썰매를 끌며 센트럴파크를 가로질러 미국의 뛰어난 건축가인 프레더릭 로 옴스테드가 이스트79스트리트에 조성한 녹지의 걸작 언덕으로 가던 기억이 난다. 1967년, 열두 살이던 나에게 그 언덕은 무시무시할 만큼 가팔랐다. 정말이지 썰매를 타고 내려오는 가속도가 무시무시했다. 그곳에서 썰매를 타던 나에게 어머니와 아버지가 끊임없이 전쟁을 치르듯 말다툼을 벌이는 우리 집은 저 멀리 떨어져 있는 다른 세상 같았다.

눈은 세상 모든 것을 낭만적으로 만들어준다. 내 고향 맨해튼의 끊임없이 이어지는 온갖 소음도 눈이 내릴 때면 고요하게 잦아들곤 했다. 어린 시절 나의 눈에 대한 기억 역시 화목하지 않은 부모의 잦은 다툼에 상처받은 마음을 위무해주며 잠시나마 행복을 느끼게 해주었다.

내가 스위스 칸데르슈테크의 깊은 계곡 한가운데에서 잠시 멈춰 섰을 때 행복감을 맛보았던 건 33년 전 뉴욕 센트럴파크에서의 추억 때문이었을까?

무의식은 몹시 혼란스러운 영역이다. 우리가 들여다볼 수 있는 무의식의 내부는 극히 일부분일 뿐이다. 그날 아침, 칸데르슈테크에서 보았던 눈보라가 내가 어린 시절 맨해튼에서 보았던 눈과 연관이 있을지 확실하게 단언하기는 어렵다. 칸데르슈테크에서 잠시나마 행복감을 맛보고 나서 한참이 지난 어느 날 문득 나는 깨달았다.

'삶은 끝없이 이어지는 괴로움의 연속'이라는 세계관을 버리지 않고는 그 어디로도 나아갈 수 없다는 걸 깨달았다. 나는 내 인생 궤도를 크게 수정해야 할 필요성을 느꼈다.

오래된 습관이 한순간 결심으로 고쳐질 리 없다. 내가 스위스 칸데르슈테크의 계곡에서 맞이한 아침이 얼마나 중요한 순간이었는지 깨닫게 된 건 그 후 몇 년이 더 지나고 나서의 일이었다. 그렇게 한참 시간이 흐르고 나서야 비로소 내가 슬픔 속에서 살아가는 것을 얼마나 싫어하는지, 나의 삶에 대해 깊이 있고 폭 넓게 생각하게 되었다. 새로운 깨달음을 얻게 된 나는 10여 년 동안 스스로도 놀라울 만큼 창의력을 발휘해 왔고, 개인적으로 매우 성공적인 커리어를 쌓으며 충만한 삶을 살아오고 있다.

돌이켜보면 칸데르슈테크의 눈 속에서 맞이했던 그 순간은 내가 처음으로 복잡하고 어두운 나 자신의 내면을 정면으로 바라볼 수 있는 계기가 되어 주었다. 그때부터 내가 비로소 삶을 전혀 다른 시각으로 바라보기 시작했다고 해도 과언이 아니다.

내가 삶에 대해 갖게 된 새로운 시각은 사람이 살아가면서 마주하는 갖가지 질문에 대해 흑백의 대답이란 결코 있을 수 없다는 것이다. 대부분의 질문들은 회색지대로 우리를 이끌게 된다. 불확실하고 양면적이며 영원한 미지의 세계로 남아 있을 수밖에 없는 그 회색지대야 말로 우리의 삶에서 가장 흥미로운 공간이 아닐 수 없다.

나는 비로소 삶을 열린 시각으로 바라보게 되었다. 다른 모두의 삶과 마찬가지로 나의 삶 역시 정답이 없는 질문들로 가득 채워져 있다. 그러하기에 내 삶은 더욱 경이롭고 흥미롭고 신비로울 수 있다.

우리는 '진실은 ~(이)다' 라는 표현을 흔히 쓰지만 진실은 자연의 인과법칙을 제외한 다른 상황에서는 존재하지 않는다. 그저 다른 해석이 존재할 뿐이다.

'삶은 뒤로 돌아갈 수 없으며, 지나간 뒤에야 삶을 이해할 수 있다.'

삶을 제대로 이해하려면 다양성을 받아들여야만 한다. 다양성이란 단순한 인정이나 타협을 뜻하는 게 아니다. 삶이란 정답 없는 심오한 의문과 끊임없이 조우하는 일이다. 삶에 대한 정답을 찾아내기 위해 끊임없이 애써야 하는 건 인간의 근원적인 욕구이다.

'나는 왜 존재하는가? 인생은 왜 끊임없이 불공평한가? 인생을 이루는 근원적이면서도 영원한 요소인 괴로움의 의미는 무엇인가?'

이런 질문들은 인류가 지구에서 활동하기 시작한 초창기부터 인간과 함께해 왔다.

인간의 역사와 함께해 온 질문이 한 가지 더 있다.

'생명의 불이 꺼지고 내가 세상에 더 이상 존재하지 않게 될 때 과연 무슨 일이 일어날까?'

인류는 죽음의 공포를 달래기 위해 갖가지 조직과 구조를 만들어 왔다. 가장 핵심적인 것이 종교이다. 인간은 누구나 죽음을 두려워한다. 죽음을 두려워하지 않을 자신이 있는 사람이라도 죽음과 함께 인생의 경이가 모두 사라진다고 생각하면 끔찍하지 않을 수 없으리라. 물론 용기 있게 죽음을 받아들이거나 침착하게 수용할 수는 있다. 삶에 지친 나머지 죽음의 안식을 원할 수도 있다. 전후 시인들 중 염세적인 작풍의 시를 주로 쓴 영국시인 필립 라킨은 걸출한 시 〈새벽의 노래〉에서 죽음의 횡포에 대해 뛰어나게 표현했다.

마음은 밝은 빛에 갑자기 멍해진다. 이루지 못한
선행, 받지 못한 사랑, 쓰지 못한 채 흩어진
시간, 깊은 후회 때문도 아니고 잘못된 출발을 깨끗이
씻어내기에는 너무 오래 걸리는, 혹은 절대 씻어내지 못할 삶에 대한 괴로움 때문도 아니다.
영원할 완벽한 공허 때문에,
확실한 소멸로 나아가기 때문에.
그리고 영원 속에 길을 잃을지어라.
여기에 있지도 어디에 있지도 않을지어라.
그리고 곧, 더 끔찍한 것도, 더 진실한 것도 없을지어라.

〈새벽의 노래〉란 해가 뜨기 전의 시간과 연관된 노래(〈야상곡〉이 밤의 음악이듯)라 할 수 있다. 첫 햇빛이 비치기 전 여명 속에서 최악의 두려움에 휩싸여 있을 때 우리가 마주하게 되는 온갖 실존적 질문들을 함축하여 표현하고 있는 점이 이 시의 뛰어난 면모 중 하나라 할 수 있다. 내가 이렇게 말할 수 있는 건 내 자신이 심각한 불면증을 겪었기 때문이다. 하얗게 밤을 지새우다가 새벽 4시쯤 나도 모르게 괴롭다는 생각에 빠져든 적이 있다.

의사가 수면제를 처방해주며 아주 적절한 조언을 해주었다.

'한밤중에 잠을 못 이뤄 기분이 울적할 때에는 초콜릿을 드세요. 혈당이 올라가면 어둠이 완화됩니다.'

'어둠이 완화된다.' 라고 한 의사의 문학적 표현도 좋았고, 그가 인생의 힘든 시기를 극복할 수 있는 방법을 제대로 짚어주었다는 점도 흥미로웠다. '어둠이 완화되는' 데에 도움을 주는 해결책, 치료책, 민간요법 등도 있다. 하지만 여전히 큰 문제들은 어두운 그림자를 드리운다. 큰 문제들을 옆으로 밀쳐놓을 수는 있지만 여전히 답을 구하기는 난망하다. 종교를 믿는 사람들처럼 내세를 기대할 수도 있다. 혹은 '이상적 현실' 을 추구하며 철저한 무신론에 기댈 수도 있다. 그러나 한편으로는 '이상적 현실'이라는 말에서 또 다른 질문이 떠오른다. '과연 어떤 현실이 이상적이라 말할 수 있는가?'이다. 그 질문을 더 파고들면 '왜 너와 나의 이상은 다른가?' 라는 질문으로 이어진다.

인생의 커다란 곤경들을 반추하면서 '이것은 꼭 해 봐야 한다.' 라는 확실한 해답의 유혹에서 벗어나는 게 과연 가능할까? 인생은 끝없는 의심의 연속이라는 게 과연 사실일까?

우리는 스스로 우리의 앞길에 장애물과 심각한 고민거리, 고난을 던져놓는다. 한편 우리는 흥미로운 것, 끌리는 것, 위험할지도 모르는 것 등은 옆으로 제쳐둘 때가 많다. 위험이 수반되는 영역에 발을 들여놓는 능력을 아예 잃어버릴 때가 많다. 예측가능한 일만 한다면 우리는 결과에 대해 더 큰 책임을 져야 한다. 인정하기 싫겠지만 출발이 안전한 일일수록 결과 또한 예정되어 있다. 그렇지만 우리는 살아가는 동안 정답이 없는 큰 질문들을 피할 수 없다.

눈보라에 휩싸인 스위스 계곡에서 나는 깨달았다. 행복이란 특정한 순간에만 누릴 수 있는 게 아니다. 나 자신을 끊임없이 괴롭히며 잠 못 들게 하는 것들을 내려놓을 수만 있다면 언제라도 경이의 순간을 맞이할 수 있다.

내가 아는 사람들 중에는 행복한 기질을 타고난 사람들도 있다. 그런가 하면 줄곧 우울한 세계관을 품고 살아가는 사람들도 있다.

행복한 기질을 타고난 사람도 절망할 때가 있을까?

지독한 염세관을 갖고 사는 사람도 삶의 경이를 맛볼 때가 있을까?

장 폴 사르트르의 말처럼 우리는 다른 사람이 지옥에 있는지 없는지 알 수 없다. 다만 자신이 지옥에 있는지 없는지에 대해서는 알 수 있다. 우리의 삶은 어떤 색으로 바라보는가에 따라 우울하게도 기쁘게도 해석할 수 있다.

사람이 과연 줄곧 행복한 상태를 유지할 수 있을까?

프랭크 시내트라의 노래 가사처럼 '편하고 쉽게' 만 나아가기에는 우리의 삶은 지나치게 복잡하고 신비롭다. 행복한 순간에도 그 행복을 제대로 누릴 수 없다면 그 역시 인간의 본성과 배치된다. 행복한 순간에도 씁쓸한 맛을 느끼려 한다면 스스로를 부정하는 일이다. 괴롭고 불안한 일이 아무리 많더라도 세상에 대한 호기심을 끊임없이 유지한다면 희망을 잃지 않을 수 있다. 우리가 가질 수 있는 최고의 희망이란 바로 '흥미로운 삶' 을 이루는 것이다.

'흥미로운 삶' 이란 무엇일까? 끝없는 질문의 홍수 속에서 우리는 과연 그 '흥미로운 삶' 의 뿌리를 잃지 않고 지켜갈 수 있을까?

다음 장에서는 그 주제에 대해 살펴보겠다.

2

인생의 덫은 모두 우리 스스로 놓은 것일까?

아버지는 불안하거나 초조할 때면 엄지손가락과 집게손가락을 미친 듯이 빠르게 맞비비는 틱 증상을 보였다. 아버지가 불안감을 드러내는 틱 증상을 보일 때마다 나는 퀵 선장이 생각났다. 퀵 선장은 영화 〈케인 호의 반란〉에서 험프리 보가트가 연기한 인물로, 해군장교라는 자신의 직책을 위해서만 살아가는 권위적이고 독선적인 성격의 소유자이다. 퀵 선장은 스트레스를 받을 때마다 작은 금속 공들을 손으로 만지작거리는 버릇이 있다. 괴로울 때나 분노가 치밀 때마다 금속 공들을 묵주처럼 이용한다.

엄지손가락과 집게손가락을 신경질적으로 맞비비는 아버지의 행동은 분노를 표출하는 방식이기도 했다. 아버지는 포커페이스와는 거리가 먼 사람이었다. 아무리 포커페이스를 유지하려고 해도 얼굴을 씰룩거리거나 눈알을 굴리거나 미묘한 표정 변화로 상대에게 들고 있는 패를 들키기 일쑤였다.

아버지는 다혈질이라 감정을 숨기는 방법을 몰랐다. 대공황 직전 태어난 아버지는 브루클린의 아일랜드 출신 가톨릭 가정에서 자랐다. 할머니는 아버지가 열세 살 때 갑자기 세상을 떠났다. 할아버지는 권위적인 해군장교였고, 아버지의 성장기에 대부분 옆에 없었다. 할아버지가 휴가를 맞아 집에 돌아오는 날에는 온 집안에 공포분위기가 감돌았다. 아버지 위로 고모가 두 명이 있었는데, 그 분들 역시 성장기를 우울하게 보냈다. 훗날, 고모들은 알코올의존증으로 크게 고생했다.

아버지는 할머니의 죽음으로부터 비롯된 상처에서 평생 벗어나지 못했다. 할머니가 일찍 세상을 떠나는 바람에 아버지는 상실감에서 벗어나기 위해 스스로 지나치게 엄격한 생활을 해나갔다. 수도원에서 운영하는 사립학교에 다녔고, 수도사 같은 생활을 자처하며 교육을 받았다. 훗날 수도원학교의 순결 서약을 지킬 수 없다는 사실을 깨달은 아버지는 미 해병대에 입대했다.

열일곱 살에 해병대에 입대해 악몽 같은 훈련을 이겨내고 제2차 세계대전 당시 태평양의 접전지인 오키나와에서 근무하게 되었다. 아버지는 전령 업무를 수행했고, 함께 입대한 다른 네 명의 브루클린 출신 친구들은 최전선에 배치되었다. 살아 돌아온 생존자는 아버지밖에 없었다. 아버지는 혼자 살아남았다는 죄책감과 함께 전시 상황에서 겪은 악몽 같은 상처를 아직까지도 다 극복하지 못했다.

오키나와에서 돌아온 아버지는 군인 장학금으로 컬럼비아대학교에 입학했다. 처음 한 학기는 화학박사가 되겠다는 꿈을 품고 화학을 공부했지만 결국 3년 뒤에는 경제학 학사로 졸업했다. 아버지는 대학시절 내내 C마이너만 받는 학생이었다고 술회한 적이 있었다.

대학을 졸업한 아버지는 〈케미컬뱅크〉에 입사했다. 그즈음 팻 고모는 머레이 루이스와 결혼했다. 머레이 루이스는 전쟁 때 기자로 일하다가 홍보 일을 하는 남자였다. 그들 부부는 네 아이를 낳았지만 계속 자신의 삶을 불행하게 여겼던 고모부는 40대의 나이에 자살로 생을 마감했다.

1950년 어느 날 오후, 팻 고모의 결혼식에 하객으로 참석한 고모의 친구가 있었다. 로이스 브라운은 브루클린에서 태어나 맨해튼 웨스트 사이드에서 자란 아가씨로 다이아몬드 세일즈맨인 밀튼 브라운의 외동딸이었다. 밀튼 브라운은 옷을 세련되게 입고, 말이 빠른 뉴요커였다. 그의 아내 밀드레드 브라운은 외동딸을 잠시도 가만히 내버려두지 않는 유대인 어머니였다.

언젠가 아버지는 나에게 자기 방어적인 태도를 거두고, 인생에서 후회스러웠던 일들에 대해 돌이켜 이야기했다.

아버지가 말했다.

"어떤 사람을 처음 만날 경우 보이는 대로 볼 수 없을 때가 있어. 처음부터 나는 로이스가 자기 어머니를 빼닮은 여자라는 걸 알고 있었단다. 물론 그 당시에는 젊고 예뻤어. 로이스의 똑똑해 보이는 모습에 끌리기도 했지. 그 당시 나는 스물다섯 살에 불과했지만 한시바삐 결혼해야 한다는 생각에 빠져 있었어. 세월이 흘러 세 아이의 아버지가 되어 계속 돈을 벌기 위해 일해야 하는 상황이 되었을 때에야 나는 네 어머니와 결혼하지 말았어야 한다고 자책했지. 로이스는 나와 전혀 맞지 않는 여자였으니까. 나는 그 당시 왜 마음의 소리를 듣지 않았을까? 그때 내 마음은 이렇게 말하고 있었어. '우린 서로를 행복하게 해 줄 수 없어. 로이스는 내가 바라는 여자가 아니야.' 사실은 우리의 결혼 이야기도 네 어머니가 아니라 네 외할아버지가 처음 꺼냈단다. 너도 알다시피 나는 네 외할아버지를 아주 좋아했지. 내가 바라던 아버지의 모습이었으니까. 네 할아버지는 자식들을 괴롭히는 나쁜 놈이었으니까. 네 할아버지는 로이스가 유대인이라는 이유만으로 결혼식에도 오지 않았어. 얘야, 넌 항상 직감을 믿어야 한다. 머릿속에서 '네가 바라는 일이 아니라는 걸 잘 알고 있잖아?' 하는 경계의 목소리가 들리면 그 말에 귀를 기울여야 해."

아버지의 실수는 아들에게도 그대로 이어졌다. 나 또한 서둘러 결혼했다. 내 아내가 될 사람에 대해 깊이 생각해보지 않고 급히 결혼했다. 아버지와 어머니의 길고 괴로운 역사를 생각할 때 나 또한 슬픔의 비수에 찔리지 않을 수 없었다.

내가 외국으로 전전하며 맨해튼을 방문하는 걸 애써 피하며 지낼 때였다. 맨해튼은 여러 가지 이유로 나에게 유령 같은 곳이 되었다. 그 무렵, 어쩌다가 맨해튼에 잠시 머물게 되었는데, 고교 시절 은사와 우연히 마주쳤다. 우리가 마주친 곳은 내가 어린 시절을 보낸 브로드웨이와 77스트리트 모퉁이 사이였다. 학창 시절, 우리는 어떤 선생님이 자신을 어떻게 생각하는지 잘 알고 있다. 그 선생님은 나를 '문제아', '이상한 학생'으로 분류했다. 《뉴욕타임스》에서 내 소설의 평을 읽었다며 내가 소설가가 되었다는 것에 조금 놀랐다고 말했다.

선생님이 말했다.

"아직도 런던에 살고 있나?"

"그렇습니다."

"현명하군."

"왜 그렇게 생각하시죠?"

"자네 어머니로부터 멀리 떨어져 있으니까."

선생님은 그렇게 말한 다음 내 반응을 살폈다. 내가 그 말을 듣고도 움찔하지 않는 것을 확인한 선생님이 말했다.

"내 말을 듣고 기분이 거슬리지 말길 바라네. 벌써 15년이나 지난 일이지만 그 당시 학교 선생들 모두가 자네 어머니를 제정신이 아니라고 생각했지."

훗날 나는 그 이야기를 내 친구에게 들려주었다. 고교 동창생이자 성공한 르포 작가인 그 친구 역시 문제가 많은 어머니 밑에서 자랐다.

친구가 말했다.

"그 선생님이 좀 까다롭기는 했어. 하긴 네 어머니 이야기라면 모두들 알고 있었지."

내 어머니는 키가 157센티미터로 체구는 작지만 언제나 에너지가 넘치는 사람이었다. 5분 이상 한 자리에 앉아 있지 못하는 사람, 어느 자리에서나 참석자들을 영향력 아래 두고 싶어 하는 사람, 현재의 삶에 결코 만족하지 못하는 사람이었다.

내가 여섯 살이던 어느 날 아침, 자주 그랬듯이 어머니와 아버지가 끔찍하게 다투고 있었다. 급기야 아버지는 좁은 아파트에서 화를 벌컥 내며 휙 나가 버렸고, 어머니는 내가 보는 앞에서 울음을 터뜨렸다. 내가 너무 긴장한 나머지 우유를 엎지르자 어머니는 나를 때리며 소리치기 시작했다.

"날 골탕 먹이려고 일부러 엎질렀지!"

그 당시, 나는 아기였던 동생과 함께 방을 쓰고 있었다. 나는 방으로 달려가 옷장 안에 몸을 숨겼다. 참기 힘들 만큼 억울하고 괴로운 일이 있을 때마다 옷장은 내 피난처가 되어 주었다. 몇 분 뒤, 어머니는 초콜릿 우유를 마시지 않겠냐며 나를 꼬드겼다. 비로소 나를 옷장 밖으로 나오게 한 어머니는 슬쩍 껴안았다가 놓아주며 말했다.

"엄마가 네 아버지처럼 너무 심한 말을 했어."

내 부모의 싸움은 끝이 없었다. 어머니의 불행도 끝이 없었다. 어머니는 끊임없는 활동을 통해 불행한 삶을 가리려 했다. 어머니는 대학교를 졸업하고 NBC방송국에서 AD로 일했다. 그 당시는 텔레비전 황금기였고, 어머니는 지금은 유명인사가 된 사람들과 함께 일했다. 방송국을 나와 잠깐 동안 여성지에서 일한 어머니는 곧 결혼했고, 1955년 새해에 첫 아이(바로 나)가 태어났다. 내가 태어나면서 어머니의 사회생활 경력은 끝났다.

1970년대 초, 어머니는 텔레비전을 통해 당시 대통령이던 리처드 닉슨과 인터뷰하는 바바라 월터스를 가리키며 말했다.

"내가 저 자리에 있었어야 하는데, 네가 태어나는 바람에 포기할 수밖에 없었어."

나중에 그 이야기를 아버지에게 들려주었더니 고개를 절레절레 저으며 어머니의 말을 부정했다.

"거짓말이야! 네 엄마는 능력도 없는 주제에 성질만 부리다가 NBC방송국에서 해고당했으니까. 여성지에서도 마찬가지였지. 그 당시, 네 엄마가 할 수 있는 일이라고는 널 임신하는 것뿐이었어."

아버지 역시 인생의 피해자라는 생각에 사로잡힌 탓에 가끔 내 앞에서 피해의식을 드러내고도 부끄러워하지 않았다.

내가 열한 살 때였다. 내 방 벽장에 놓여 있는 보드게임세트를 본 아버지가 말했다.

"내가 어릴 때만 해도 장난감이라고는 아무것도 못 가져 봤단다. 넌 내가 죽어라 고생해 번 돈으로 장난감들을 잔뜩 샀구나."

지금 생각해도 부당하기 짝이 없는 말이었다. 내 방 벽장에 놓여 있던 모노폴리, 파치시, 리스크, 라이프 같은 보드게임세트는 20세기 중반에 한창 유행하던 것들로 어느 집에서나 흔히 볼 수 있었던 장난감들이었다. 결코 아버지의 통장 잔고를 바닥으로 만들 만큼 비싼 장난감이 아니었다. 그 당시, 아버지가 받은 급여는 중산층 가정을 꾸리기에 충분한 수준이었다.

1960년대 중반에 우리 가족은 월세가 225달러인 아파트에 살았다. 맞은편에 자연사박물관이 있었고, 서쪽 모퉁이에 호화로운 호텔이 위치한 곳이었다. 콜럼버스애비뉴는 1980년대로 접어들면서 전문직 종사자들의 화려한 놀이터로 변모했지만 내가 어릴 때만 해도 이민자들이 주로 사는 동네였다. 내 어린 시절은 전후 미국사회를 찍은 흑백사진과 비슷했다. 시가를 즐겨 피우던 대머리 상점주인은 열여섯 살이 안 된 손님들을 무조건 '멍청이'라고 불렀다.

"이봐 멍청이, 신문을 읽으려면 먼저 돈을 지불해야지."

나이가 지긋한 독일 남자가 비슷한 또래 아일랜드 남자를 조수로 두고 운영하는 구두수선 부스도 있었다. 두 사람의 손톱 끝에는 항상 구두약이 묻어 있어 새까맸다. 푸에르토리코의 산후안에서 막 이민 온 사람이 운영하는 작은 피자가게도 있었다. 그 지역은 푸에르토리코에서 온 이민자들이 많은 편이었다. 길모퉁이에 약국도 있었고, 뉴욕에서 가장 맛있는 호밀 빵을 만들기로 유명한 〈그로싱어베이커리〉도 있었다. 소다수 기계가 비치되어 있는 간이식당도 있었다. 특히 에그크림이 맛있었던 그 간이식당은 폴란드에서 온 이민자 두 사람이 운영했다. 두 사람 다 팔에 문신이 새겨져 있었다. 나치 치하 유대인

수용소에 있었다는 증거였다.

우리는 1963년 봄에 그 동네로 이사했다. 막내 동생 로저가 태어나는 바람에 그 이전에 살던 이스트19스트리트와 2번가 모퉁이 사이에 있던 60제곱미터짜리 아파트는 다섯 식구가 살기에는 너무 비좁았기 때문이다. 우리는 센트럴파크 서쪽 웨스트77스트리트의 자연사박물관이 마주보이는 방 여섯 개짜리 아파트를 월세 225달러에 얻어 이사했다. 내 부모는 1972년에 아예 그 아파트를 33,000달러에 구입했다. 최근 맨해튼의 집값을 생각하자면 어이없을 만큼 헐값에 구입한 셈이었다.

우리가 웨스트사이드로 이사하게 된 또 다른 이유는 내가 뉴욕의 명문사립학교 〈컬리지트〉에 입학 허가를 받았기 때문이었다. 〈컬리지트〉는 1928년에 네덜란드인들이 세운 학교였다. 당시의 맨해튼은 '뉴암스텔담' 으로 불릴 만큼 네덜란드 사람들이 장악하고 있었다. 〈컬리지트〉는 뛰어난 학교였지만 학생들에게 정서적인 상처를 남기기도 했다. 〈컬리지트〉 학생들은 끝없이 평가를 받아야하는 경쟁구도 속에 처해 있었고, 성적으로부터 자유롭지 못했다.

나는 〈컬리지트〉에 다녔다는 것을 대단한 행운이라 여기고 있다. 그 학교를 다니는 동안 비판적 사고 능력, 독서의 필요성, 명확하고 창의적인 글쓰기 등을 배웠다. 문화와 예술에 대한 소양이 사람의 지성과 감성을 고양시키는 필수적인 요소라는 사실도 깨달았다. 〈컬리지트〉의 단점이라면 성적을 지나치게 강조하는 문화, 엘리트주의, 실패는 죄악이라는 생각 등이었다.

내 급우 중 한 명은 성적에 대한 압박감을 이기지 못하고 자살로 생을 마감했다. 우울증 치료를 받아야 했던 급우도 대여섯 명이나 되었다. 학교에 다니는 동안 고독과 소외감에 시달렸다고 털어놓는 동창생들도 많이 보았다. 내가 소설가가 된 것은 〈컬리지트〉에서 받은 교육의 영향이 컸다고 주저 없이 말할 수 있지만 졸업하고 42년이 지나도록 한 번도 가본 적이 없다는 건 그만큼 정서적인 상처를 크게 입은 탓이기도 하다.

〈컬리지트〉의 학생들은 이스트사이드에서 온 아이와 웨스트사이드에서 온 아이로 나뉘었다. 이스트사이드에서 온 학생들은 대개 5번가와 파크애비뉴에 살았고, 대부분 뉴욕의 재력가 집안 출신이었다. 웨스트사이드를 보다 더 정확하게 말하자면 '센트럴파크 서쪽의 서쪽'이었다. 고교시절, 나는 여름방학 때만 되면 할렘에서 가정교사로 아르바이트를 하며 무더운 7,8월을 보내야했다. 친구들에게 여름방학 동안 무얼 하며 지냈는지 물어보면 '영국에서 영화를 제작하며 지냈어.' 같은 답변을 들을 수 있었다.

나는 1990년에 휘트 스틸먼의 영화 〈메트로폴리탄〉을 보다가 한 장면에서 눈물을 애써 참아야 했다. 파크애비뉴에 있는 넓은 아파트에서 고교생들이 파티를 벌인다. 파티를 연 열일곱 살짜리 고교생은 좋은 집안의 특권과 부를 누리는 학생이다. 그 학생이 책벌레이자 사교성이 부족한 사립학교 동창생을 '웨스트사이드에서 온 아이' 라고 부르는 장면이 나온다. 알고 보니, 휘트 스틸먼도 나보다 3년 앞선 1969년에 〈컬리지트〉를 졸업했다는 걸 알게 되었다. 영화에 나오는 그 장면은 감독 자신의 개인적인 경험에서 비롯된 게 틀림없었다.

아무튼 아버지가 보드게임세트를 보고 나에게 사치한다고 말한 건 지나친 과장이었다. 인간은 누구나 성장 과정의 경험에서 자유로울 수 없다. 아버지는 가난하지는 않았지만 결코 풍요롭지는 않은 어린 시절을 보냈다. 할머니가 세상을 떠난 뒤로는 아버지를 깊이 사랑해 줄 사람이 없었다.

나는 비교적 검소하게 살았지만 아버지는 자주 나의 돈 씀씀이에 대해 잔소리를 늘어놓았다. 우리 가족은 가끔 시간을 내 발레나 오케스트라의 공연을 보러 다닐 만큼 나름 윤택한 생활을 했다. 나는 등록금이 비싼 사립학교에 다녔다. 다만 나는 '웨스트사이드에서 온 아이'였다. 파크애비뉴 출신 급우들과는 경제적 배경이 천양지차로 달랐다. 아버지에게는 세 아이와 아내를 부양해야 한다는 책임감이 큰 부담으로 작용했다. 아버지는 나이가 들수록 가족이라는 덫에 빠져 원하는 삶을 살지 못했다는 상실감이 커져 갔다. 그나마 아버지는 일 때문에 자주 출장을 가야 했다. 하이티와 칠레 같은 곳에서 구리 광산을 개발하는 일이어서 해외 출장이 잦았다. 아버지는 가족으로부터의 탈출을 은근히 즐기는 눈치였다.

아버지는 집에 있을 때면 자전거를 타고 맨해튼 시내를 돌아다니길 좋아했다. 1967년 새해 첫날에는 마이크 니콜스의 영화 〈졸업〉을 보기 위해 나와 함께 몸이 얼어붙을 것 같은 추위 속에서 한 시간 넘게 줄을 서기도 했다. 내가 고른 영화였지만 아버지도 〈졸업〉을 마음에 들어 했다. 아버지는 발레를 아주 좋아했고, 나에게 발란친의 걸출한 공연을 보여주기도 했다. 성당에는 열심히 나가지 않는 가톨릭신자 대부분이 그러하듯 아버지도 세상과 그 세상 속에서의 우리 위치에 대해 대단히 실용적인 태도를 취했다.

당시 올드그리니치에 우리 가족이 사용하는 여름 주택이 있었다. 내가 《빅 픽처》를 쓸 때 배경으로 삼은 곳이기도 하다. 올드그리니치에서 여름을 보내던 팔월의 어느 날 밤, 아버지는 당시 겨우 열한 살짜리 아이였던 나에게 밤하늘을 가리켜 보이며 저 광대한 우주공간에 비춰볼 때 인간이란 얼마나 미미한 존재인지 이야기했다.

아버지는 나이가 들어갈수록 점점 더 속마음을 자주 내비치곤 했다. 내 앞에서 대놓고 화를 낼 때도 많았다. 내가 처음으로 중년의 위기(점점 금이 가는 부부 사이에 대해)를 겪으며 아버지에게 조언을 구하자 곧장 쏘아붙였다.

"빌어먹을! 내가 네 고해성사를 받아주는 신부인 줄 아니?"

그 뒤로는 내 개인적인 문제에 대해 아버지와 상의한 적이 없었다.

내 두 번째 소설 《빅 픽처》가 선풍적인 인기를 끄는 바람에 런던 남쪽에 집을 살 수 있을 만큼 큰돈을 벌게 되었다. 나도 모르게 뉴욕의 아버지에게로 달려갔다. 아버지는 내가 소설가로 성공을 거두어 제법 많은 돈을 벌게 되었다는 소식을 듣고도 내 생각과는 달리 뛸 듯이 기뻐하지는 않았다. 아버지는 구리회사에서 고위직 임원까지 승진했다가 1980년대 중반에 그만두었다. 그 후로는 변변한 일자리를 얻지 못했다. 1990년대 초에 〈구리협회〉 회장직을 맡았지만 명예직에 가까웠다. 매년 10월 런던에서 열리는 〈금속무역대회〉에 대표로 참가할 수 있는 혜택을 부여받았을 뿐이다. 아버지는 〈구리협회〉 일을 하며 보수를 받긴 했지만 가정을 꾸려 나가기에는 턱없이 모자라 때때로 빚을 얻어 생활비로 충당했다.

제법 많은 돈을 인세로 받은 나는 아버지에게 5만 달러를 주겠다고 했지만 단박에 거절당했다. 3년 뒤, 형편이 더욱 어려워진 아버지는 결국 나에게 1년 동안 밀린 아파트 관리비를 내게 했다. 그때 알고 보니 아버지에게 남은 재산이라고는 살고 있는 아파트밖에 없었다.

아파트관리비를 내주기로 약속한 날, 아버지는 내 소설의 성공을

축하할 겸 맨해튼에서 한잔 하며 저녁식사를 같이 하자고 했다. 아버지가 막 70세가 되었을 때였다. 나는 소박한 레스토랑에서 저녁을 먹자고 제안했다. 그도 그럴 것이 아버지가 값비싼 레스토랑에서 미식을 즐길 사람이 아니라는 사실을 잘 알고 있었기 때문이다. 그날 저녁, 아버지는 이스트60스트리트에 있는 프랑스 식당에 가자고 했다. 식사비가 일인당 200달러나 되는 고급 식당이었다. 나조차 그 제안을 받아들이기까지 많은 갈등을 했을 정도였다. 테이블에 앉아 메뉴를 살펴본 나는 계산은 내가 하겠다고 말했다.

"그랬다가는 손모가지를 부러뜨릴 테니까 명심해."

"알았어요. 그럼 아버지가 사세요."

우리는 마티니를 주문했다. 마티니 잔이 금붕어 두 마리가 헤엄쳐도 될 만큼 컸다. 맨해튼 스타일의 바텐더는 인생의 부당한 괴로움들을 잠시 달래줄 마티니를 제대로 만들 줄 알았다.

당연히 우리는 마티니를 한 잔씩 더 주문했다.

두 잔째 마티니를 마실 때 아버지는 70세가 되자 고속열차 차창으로 알아볼 새도 없이 휙휙 지나가는 풍경처럼 시간이 너무 빠르게 지나간다고 말했다.

"앞으로 살날이 기껏해야 15년 정도 남은 것 같다."

"그리 적은 시간은 아니죠. 15년이면 아주 많은 일들이 벌어질 수 있으니까요."

"마흔한 살 때는 다들 그렇게 말하지. 아직 인생이 반이나 남았으니까. 요즘은 평균수명이 길어졌으니 아직 반 이상 남아 있을지도 모르겠구나."

"아버지, 15년이면 할 수 있는 일들이 정말 많아요."

"다 늙은 내가 15년 동안 무얼 할 수 있겠니?"

"그동안 해보고 싶었지만 가족들을 부양하느라 하지 못했던 걸 하며 지낼 수도 있잖아요. 인생을 다시 시작한다면 어디서 살고 싶으세요?"

아버지는 두 잔째 마티니를 홀짝 마시고 나서 평소 꿈꾸던 삶에 대해 이야기하기 시작했다. 메인 주에 사고 싶었던 집에 대해 이야기할 때에는 눈빛이 빛났다. 대규모 저택이 아니라 적당히 관리하기 쉬운 집, 넓은 창문 밖으로 바다가 훤히 내다보이는 집이라고 했다. 아버지는 메인 주에서 나오는 잡지를 즐겨 보고 있고, 거기 나오는 부동산광고를 눈여겨보는데, 10만 달러쯤 있으면 해변에 위치한 뉴잉글랜드 양식의 흰 나무 외장 집을 구해 살고 싶다고 했다. 더불어 지프도 사고, 무엇보다 요트를 산다면 금상첨화일 거라고도 했다.

"그 지역 대학교에서 국제경영에 대한 강의도 할 수 있겠지. 무엇보다 요트 항해를 제대로 배우고 싶고, 애인을 만들었으면 좋겠어."

내 눈에 아버지가 가장 사랑스럽게 보였던 순간이었다. 여생을 새롭게 살아 보려는 강렬한 욕구와 더불어 그 안에 드리운 인간 본연의 슬픔과 연약함을 느낄 수 있었기 때문이다.

아버지가 처음으로 장남과 인생에 대해 상의하고 있다는 사실을 깨달은 나는 문득 아버지의 팔을 잡으며 말했다.

"그 정도면 실현불가능한 일도 아니잖아요? 지금 빚이 10만이나 15만 달러쯤 되나요?"

"아마 그 정도 될 거야."

"맨해튼의 아파트가 현재 시세로 120만 달러쯤 되죠? 아파트를 처분하면 부동산중개업자에게 줄 수수료를 제하고 빚을 모두 갚아도 1백만 달러쯤 남겠네요. 그중 3분의 2는 어머니를 주세요. 그 정도 돈

이면 어머니는 70번가에 있는 방 두 개짜리 아파트를 살 수 있어요. 35만 달러쯤 할 테니까요. 아파트를 사고도 어머니한테는 30만 달러 가까운 돈이 남게 되니까 살아가는데 큰 지장이 없을 거예요. 아버지는 35만 달러로 메인 주에 집도 사고, 지프와 요트도 사고, 20만 달러를 저축할 수도 있어요. 제가 메인 주에 아는 사람들이 있으니까 그 지역 대학교에서 경영학을 가르치는 일을 찾을 수 있을 거예요. 아름다운 여자도 만날 수 있을 거예요. 아버지 생각대로 다할 수 있다니까요."

바로 그 순간, 아버지가 손바닥으로 테이블을 탕 소리가 나게 내리쳤다. 아버지의 눈이 분노로 이글거렸다.

"어디서 감히……. 네놈이 어디서 감히……."

"아니, 어디까지나 아버지가 먼저 말씀하신 것에다 제가 좀 보탰을 뿐이잖아요."

아버지가 갑자기 내 손을 잡더니 손가락을 꺾었다.

"작가 선생, 손가락을 부러뜨려 줄까? 세상모르는 게 없는 작가 선생이 원하는 게 바로 그거야?"

아버지는 일흔이 넘었지만 기골이 장대하고 힘이 셌다. 키는 188센티미터고, 몸무게가 113킬로그램이었다. 나는 어릴 때부터 늘 아버지에게 겁먹었다. 40대 초반이 되었지만 나는 아버지가 여전히 무서웠다.

내가 손을 빼내려 하자 아버지가 더욱 완강하게 손가락을 꺾었다.

"아파요."

"아프라고 꺾는 거다."

커다란 잔에 담긴 마티니 두 잔이 아버지의 분노를 부채질했다는 걸 알 수 있었다.

"아버지, 잘못했어요."

나는 아버지가 화낼 때 어떻게 해야 하는지 잘 알고 있었다. 잘못했다고 말하고 용서를 빌어야 했다. 아주 부당하다고 생각되는 경우라도 일단 '잘못했다' 고 말하면 신비한 '열려라 참깨' 같은 주문이 되어 아버지의 분노를 가라앉힐 수 있었다. 안타깝게도 아버지는 늘 자신만이 옳아야 했다. 늘 주도권을 잡아야 했고, 상하관계에서 누가 위에 있는지 분명하게 해두어야 만족했다.

아버지는 그날 레스토랑에서 식사비용을 계산하겠다고 주장했다. 내 성공을 편안하게 받아들이지 않는다는 의미였다. 아버지는 오랫동안 변변한 일자리를 갖지 못한 반면 아들은 꽤 큰돈을 벌었다. 그 사실이 아버지를 못내 불편하게 했던 것이다.

그날 저녁 오간 우리의 대화에서 숨은 의미를 생각하게 된 건 훨씬 나중의 일이었고, 나는 아버지가 정말로 손가락을 부러뜨릴까봐 두려워 한시바삐 난처한 상황에서 벗어나고 싶은 생각밖에 없었다.

내가 잘못했다고 사과하자마자 아버지는 그제야 내 손가락을 풀어주었다. 하지만 여전히 내 팔을 꽉 잡은 채 나지막이 말했다.

"하나님 앞에서 죽음이 우리를 갈라놓을 때까지 네 엄마와 함께하겠다고 맹세했어. 내 마음을 이해하겠니?"

"알았으니까 어서 팔을 놓아주세요."

"내 앞에서 다시는 그 따위 이야기를 꺼내지 마, 알았니?"

"알았어요."

아버지는 내 팔을 놓아주고 화장실로 갔다. 나는 손바닥에 얼굴을 묻고 숨을 깊이 들이쉬며 아직 반쯤 남은 마티니를 마셨다. 머릿속은 열세 살 시절 내 방으로 달려갔다. 1968년, 로버트 케네디 대통령 후보와 흑인 운동가 마틴 루터 킹의 암살사건이 일어났고, 베트남전 반대운동이 전국적으로 벌어졌다. 기존의 가치와 도덕을 앞세우는 보수주의와 사회변혁을 주장하는 급진주의 사이의 문화적 전쟁이 시작되고 있었다. 1968년은 미국 역사상 매우 혼란스러운 해였다. 우리 가정도 마치 미국이 처한 현실처럼 전쟁 같은 상태였다.

아버지와 어머니는 마흔을 지나면서 서로에게 끝없이 불만을 느끼게 되었다. 어머니는 아버지가 자주 집을 비운다고 불평했다. 그 당시 아버지는 광산을 개발하느라 반년 가까이 칠레에서 보냈다. 아버지는 집에 돌아와 지내는 시간을 끔찍하게 두려워했다. 아버지가 우리 형제들과 함께 지내는 걸 즐거워하는 한편 집에 오자마자 서둘러 떠날 생각을 한다는 걸 확연히 느낄 수 있었다. 물론 아버지는 우리 형제들 앞에서 그런 티를 내지 않으려고 애썼지만 속마음을 다 숨기지는 못했다.

나는 세 형제들 중 장남이었고, 타협이 인간의 조건이라는 사실을 깨닫기 시작할 나이였다. 나와 가장 가까운 사람들인 어머니와 아버지, 외할아버지와 외할머니, 두 고모 등이 모두 부부 갈등으로 괴로워하고 있다는 걸 눈치채기 시작했다. 나는 자라는 동안 아버지에게 밀어닥친 불행의 정체를 알 수 있게 되었다. 어머니의 불만과 괴로움이 무엇인지에 대해서도 차츰 깨달아 갔다. 어머니가 인생의 깊은 실망과 슬픔을 묻어버리기 위해 미친 듯이 순간순간에 집중하며 살아가고 있다는 것도 알게 되었다.

1968년 2월 2일, 내가 날짜까지 분명하게 기억하는 이유가 있다. 그날은 내가 처음으로 담배를 피우기 시작한 날이었다. 그때부터 나는 골초가 되었고, 19년 뒤 피를 토하며 기침을 할 때까지 줄담배를 피우며 살았다. 공교롭게도 내가 피를 토하며 기침한 날은 1987년 2월 2일이었다.

아버지는 전날 칠레에서 돌아왔고, 밤 10시부터 어머니와 심하게 다투기 시작했다. 그때 나는 방을 혼자 쓰고 있었다. 당시 열 살과 네 살이던 동생들은 방 하나를 같이 쓰고 있었다. 가끔 어머니가 노크도 없이 문을 벌컥 열어젖히곤 했지만 혼자 있을 수 있는 방이 생겼다는 건 나에게는 더없이 뿌듯한 일이었다. 처음으로 내가 마음대로 꾸밀 수 있는 공간이 생긴 것이었다. 그 당시, 내 방 벽에는 뉴욕영화제 포스터들이 붙어 있었다. 나는 지적 허영심이 많은 청소년이었고, 뉴욕현대미술관에서 구입한 칼더 포스터를 보물처럼 간수하고 있었다. 나는 열세 살 때부터 해마다 부모로부터 뉴욕현대미술관 연간 회원권을 선물로 받았다. 연간 회원권이 있으면 미술관 지하에 있는 시네마테크를 무료로 이용할 수 있었다. 당시 나는 스스로 성장 중인 영화평론가로 여기고 있었다.

내 방에는 비틀즈와 사이먼 앤 가펑클의 음반들도 있었다. '밴드'라는 이름을 가진 새로운 밴드의 음반도 있었다. 오스카 페터슨의 앨범도 두 장 있었다. 재즈감상에 막 재미를 붙이기 시작한 때였다. 브란덴부르크 협주곡 음반도 있었다. 학교의 존경스러운 음악선생님 덕분에 클래식에 대한 사랑에 빠지기 시작한 때였다. 외할아버지한테서 선물로 받은 소니 트랜지스터라디오도 있었다. 에프엠음악방송을 들을 수 있는 라디오였다. 그 당시만 해도 트랜지스터라디오는 사람들을 감탄시킨 신기술의 결정체였다. 그날 밤, 라디오 소리 사이로 어머니와 아버지가 서로를 향해 악다구니를 써대는 소리가 들려왔다. 아버지는 어머니를 증오한다고 말했고, 어머니는 울면서 아버지에게 잔인하다는 둥 비열하다는 둥 남자의 나쁜 면을 들춰내 말할 때 나올 수 있는 온갖 어휘들을 다 쏟아냈다. 나는 라디오를 한쪽 귀에 딱 붙이고, 다른 한쪽 귀는 베개로 막은 다음 볼륨을 최대한 높여야 했다.

이튿날 아침, 내가 일어나 교복을 입고 있을 때 아버지는 출근했다. 어머니는 밤새 잠을 못 이루고 운 탓에 눈이 퉁퉁 부어 있었다. 아침 식탁에서 어머니가 나에게 물었다.

"다 들었니?"

"네, 들었어요."

"네 아버지는 정말이지 형편없는 인간이야."

"학교 갈게요."

"아직 시리얼이 남았잖아."

"빨리 가봐야 돼요."

교복 재킷 위에 파카를 힘들게 껴입은 나는 눈 내리는 2월의 아침거리로 나섰다.

그날 오후, 학교에서 집으로 돌아와 보니 어머니는 네 살짜리 막내를 목욕시키느라 정신이 없었고, 둘째인 브루스는 방에서 혼자 놀고 있었다. 전화벨이 울리자 어머니가 욕실에서 소리쳤다.

"더글라스, 전화 받아라!"

우리 집에는 전화기가 두 대 있었다. 한 대는 안방에, 다른 한 대는 현관 벽장에 놓여 있었다. 나는 늘 벽장에 놓여있는 전화기를 즐겨 사용했다. 특히 친구들과 통화할 때는 그 전화기를 이용했다. 가족들의 방해를 받지 않고 통화할 수 있었기 때문이다. 그 당시 나와 친하게 지내던 친구 중 하나가 전화를 걸었을 거라 생각했다. 한편으로 생각해보니 우리 집이 학교에서 도보로 10분 거리에 있어 일찍 올 수 있었지만 다른 친구들이 벌써 집에 도착했을 리 없었다.

수화기를 집어 드는 순간 술 취한 남자의 험악한 목소리가 들려왔다.

"이 빌어먹을 놈!"

"누구시죠?"

"네가 그놈 아들이지?"

"누구세요?"

남자는 내 목소리 흉내를 내며 되물었다.

"'누구세요?' 나로 말하자면 지금 네 애비가 놀아나고 있는 여자의 남편이야. 자, 이제 내 말이 무슨 뜻인지 알겠니? 빌어먹을 꼬맹이 놈아."

다시, 1996년 값비싼 프랑스 레스토랑의 기억으로 돌아가 보자. 나는 부러지기 직전까지 꺾인 손가락을 주무르고 있었다. 아버지가 어머니에 대해 스스로 더 이상 참을 수 없다고 말해놓고 정작 그때는 '하나님 앞에서 갈라서지 않기로 맹세했다.'며 화내던 목소리가 귀에서 떠나지 않았다.

나는 자리에 앉아 곰곰이 생각했다.

'아버지에게 일곱 번째 계명은 그다지 중요하지 않았죠?'

그 말을 아버지 앞에서 꺼냈다가는 손가락뿐만 아니라 이빨까지 부러지게 될지도 몰랐다.

나는 마음을 가라앉히기 위해 와인을 한 잔 주문했다.

'아버지와 나 사이에는 넘어설 수 없는 선이 있어.'

잠시 후, 아버지가 화장실에서 돌아왔다. 흥분했을 당시 붉게 달아올랐던 얼굴과 충혈 된 눈이 아직 원상태로 회복되지 않은 상태였다. 아버지는 자리에 앉으며 슬그머니 내 눈을 피했다. 아버지가 문득 오른손 집게손가락을 들었다. 아버지의 흥분한 모습을 본 게 틀림없는 웨이터가 재빨리 달려왔다.

"손님, 무엇을 도와드릴까요?"

아버지가 마침내 나를 보며 물었다.

“한 잔 더 마실래?”

나는 와인을 가리켰다.

“저는 와인이면 돼요.”

“나는 마티니를 한 잔 더 해야겠다.”

아버지는 마티니를 한 잔 더 주문했다. 웨이터가 멀어지자 아버지가 나를 보며 말했다.

“아까는 내가 심했지만 넌 만사를 너무 직선적으로 보는 경향이 있어. 너에게는 나를 마음대로 바꿀 권리가 없다는 걸 명심해. 세상을 있는 그대로 보는 법을 배워라.”

아버지의 말을 반쯤 들었을 때 나는 알 수 있었다. 아버지는 화장실에서 그 말을 미리 연습한 게 분명했다.

그 순간 나는 아버지에게 힘주어 말하고 싶었다.

우리는 ‘있는 그대로’ 의 노예가 되기 쉽죠. 절대로 ‘있는 그대로’ 에서 바뀔 수 없다고 스스로를 속이며 살기 쉽다는 뜻입니다.

나는 손가락을 또 꺾이기 싫었고, 비싼 저녁을 먹고 큰 괴로움을 맛보는 건 더욱 싫었기에 아무 말도 하지 않았다.

아버지는 내 눈빛에서 내가 하고 싶었던 말을 눈치 챈 듯했다.

아버지가 식식거리며 말했다.

“네 얼굴에서 날 비난하는 듯한 표정을 당장 지워버려.”

나는 차를 세우는 경관의 손짓처럼 손바닥을 쳐들며 말했다.

“제가 언제 그런 표정을 지었다고 그러세요?”

“거짓말.”

“아까 그 이야기는 이제 더는 꺼내지 않기로 해요.”

"너는 분위기를 망치는 방법을 제대로 아는구나."
아버지는 계속 마티니를 조금씩 마시며 말했다.
"손가락은 괜찮니?"
"아프긴 하지만 글을 쓸 수는 있겠어요."
정적. 나는 눈을 들어 아버지를 쳐다보았다. 아버지의 눈에 짙고 뿌리 깊은 슬픔이 어려 있었다.
마침내 아버지가 말했다.
"언젠가는 메인 주에 가서 살게 될 거야."
아버지는 엄지손가락과 집게손가락을 미친 듯이 맞비비기 시작했다.
'모든 인간에게 잠재되어 있는 것, 놀라운 슬픔이라는, 어두운 미움이라는 독, 삶을 저주하고 증오하는 무엇, 덫에 빠졌다는, 믿었지만 배신당했다는, 잠재된 분노와 맹목적인 굴복의 희생양이 되었다는, 주었다가 빼앗아가는, 사람을 다가오게 했다가 모멸감을 느끼게 하고 상처를 안겨주는 잔인하고 무자비한 힘.'
프랑스 상징주의 시인 폴 발레리가 삶에 대해 언급한 단호하고도 인정하기 괴로운 성찰이다. 폴 발레리는 많은 작품을 남기지는 않았지만 20세기를 대표하는 시인으로 평가받고 있다. 그는 매일 아침, 일기를 썼다. 훗날, 그는 자신이 적은 일기에 대해 이렇게 말했다.
'내 마음의 삶을 기록하는 시간을 보내고 나면, 하루의 나머지 시간을 미련하게 보낼 권리가 생긴다.'
폴 발레리의 말은 인간사의 어두운 면에 대한 촌철살인의 성찰을 담고 있다. 그는 인간이라면 누구나 부족한 자신을 품어 안고 살아가야 하고, 삶은 계속되는 지옥일 뿐이라는 보편적이고 포괄적인 진실을 이야기했다. 겉보기로는 평화롭고 만족스럽게 살아가는 듯이 보이는 사람도 깊은 속내를 들여다보면 전혀 다른 양상을 띄고 있는 경우가 대부분이다. 세상과 조화롭게 어울리며 살아가는 것처럼 보이는 겉모습의 이면에는 자신의 단점에 대한 분노가 소용돌이치고 있게 마련이다. 인간은 단점을 스스로 만들어내는 존재이다. 비교적 경제적으로 안정적인 서구사회에서 지난 몇 십 년 동안 두려움, 분노, 절망, 증오, 후회 등의 부정적인 생각을 극복하고 자신감을 고양시키는 정신치료가 인기를 끌게 되었던 건 결코 우연이 아니다.

사람들은 누구나 내적 갈등을 겪으며 살아간다. 스스로 만들어낸 내적 갈등이야말로 그 사람의 삶을 좌우한다. 세상 사람들 모두가 부러워할 만큼 직업적으로나 경제적으로 성공한 사람이라도 한 겹 벗기고 바라보면 후회와 미련으로 점철된 생을 살고 있는 경우가 많다. '가지 않은 길' 에 대한 후회는 누구에게나 존재하니까.

삶이란 결코 원하거나 꿈꾸는 대로 살아갈 수 없다는 사실을 인정한다면 후회를 줄이고 있는 그대로의 생을 끌어안을 수 있게 된다. 사람들은 흔히 암울한 현실을 결코 벗어던질 수 없다고 생각하기에 깊은 절망감에 빠지게 된다. 암울한 현실을 만들어낸 사람이 다름 아닌 자기 자신이라는 사실을 깨달을 때 절망감은 더욱 깊어지게 된다.

내게는 파리에 사는 친구가 있다. 재능이 뛰어나고 사회적으로도 크게 성공한 건축가인 그 친구는 애정 없는 결혼생활을 몇 십 년째 지속해오고 있었다. 그의 부인은 우아하고 세련돼 보이지만 실상은 비판적이고 냉소적인 성격에 섹스를 거부하는 여자였다. 내 친구는 가정적인 사람이었지만 꽤나 성격이 까다롭고 충동적인 사람이었다. 제라르(본명은 아니지만 여기서는 제라르라는 가명으로 부르겠다)는 나에게 부부 문제에 대해 솔직하게 털어놓았다.

제라르는 불만스러운 결혼생활 때문에 끊임없이 고통을 겪으면서도 차마 이혼을 상상하지 못했다. 그는 몸이 뚱뚱한 편이어서 이혼하고 다른 여자를 만나 새로운 연애를 시작할 자신이 없다고 했다. 프랑스에서는 아내와 협의 하에 정부를 두는 게 그리 드문 일도 아니었다. 제라르는 그런 이중생활을 좋아하지 않아 진심으로 가정을 지키려고 했다. 사춘기에 접어든 두 딸이 정신적인 혼란을 겪게 될까봐 두렵기도 했다. 제라르는 이혼이 자녀에게 어떤 영향을 끼치는지 내 경우를 가까이에서 지켜보아 잘 알고 있었다.

나는 제라르에게 말했다.

"나 또한 가정을 깨는 게 두려웠어. 이혼하고 나서 과연 내 삶이 어떤 식으로 전개될지 두려워 오랫동안 망설였지. 하지만 불행한 결혼생활을 계속한다는 건 내 삶을 지속적으로 우울하게 만든다는 사실을 깨닫고 용기를 냈어."

제라르도 우울한 삶을 살고 있었다. 나는 이혼하기 전 몇 해 동안 친구들에게 절망스러운 결혼생활에 대한 넋두리를 자주 늘어놓았고, 한시바삐 끝내는 게 피차 나와 아내에게 유익한 일이 될 거라고 생각했다.

제라르도 나와 비슷한 상황에 처해 있었지만 끝내 이혼하는 걸 두려워했다. 미지의 세계에 발을 들여놓는다는 건 누구에게나 두려운 일이기 때문이었다. 잘못된 결혼생활은 감정적인 스톡홀름증후군이다. 덫에 갇혀 있으면서도 그 상태를 체념적으로 받아들여 안주하게 되는 것이다. 벽을 허물기만 하면 어디로든 자유롭게 갈 수 있다는 사실을 잘 알면서도 너무 오래 갇혀 살아온 나머지 빠져나갈 수 없게 된 것이다.

교도소에 수감된 죄수들의 의식을 조사한 흥미로운 통계가 있다. 죄수들 중 일부는 바깥세상을 불안정하게 생각해 오히려 출감을 꺼린다는 통계조사가 있었다. 이탈리아의 작곡가 로시니는 바그너의 〈니벨룽겐의 반지〉에 대한 소감을 묻는 질문에 대해 '15분은 멋지군요.' 라고 대답했다. 아무리 끔찍한 결혼생활이라도 아주 잠깐 동안은 멋진 순간이 있게 마련이다. 결혼생활을 오래 지속할 수 없다고 느끼면서도, 참고 견뎌내다 보면 어느 정도 행복을 가져다줄 수 있을 것이라고, 적당히 타협하며 살아갈 수 있을 것이라는 희망을 품게 된다.

'사람은 누구나 내적 갈등을 안고 살아간다. 우리가 누군가를 만난다는 건 기본적으로 같은 사람을 만나는 것이다.'

내 정신과의사가 들려준 말이다. 사람이라면 누구나 안고 살아가는 내적 갈등이야말로 인생의 많은 부분을 결정한다. 내적 갈등은 특히 우리가 어떤 선택을 해야 할 기로에서 결정적인 역할을 하게 된다. 사람이라면 누구나 내적 갈등과 끊임없이 싸워야하는 존재라는 사실을 이해한다면 또 다른 깨달음을 얻을 수 있다. 그 깨달음이란 바로 '어느 누구도 타인의 행복을 모두 책임질 수는 없다.' 는 것이다.

나는 그 깨달음을 통해 많은 걸 얻게 되었다. '인간 조건' 에 대한 생각도 다시 조정하게 되었다. 부모라면 당연히 자녀가 자라는 동안 행복하게 해줄 의무와 책임이 있지만 시간은 늘 한곳에 고정되어 있는 게 아니다. 자녀의 사춘기가 바로 전환점이다. 사춘기가 된 자녀들 역시 사람은 누구나 여러 시행착오와 실수를 거듭하며 살아가야 한다는 사실, 의도한 대로 되지 않는 삶에 대해 실망과 좌절을 겪으며 살아가야 한다는 사실을 깨닫게 된다.

자녀의 삶을 부모의 뜻대로 이끌어갈 수는 없다. 결국 운명을 어떻게 받아들이고 개척해나갈 것인지에 대한 과제를 풀 책임은 당사자들에게 있다.

부모가 자녀의 행복을 대신 만들어줄 수 있을까?

사람은 각자 지문이 다르듯 행복을 느끼는 의미와 조건 역시 다르다. 우리는 배우자가 행복하고 만족스러운 삶을 살고 있는지에 대해 책임질 수 없다. 매사 상대를 비난하고 탓하는 성격을 가진 배우자라면 상대를 불행에 빠뜨리는 사람이다. 부부간에 폭력을 사용하거나 무관심으로 일관하거나 사사건건 음해를 일삼는 행위는 가장 아끼고 사랑해주어야 할 배우자를 지옥에 빠뜨리는 일이다. 배우자에게 끊임없이 부당한 대우를 받으면서도 계속 그 옆에 머물 것인지 아니면 등을 돌리고 떠날 것인지에 대한 결정은 각자의 선택에 달려 있다. 배우자가 사사건건 생의 걸림돌이 되는 경우 갈라서는 게 낫다는 걸 잘 알고 있으면서도 모든 부당함에 대해 스스로 인내하며 그럴 수밖에 없었다고 자위하거나 시간이 흐르면 저절로 해결될 거라 기대해본 경험이 있을 것이다. 인생을 절망의 구렁텅이로 몰아넣을 거라는 사실을 뻔히 알면서도 그 상황에서 절대 벗어나지 못하는 사람들이 의외로 많다. 부당한 현실에 순응할지 거부할지 결정해야 할 몫은 결국 자기 자신에게 달려 있다.

왜 모든 걸 청산하고 떠나지 못하는지 이유를 늘어놓자면 얼마나 많은가? 경제적 이유, 지난날 사랑했다는 이유, 아직 사랑한다는 이유, 자녀문제 등 헤어지지 못하는 이유를 찾으려고 들자면 얼마든지 있다. 가까운 친구에게 배우자의 단점을 열거하고 비난하는 것으로 스트레스를 풀며 아까운 시간을 흘려보낼 수도 있다. 결국 모든 고난을 감수하고 살아갈지 말지 결정해야 하는 것은 오롯이 자기 자신에게 주어진 몫이다.

한편 가까이 다가온 행복을 스스로 밀어내는 사람도 있다. 내 외조부는 늘 불평이 많은 사람을 경계하라고 강조해 마지않았다.

"지난주에 무슨 일이 있었는지 알아? 내 이야기를 들으면 아마 너도 기가 막혀 말이 안 나올 거야."

내 외조부는 매사 '단점만 보고 장점을 보지 못하는 사람' 을 멀리해야 한다고도 했다. 그래서인지 한 지붕 아래에 산다는 게 신기해보일 만큼 불협화음을 이루었던 외조모와 50년 넘게 결혼생활을 유지할 수 있었는지도 모른다.

사람들은 저마다 행복에 대한 관점이 다르다. 분명 더 행복해질 수 있는 길이 있음에도 계속해서 고난을 자처하는 건 자기 파괴적 행위에 다름 아니다. 현실에 안주하는 결정을 내리는 사람들의 특징은 대체로 자기 방어적 성향이 강하다는 것이다. 자기 방어적인 태도는 오히려 삶에서 최선의 결정을 내리는데 걸림돌이 되기 쉽다.

과연 어느 쪽이 우리를 행복하게 해줄 선택일까?

결국 우리에게는 '행복은 다른 누군가가 대신 책임질 수 없다.' 라는 진실만이 남는다. 인생의 덫에 갇힌 것에 대해 다른 사람을 탓하며 살아가는 사람이 많다. 더없이 절망적인 상황에 처하더라도 탈출구가 반드시 존재한다는 사실을 다른 사람을 탓하며 애써 외면하려는 것이다.

인생의 선택에서 가장 우선적으로 고려해야 하는 점은 무엇일까?

당연히 우리는 자기 자신을 진정으로 행복하게 해줄 수 있는 선택이 무엇인지 깊이 생각해보아야 할 것이다.

내 친구 제라르는 부부 사이가 점점 더 절망적으로 변하면서 나에게 더 많은 불평을 쏟아내기 시작했다. 제라르는 나에게 아내가 대화를 거부하고, 정신과상담을 받아보자는 제안도 받아들이려 하지 않고, 섹스도 마다한다며 왜 나날이 갈등이 깊어져 가는 부부 사이를 유지하며 살아야만 하는지 스스로도 알 수 없다는 심경을 피력했다.

나는 크리스마스 휴가를 맞아 메인 주로 돌아가기 전에 파리에서 제라르를 만나 점심식사를 함께 했다.

제라르가 나에게 말했다.

"내년에는 아내와 헤어져야겠어. 나도 이제 새 출발을 해야지."

제라르는 그렇게 말했지만 결국 부인과 헤어지지 못하고 주저앉았다. 아이들 양육 문제, 복잡한 재산 분할 문제, 한순간 마법처럼 관계가 좋아지지 않을까 하는 기대감이 결국 그를 주저앉힌 이유였다. 제라르는 지난해에도, 지지난해에도 똑같은 말을 되풀이할 뿐이었다.

"내년에는 헤어질 거야."

"정말 그럴 자신 있어?"

"솔직히 그럴 자신이 없어."

나는 생각했다.

'그 말이 정답이네.'

***

1992년, 아들 맥스가 태어나고 8주쯤 되었을 때, 영국의 《옵저버》지에서 원고청탁을 받게 되었다. 컨트리뮤직의 메카라 할 수 있는 미주리 주 브랜슨을 방문 취재한 글을 써달라는 것이었다. 그 당시 맥스가 배앓이를 계속하는 바람에 몇 주째 잠을 제대로 자지 못한 탓에 극도로 피로감이 쌓여 있을 때였다. 미주리 주의 맑은 가을 날씨를 만끽하며 며칠 동안이나마 부족한 잠을 보충할 수 있을 기회로 생각돼 원고 청탁을 쾌히 받아들였다.

잠시나마 맥스와 멀리 떨어져 지내다보니 내가 아이를 얼마나 사랑하는지 실감했다. 맥스를 안고 있을 때의 따스하고 가슴 벅찬 느낌이 몹시 그리웠다. 맥스의 장래에 대해 내가 얼마나 큰 책임감을 느끼고 있는지에 대해서도 새삼 깨달았다. 나는 작가로서 여행을 계속해야 할 필요가 있었지만 런던의 집에 있는 아이들을 돌보며 살아가는 것도 대단히 중요한 과제였다.

미주리 주 브랜슨은 내가 상상한 것보다 훨씬 재미있는 곳이었다. 내가 머무는 호텔 근처 숲을 산책하다가 문득 미국이 내 고향이라는 사실을 떠올렸다. 그 당시는 내가 미국을 떠나 살기 시작한 지 15년쯤 되었을 때였고, 주로 런던에서 머무르며 일을 했다. 미국을 방문하는 일은 그다지 많지 않았다. 그때까지만 해도 내가 쓴 책들은 영국에서만 출간되었다. 세 번째 여행서가 막 나온 때였고, 첫 번째 소설을 쓰기 위해 애쓰고 있었다.

그 당시 나는 결혼생활을 이어가는 남편이자 갓 태어난 맥스의 아버지였다. 잡지나 신문에 글을 기고하는 일만으로도 생활비 정도는 벌 수 있었다. 그 당시 런던은 언론의 수도라 부를 만했다. 그때 내 나이 서른일곱 살이었고, 작가로서 화려하지는 않아도 부족하지는 않게 그럭저럭 살아가고 있었다. 수입이 많지는 않아 친구로부터 7년 된 중고 볼보를 사서 몰아야 할 만큼 검소한 생활을 했다. 경제적인 이유로 아내도 나도 그다지 마음에 들지 않는 동네에 집을 구입했다. 그나마 우리 집에서 10분쯤 걸어가면 템스 강에 갈 수 있다는 게 장점이었다. 우리 부부는 둘 다 집에서 일했으므로 잠깐씩 아이를 돌보아줄 베이

비시터가 필요했다. 그 당시 아내는 영화 홍보 일을 하고 있었다.

22년이 지난 지금 돌이켜보니 감회가 남다르다. 그 당시 갓난아기였던 맥스는 이제 스물두 살이 되었다. 갓 태어난 맥스를 돌보는 문제로 스트레스를 받기도 하고, 아내와 갈등을 겪기도 하고, 작가로서 성공적인 길을 열어갈 수 있을지 자못 염려가 되기도 했던 때였다. 나는 첫 소설 집필에 깊이 몰두하는 한편 잡지와 신문에 글을 기고해 생활비를 벌어야 했다. 다소 삶의 부담을 느끼긴 했지만 덫에 갇혔다는 생각은 들지 않았다. 그렇지만 미래에 대한 꿈과 비전, 남편과 아버지로서의 의무 사이에서 아슬아슬한 외줄타기를 하다보면 나도 모르게 어느새 헤어나지 못할 인생의 덫에 깊숙이 빠져들 수도 있다는 생각이 들었다.

다시 영국으로 돌아가기 전날, 나는 미주리 주의 숲길을 걸으며 봄이 되기 전까지 첫 소설을 마무리해야겠다고 결심했다. 내 고향 미국과의 불화도 극복하려 애쓰겠다고 결심했다.

내가 뉴욕에서 도망치다시피 떠난 건 1977년이었다. 그 당시 아버지는 나를 낙오자라 부르며 경영대학원이나 로스쿨에 가야 한다고 압박을 가했다. 내가 도망치다시피 뉴욕을 떠날 무렵은 아버지의 압박이 최고조에 달해 있을 때였다. 뉴욕에 계속 머물러 있다가는 원하지 않는 삶 속에 나를 가두게 될지도 모른다는 위기감이 유럽행을 서두르게 했지만 오랫동안 객지를 떠돌다보니 '고향'이 그립기도 했다. 미주리 주의 화려한 가을 단풍 숲을 거닐다보니 '고향'에 대한 애착이 더욱 강렬하게 일었다.

이튿날 나는 브랜슨에서 차로 네 시간을 달려 캔자스시티로 갔다. 미국의 고속도로를 타고 장거리를 달리다보니 내가 나고 자란 나라의 풍경이 신비로운 감흥을 불러 일으켰다. 디트로이트에서 런던 행 비행기에 탑승하기로 되어 있었다. 캔자스시티에서 디트로이트까지 가는 비행기를 타려면 아직 몇 시간이 더 남아 있었다. 나는 한 시간가량 캔자스시티의 헌책방을 돌며 시간을 보냈다. 헌책방에서 커밍스의 초판 시집을 발견했고, 싱클레어 루이스와 그레이엄 그린의 초판도 발견했다. 업튼 싱클레어의 《정글》 초판도 발견했는데 워낙 희귀한 책이라 가격이 어마어마하게 비쌌다. 그 당시 나는 업튼 싱클레어의 책에 1천 달러를 쓸 만한 형편이 못되었다. 그때 만약 책을 사두었다면 지금은 아마 그 열다섯 배의 가치가 있었을 것이다.

헌책방을 돌아다니다가 대단히 흥미로운 책을 발견했다. 리처드 예이츠의 《레볼루셔너리 로드》는 내가 기회가 되면 반드시 읽어봐야겠다고 생각한 책이었다. 내 대학 동창이 보스턴에서 문학 담당 기자로 일하고 있었는데, 리처드 예이츠를 인터뷰한 적이 있었다. 예이츠는 내가 미주리 주로 취재를 떠나기 몇 달 전 세상을 떠났다. 내 동창생이 인터뷰할 당시 예이츠의 나이는 65세에 불과했지만 술과 담배에 찌들어 80세는 족히 되어 보였고, 인터뷰에 그다지 협조적이지 않았다고 했다. 예이츠는 전후 미국 작가들 중 문학적 성과를 제대로 평가받지 못한 인물에 속한다. 나는 헌책방에서 성공만을 강조하는 미국사회의 그늘과 미국인들의 어두운 심리를 심오하게 그린 예이츠의 작품을 찾아보고 싶었다. 독서광들이 대개 그러하듯 나 역시 내가 읽어낼 수 있는 양보다 훨씬 많은 책을 충동적으로 구입한다. 책을 사는 것도 중독이다. 책을 사는 게 코카인이나 포르셰를 사는 것보다 돈이 덜 들고, 책을 집필하느라 노고가 많았던 작가를 돕는 일이긴 하지만 중독이라는 점에서는 다를 바 없었다. 내 책장에 꽂혀 있는 책들 중에서 아직

한 번도 펼쳐보지 않은 책이 부지기수다.

읽지도 않을 책을 구입했던 기억을 떠올리는 게 무턱대고 책을 사는 습관을 고쳐줄 수 있을까?

캔자스시티의 헌책방에서 예이츠의 《레볼루셔너리 로드》를 우연히 발견한 그날, 나는 그 책을 책장에 마냥 꽂아 두지는 않을 자신이 있었다. 디트로이트로 가는 비행기에서 책을 읽기 시작했는데, 그 깊고도 매혹적인 이야기에서 잠시도 눈을 뗄 수 없었다.

디트로이트에서 런던으로 가는 비행기를 타려면 두 시간가량 더 기다려야 했다. 나는 바에 앉아 버번위스키를 마시며 책장을 넘겼다. 런던까지 7시간 반이나 걸리는 비행시간 내내 불편한 이코노미 좌석에 앉아서도 계속 책장을 넘겼다. 얼마나 빠져들었던지 다 읽기 전에는 책장을 덮고 잠을 청할 수 없을 지경이었다.

전후 미국 중산층 부부의 원만하지 않은 결혼생활 이야기가 내 눈과 마음을 사로잡았다. 원하지 않는 삶 속으로 자신을 밀어 넣을 수밖에 없었던 이야기, 스스로 만들어낸 절망의 이야기에서 눈을 돌릴 수 없었다.

이야기 구조는 단순한 편이다. 1940년대 말, 에이프릴과 프랭크는 그리니치빌리지에서 열린 어느 파티에서 우연히 만난다. 두 사람 다 원하지 않는 일을 하고 있고, 보헤미안적 기질을 갖고 있고, 미국사회의 보수적 성향에 대해 혐오에 가까운 반감을 드러낸다.

에이프릴이 임신하는 바람에 두 사람은 결혼한다. 첫 아이가 태어나고 얼마 안 있어 둘째도 태어난다. 프랭크는 아무런 희망도 없이 회사에 출퇴근하는 직장인이자 월급을 받는 노예가 된다. 에이프릴은 코네티컷의 답답한 가정주부 생활에 염증을 느낀다. 두 사람은 아무런 변화 없이 계속되는 환경에 질려 서로를 괴롭히기 시작한다. 두 사람은 중산층들이 모여 사는 교외 주택가에서 살기로 결정한 것에 대해 서로를 원망한다. 에이프릴과 프랭크가 벌이는 부부싸움 장면은 지금껏 내가 읽어본 그 어떤 소설보다 실감나는 묘사를 하고 있었다.

에이프릴과 프랭크는 코네티컷의 수려한 겉모습이 그들 부부의 정신건강에 전혀 도움이 되지 않는다는 사실을 잘 알고 있다. 어느덧 20대 후반에 접어든 나이가 되었지만 두 사람은 여전히 서로를 미워한다.

마침내 에이프릴은 그리니치빌리지를 떠나기로 결심하고 파리 행 비행기티켓을 산다. 빛의 도시 파리로 이사할 결심이다. 에이프릴은 파리에 가면 프랭크가 그토록 원하던 소설을 쓸 수 있을 테고, 자신은 프랑스어를 배우고, 그림을 그리고, 노천카페에서 여유 있게 세상을 바라볼 수 있을 거라 생각한다.

조심스레 파리 행 계획을 털어놓은 에이프릴은 남편의 예기치 않은 반응에 놀란다. 프랭크는 느닷없이 그녀가 자신의 삶을 비하했다며 화를 낸다. 프랭크의 독백이 두 페이지에 걸쳐 이어진다. 심리묘사도 정확하고, 문체도 뛰어나다. 그토록 증오해마지 않는 삶 속에 자신을 가두는 프랭크의 선택을 통해 예이츠는 스스로 만들어낸 절망의 덫으로 빠져드는 한 인간의 심리를 탁월하게 묘사하고 있다.

문학은 우리가 보지 못하는 숨은 방, 우리가 차마 맞서기 두려워하는 절망의 방으로 이끄는 통로이다. 예이츠는 그토록 증오해마지 않는 생활에 그대로 머물기로 마음먹는 프랭크의 결정, 결국 자신과 가족들 모두를 비극으로 이끌 그 결정이 의미하는 바가 무엇인지 정확하게 짚어내고 있다. 예이츠의 예리한 통찰은 내게도 큰 충격으로 다가왔다.

아버지가 맨해튼의 프랑스 레스토랑에서 내 손가락을 부러뜨릴 뻔했던 4년 전 모습이 떠올랐다. 아버지는 불행한 결혼생활에서 빠져나올 능력이 없다는 사실을 깊이 자각하고 있었고, 그런 까닭에 그 슬픈 현실에 안주하기로 했다.

예이츠의 소설은 나의 결혼생활에 대해서도 돌아보게 했다. 오랫동안 결혼생활에 대해 회의적인 생각을 품어왔으면서도 늘 견딜 만하다고 스스로를 달래던 내 모습이 떠올랐다. 나 역시 결혼생활에 실패했다는 사실을 인정하면서도 그 부당한 현실에서 탈피할 자신이 없었다. 그로부터 10년 뒤 정신과의사의 상담을 받는 동안 분명하게 깨달았다. 내가 덫에 갇힐까봐 두려워하는 모습은 버림받을지 모른다는 두려움과 연결되어 있다는 것을……. 마치 독재자 같았던 아버지의 모습에 잔뜩 겁을 집어먹었던 소년은 그 그늘에서 벗어나고 싶은 마음이 간절한 동시에 혹시라도 버림받지는 않을까 두려워했던 것이다. 아버지는 어린 시절 할머니가 주방 바닥에 쓰러져 죽은 모습을 두 눈으로 직접 본 순간부터 할아버지에게 버림받을지도 모른다는 두려움을 갖게 되었을 것이다.

나로 말하자면 아버지로부터 버림받게 될 경우 신경질적인 어머니의 손아귀에 갇혀 살게 될까봐 두려웠다. 아버지와 나는 버림받을지 모른다는 두려움이 스스로를 옭아매는 덫이 된 것이다. 사람들은 구속당하기를 싫어하는 한편 자신을 구속하고 있는 세계 바깥으로 나가는 것에 대해서도 두려워한다. 예이츠는 《레볼루셔너리 로드》를 통해 바로 그 부분을 뛰어나게 형상화했다.

나는 예이츠의 소설에서 영감을 얻어 4년 뒤 《빅 픽처》를 발표했다. 월스트리트에서 변호사로 일하며 깊은 절망에 사로잡힌 30대 중반의 벤은 사진가가 되고 싶어 하지만 안정된 삶을 바라는 아버지의 조언을 받아들여 변호사가 되었고, 거대 로펌의 신탁 담당 변호사가 된다. 벤은 코네티컷 교외의 주택가에 살고 있으며, 그의 아내 베스는 한때 소설가가 되고 싶었으나 거듭되는 실패에 좌절해 두 아이를 키우는 주부로 살아가고 있다. 벤은 변호사가 되라고 충고한 아버지를 원망하면서도 거부할 수 없는 진실을 마주하게 된다. 벤은 사진가의 꿈을 포기하고 아버지의 뜻을 받아들여 변호사가 된 것을 깊이 후회하지만 한편으로는 경제적인 안정을 가져다주는 장점을 무시할 수도 없다. 집 앞에 푸른 잔디밭이 펼쳐져 있고, 안전한 울타리가 있는 교외 중산층 주택지에서 자녀를 키우며 사는 생활을 버릴 수 없다는 게 벤의 진실이다. 결국 삶을 덫에 빠트리기로 결정한 사람은 다른 누구도 아닌 벤 자신이었다.

스스로 덫을 만들었다는 사실을 깨닫고 나면 더욱 두려운 질문들이 기다리고 있다.

과연 덫에서 벗어날 수 있을까?

나를 가두고 있는 불행한 삶 너머로 탈출할 수 있을까?

아니면 불행한 삶을 어쩔 수 없는 현실로 받아들이며 끝까지 버텨내야 할까?

그런 질문들에는 골치 아픈 개념이 숨어 있다. 바로 '변화'라는 개념이다. '변화'는 미국의 낙관주의를 단적으로 표현하는 말이기도 하다.

'우리는 얼마든지 자기 자신이 원하는 모습으로 변화할 수 있다.'

브로드웨이 뮤지컬에서도 자주 주제로 차용되는 개념이다. 텔레비전 토크쇼에서는 무기력한 가정주부를 출연시켜 살을 빼고 배우자를 전혀 배려하지 않는 남편과 헤어지면 어린 시절 꿈인 댄서가 될 수 있을 거라 부추기기도 한다. 노력 여하에 따라 얼마든지 인생을 변화시킬 수 있다는 낙관적인 믿음에 근거한 충고이다.

'변화'는 청교도들이 메이플라워호를 타고 신대륙에 상륙할 당시부터 미국의 기본 정신으로 자리 잡았다. 미국은 다양한 나라에서 모여든 이민자들이 사는 다문화 국가이지만 청교도정신은 여전히 미국인들의 의식을 좌우하는 매우 중요한 정신적 바탕이 되고 있다.

청교도정신의 중심에는 '죄악'의 개념이 자리하고 있다. 섹스에 있어서는 특히 심하다. 그런 점들은 미국과 프랑스를 비교해 보면 훨씬 더 명확하게 드러난다. 프랑스에서는 배우자가 있는 사람이 바람을 피우는 것에 대해 가정과 분리해 사회적으로 묵인한다. 미국에서도 장기간 결혼생활에서 어쩔 수 없이 찾아오는 권태 문제를 해결하기 위해 부부가 서로 합의 아래 외도하는 경우는 종종 있다. 다만 미국사회에서의 외도는 어디까지나 개인적인 문제로 국한된다. 프랑스에서의 외도가 사회적으로 용인되는 것과 명백한 차이가 있는 부분이다.

미국에서는 바람을 피우다가 들키면 《주홍글씨》의 헤스터 프린처럼 'A' 자를 목에 걸 각오를 해야 한다. 미국사회에서 간통은 배우자에 대한 심각한 배신행위로 간주된다. 욕망을 다스리지 못해 결혼서약을 깬 사람은 사회적으로 큰 결함을 가진 것으로 치부되기 일쑤다. 미국사회에서도 성 문제에 대해 유연한 견해를 갖고 있는 사람들이 많지만 자신의 생각을 자신 있게 피력하지 못한다. 미국사회에서는 여전히 간통을 도덕적 타락으로 여기는 분위기가 팽배해 있는 탓이다. 미국사회에서 간통이 테러나 살인처럼 야만적이고 파렴치한 범죄행위가 아니라는 사실을 공공연히 지적하는 사람은 드물다.

물론 믿었던 배우자나 연인에게 배신당한 사람의 정신적 고통에 대해서는 충분히 고려해주는 게 마땅하다. 간통 행위로 죄책감을 느끼는 사람도 있고, 보상받는 기분을 느끼는 사람도 있을 것이다. 아무도 모르는 비밀을 몰래 간직한 기분, 은밀한 행위를 하고 있는 것에 짜릿한 쾌감을 맛볼 수도 있을 것이다. 그 반면 자기혐오에 빠질 수도 있고, 차분하게 객관적인 시각을 가질 수도 있다.

간통에 대한 다양한 해석이 존재한다. 《보바리 부인》에서 시골의사의 아내 엠마 보바리는 답답한 결혼생활에 염증을 느껴 이기적인 철부지 장교와 바람을 피운다. 로맨틱한 열정에 빠져든 엠마는 현실을 똑바로 바라보지 못한다. 연이은 불륜의 결과로 엠마는 결혼생활의 종말이 아니라 그나마 남아 있던 자긍심마저 상실한다.

우울한 감정이 엠마를 집어삼킨다. 플로베르는 엠마를 쇼핑중독으로 이끌어 비극적 결말을 맞게 한다. 엠마는 쓸모없는 물건들을 사들이고, 그 결과 빚에 허덕이고, 자신의 삶이 아무것도 아니라고 여기게 된다. 영원히 덫에 갇혀 지내는 기분에 휩싸여 있는 엠마가 자신이 만든 감옥에서 빠져나올 수 있는 길은 죽음밖에 없어 보인다.

권태가 인간 조건임을 묘사해 문학의 새 경지를 개척한 플로베르는 프로이트가 나타나기 이전에 글을 썼으므로 '스스로 놓은 덫'의 개념을 알지 못했을 수도 있다. 19세기 중반, 프랑스는 물론 그 어느 나라에서도 남녀평등의 개념은 희박했다. 계급의 개념은 바위처럼 공고하게 굳어 있었고, 여성의 역할은 아내이자 어머니로 한정되었다.

엠마 보바리가 비극적 결말은 맞을 수밖에 없었던 이유는 무엇일까?

엠마 보바리는 남자들에게 종속되려 했기에 스스로 존재의 의미를 찾을 수 없었다. 엠마 보바리가 존재의 의미를 자각하기에는 삶에 대한 인식이 턱없이 부족했을 수도 있다. 엠마는 절망의 구렁텅이에서 스스로 빠져나올 수 있는 호기심도 부족했다.

19세기 문학에도 지성과 재치를 이용해 주어진 사회적 역할을 뛰어넘어 존재의 의미를 찾아내는 여성들이 많이 등장한다. 가령 셰익스피어의 《헛소동》에 나오는 베아트리스나 《말괄량이 길들이기》의 케이트는 여성으로서의 한정된 역할에 굴복하지 않고 남자들과 맞서 싸워 이기는 인물들이다.

안타깝지만 엠마 보바리는 삶의 지평을 넓힐 수 있는 인식이 부족했다. 엠마는 백마 탄 기사가 나타나 자신을 구해주리라는 생각에 사로잡혀 헛된 꿈만 꾸게 된다. 물론 시대상황으로 보자면 엠마가 쉽게 짐을 싸 떠날 수 있는 여건이 되지 못했다. 엠마의 비극은 당시의 보수적인 사회상에서 비롯됐지만 그녀의 상상력이 턱없이 부족했다는 것도 전혀 도외시할 수는 없다. 엠마는 로맨틱한 꿈에 빠져 있었지만 스스로 꿈을 충족시킬 수 있는 자질을 갖추지 못한 셈이었다. 절망의 구렁텅이에서 벗어날 수 있는 선택이 무엇인지 전혀 알지 못했다.

엠마 보바리가 살던 시대로부터 1세기가 지난 《레볼루셔너리 로드》의 경우를 살펴보자. 리처드 예이츠의 《레볼루셔너리 로드》는 1950년대가 배경으로 심리학이 발달해 '스스로 놓은 덫' 의 개념이 정리돼 있던 때였다. 1950년대에도 여성의 역할은 여전히 아내이자 어머니 역할에 국한되어 있었고, 이혼은 위험하고 무책임하고 비양심적인 일로 치부되고 있었다. 물론 이혼이 절대로 있을 수 없는 사회적 터부는 아니었지만 여전히 곱지 않은 눈길을 받고 있었다는 건 자명하다.

리처드 예이츠가 프랭크와 에이프릴 부부의 비극을 그리고 나서 몇 년 지난 뒤 존 업다이크는 성적인 모험을 다룬 소설 《커플스》를 발표

한다. 존 업다이크는 《커플스》를 통해 자유와 개척정신을 실험하지만 여전히 덫에 갇힌 개인의 우울을 드러낸다. 사회적인 통념에 도전할 수는 있지만 일부일처제의 체제를 넘어가면 반드시 대가를 치러야 한다. 그 대가는 결코 가볍지 않다. 거의 모든 미국 소설이 그러하듯 존 업다이크의 소설에도 청교도정신이 짙게 그림자를 드리우고 있다.

이혼이 보편화된 요즘도 성 역할의 규정만큼은 매우 굳건하다. 성 역할은 우리 스스로 놓은 삶의 덫에 큰 영향을 미친다. 우리는 수많은 의무들에 갇혀 있다. 모기지론, 자동차 할부금을 갚아나가야 할 의무와 함께 자녀양육의 기나긴 의무가 있다. 평생을 따라다니는 부모라는 꼬리표를 무시할 수 없고, 자신이 선택한 직업이 마음에 들지 않아도 쉽게 벗어나지 못한다. 물론 그런 문제들은 미국사회에만 국한된 문제는 아니다. 권태는 어느 나라에서나 볼 수 있는 보편적인 문제다.

나는 교육을 잘 받고 가정환경이 유복한 사람은 사회에 큰 빚을 지고 있다고 생각한다. 오페라 관람, 디너파티, 미국 동서를 가로지르는 여섯 시간의 비행에 지친다고 불평할 수는 있겠지만 적어도 고단한 일에 지치는 일은 없을 테니까.

어느 누가 보더라도 권태로운 결혼생활이나 직업을 그대로 유지해 간다는 건 정말이지 끔찍한 일이다. 그럼에도 우리 주변에는 그런 삶을 유지해가는 사람들을 흔하게 볼 수 있다. 덫에 갇혔다는 생각이 들 때 우리가 마주하게 되는 가장 불편한 진실은 그 덫을 만든 사람이 바로 자기 자신임을 인식하지 못한다는 것이다. 아무런 보람을 느끼지 못하는 직업을 선택한 것도, 쳇바퀴 돌듯 반복되는 일을 선택한 것도, 성격이 맞지 않는 여자와 결혼한 것도, 마음에 들지 않는 집을 구입한 것도, 자녀를 낳은 것도, 주변사람의 기대에 부응하려고 애쓰는 것도 모두가 스스로 선택한 일이다.

나 또한 수많은 선택을 했지만 후회하지는 않는다. 심지어 이혼할 때조차 후회하지 않았다. 내 첫 번째 결혼생활이 끝없는 재난으로 이어졌던 건 아니다. 두 아이가 태어났고, 정말이지 행복했던 순간들도 많았다. 글쓰기는 내가 좋아한 일이었기에 거듭되는 실망적인 결과를 받아 안고도 끝내 좌절하지 않을 수 있었다. 물론 작가로 살아가면서 실패가 겹치게 되면 실망도 하고 재능이 부족하다는 자학을 하게 되는 경우도 있지만 내가 선택하고 좋아한 일이었기에 포기하지 않을 수 있었다. 일 때문에 자주 집을 비워야 할 때에도 유연하게 아내를 설득할 수 있었다. 우리의 부부생활이 온탕과 냉탕을 오가는 일이 잦았으므로 밑바탕에 불안감이 없었다면 거짓말일 것이다. 나의 작가적 재능에 대해 계속 부정적인 말을 하고, 자주 업신여기는 사람과 함께 살아가면서 과연 내가 긍정적인 모습을 지켜갈 수 있을지 의심스럽기도 했다.

나는 파리에서 프랑스 여자와 눈이 맞았다가 아내에게 들켰다. 런던에 있는 집에 이혼서류가 답지했을 때 나는 아내에게 깊이 사과하고 용서를 비는 한편 이혼에 대해서는 재고해 보자고 제안했다. 나의 화해 시도는 결국 실패로 돌아갔지만 내가 아내와 헤어진 이유가 다른 여자와 바람을 피웠기 때문이라고 생각하지는 않는다.

그 당시 내가 만났던 파리의 여자가 아름답고 똑똑한 건 분명한 사실이지만 그녀와 새로운 삶을 모색한다는 건 여러 가지 이유로 불가능한 상황이었다. 파리에서 내가 저지른 외도는 아내와 헤어지게 된 일종의 계기가 되었을 뿐이었다.

몇 년 뒤, 나는 그때 파리에서 만나던 여자와 몇 달 동안 함께 지내기도 했다. 몰래 만나던 때보다는 훨씬 분위기가 밝았다. 그럼에도 여러 가지 이유로 관계를 지속해나갈 수 없었다. 열정은 삶에 큰 영향을 미치지만 지속적으로 생활을 함께할 수 없는 사람이 있게 마련이다. 열정적인 연애는 '더 오래 함께할 수도 있었는데' 라는 미련을 남길 뿐이다. 열정적인 연애를 법적인 부부관계로 만들 경우 두 사람 모두를 괴로움에 빠뜨리는 결과를 낳게 될 것이라는 사실을 나와 그녀는 암묵적으로 깨닫고 있었다. 물론 그런 문제들을 쌍방이 공유하고 있지 않을 때에는 상황이 달라진다.

오래된 내 친구(여기서는 '헨리' 라는 가명으로 부르겠다)는 두 번째 이혼을 앞두고 나에게 이야기를 들려주었다. 헨리가 두 번째로 결혼한 여자는 사회적으로 성공했고, 재치가 넘치는데다 맨해튼의 '지식인' 들 사이에서 제법 이름이 알려진 사람이었다. 가끔 지나친 폭음을 하는 등 몇 가지 문제가 있긴 했지만 결혼을 망설일 절대적인 이유로 보지는 않았다.

헨리의 어머니는 심각한 알코올의존증을 앓다가 50대 초반에 세상을 떠났다. 헨리는 미처 그 사실을 생각하지 못했다. 그녀가 헨리보다 여덟 살 연상인데다 마치 어머니처럼 어린아이 취급을 한다는 것에 대해서도 심각하게 고려하지 못했다. 게다가 자주 섹스를 거부하는 것도 심각한 문제는 아니라고 생각했다.

나는 헨리가 스스로 잘못된 결혼생활이라는 걸 알면서도 왜 그대로 머물러 있는지 의아했다. 헨리는 자신의 문제를 털어놓을 상대가 필요할 뿐 충고를 듣고 나서 곧바로 행동으로 옮기고 싶은 생각은 전혀 없어 보였다. 나는 아무 말도 하지 않고 헨리의 말에 조용히 귀를 기울였다.

그 후 10년이 지날 때까지 헨리는 결혼생활을 유지했다. 헨리 부부는 《올리버 트위스트》에나 나올 법한 러시아 고아원에서 아이를 입양해 키웠다. 부인의 음주가 점점 심해졌고, 부부 사이의 섹스는 아예 실종됐다. 헨리 부부가 서로에게 화내는 일은 이제 일상처럼 되었다. 정신과상담을 받았지만 오히려 부부싸움은 더욱 잦아졌다. 헨리는 결국 부부 관계를 더는 유지할 수 없다고 판단했다. 헨리의 전처는 이혼하고 나서도 점점 더 심하게 자신을 팽개쳤고, 헨리의 딸은 아버지와 살겠다고 선언했다.

헨리가 나에게 말했다.

"예전에 내가 우리 부부 사이의 문제에 대해 토로한 적이 있었잖아. 그때 자네는 내가 잘못된 길로 가고 있다는 걸 알고 있었지? 자네가 말은 하지 않았지만 내게 그런 느낌으로 전달되었어. 그렇지만 자네는 내게 이혼하라고 충고하지 않았지. 물론 자네가 충고했더라도 내가 듣지 않았을 거야. 우리는 종종 잘못되어가고 있다는 걸 알면서도 중단하지 못하는 경우가 있으니까. 신혼여행 첫날이었어. 우리는 서인도제도로 신혼여행을 갔어. 사실은 첫날밤부터 기분을 잡쳤지. 아내가 잠자리에 들기 전 와인을 커다란 잔에 세 잔이나 따라 마시고는 건성으로 섹스에 응하더니 곧 곯아떨어지는 거야. 나는 발코니로 나가 바다를 바라보며 내 평생 가장 큰 실수를 저질렀다는 걸 깨달았지만 무려 10년 동안이나 그 생활을 유지해왔어."

뭔가 크게 잘못되어가고 있다는 걸 알면서도 관계를 그대로 유지해가는 경우가 얼마나 많은지 생각해 보라. 당연한 말이지만 결혼생활이 크게 잘못되어가고 있다는 사실을 뻔히 알면서도, 자기 자신을 불행에 빠뜨리고 있다는 걸 뻔히 알면서도 오랜 시간 지속한 사람이 비단 헨리만은 아닐 것이다. 결혼처럼 쌍방이 오랜 시간 함께 살기로 약속하고 시작하는 인간관계는 당연히 위험이 따르게 된다. 마음 한 구석으로는 최선이 아니라는 걸 느끼고 있으면서도 참아내야 한다고 자신을 설득해야 하는 때가 얼마나 많은가? 헨리의 이야기를 듣는 동안 나는 곧장 아버지를 떠올렸다.

아버지는 어머니를 처음 만났을 때 평생을 시달리게 되리란 걸 몰랐을까? 외할아버지는 어머니의 성격이 배타적이라는 걸 알면서도 아버지에게 떠넘기려 했던 건 아닐까? 아버지는 어머니와 함께 살게 되면 허구한 날 다투게 되리란 징후를 수없이 보았을 텐데 왜 결혼을 운명처럼 받아들였을까? 아버지는 불행한 결혼이 될지도 모른다는 사실을 뻔히 알면서도 스스로 그 길로 접어든 게 아닐까?

시간의 흐름에는 가속도가 붙는다. 중년의 경계를 지나고 나면 일 년은 전과 다름없는 일 년처럼 느껴지지 않는다. 우리는 나이를 먹고 나서야 세상에서 살다간 모든 사람들이 맞닥뜨렸을 진실과 마주하게 된다. 인생의 포로가 되어 살아가던 사람들은 나이가 지긋해지고 나서야 자기 자신에게 잔인한 질문을 던지게 된다.

'삶의 의미는 도대체 무엇인가?'

그때서야 사람들은 원하지 않는 덫에 갇혀 더없이 소중한 인생을 불행에 빠뜨리고도 바꿀 생각을 하지 못했다는 사실을 깨닫게 된다. 그럼에도 진실은 여전히 유효하다.

'삶의 덫에 갇혀 더없이 소중한 인생을 불행하게 보내기로 결정한 사람은 결국 자기 자신이다.'

헤어지지 못하는 이유를 생각하자면 결국 어쩔 수 없는 선택이었을 거라는 생각이 들긴 한다. 그 길을 선택할 수밖에 없었기에 자신을 설득해 내린 결정일 것이다. 시간이 지나면 좋아질 수 있을 거라 기대하며 자기 자신을 다독거릴 수도 있다. 그런 일은 결코 없으리란 걸 뻔히 알고 있더라도 요행을 바랄 수도 있다. 기회가 되면 혹은 '내년에 해결해야지' 하며 선택을 뒤로 미룰 수도 있다. 내 친구 제라르가 해마다 헤어지기로 결심하고도 결국 이듬해 크리스마스까지 넘기길 수없이 반복했듯이…….

우리는 누구나 떠나는 꿈을 꾼다. 자유를 얻는 대신 외로움을 덤으로 얻게 될 미지의 땅으로 모험을 떠나는 것은 어려운 결정이다. 가정이나 직업의 굴레를 벗어던지고 자유로워지기로 결심한다는 건 어른이 되어 내릴 수 있는 결정 중에서 가장 힘들다. 그런 까닭에 나는 떠나지 못하고 머물러 있는 사람들을 비난하지 않는다. 키케로는 듣기에는 불편하지만 일리 있는 말을 했다.

'자기 자신을 잃어버린다는 건 대단히 위험하다. 하지만 그런 위험은 세상의 도처에서 너무 쉽게 일어난다.'

석 달 전, 나는 파리에서 제라르에게 점심을 같이 먹자며 이메일을 보냈다. 제라르가 레스토랑으로 들어서는 순간부터 기분이 전에 없이 유쾌하다는 걸 느꼈다. 우리는 식전주를 마시며 아이들과 일에 대한 이야기를 나누었다. 우리 둘 다 알고 있는 이상한 영화 제작자를 도마위에 올려놓고 즐거운 대화를 나누기도 했다. 한 시간쯤 유쾌한 대화가 이어졌다. 단 하나, 우리가 이전에 만날 때마다 입에 올린 제라르의 결혼생활에 대한 이야기는 애써 피했다.

첫 코스 음식이 나왔을 때 제라르가 말했다.

"일주일 전에 집을 나왔어."

나는 깜짝 놀라는 한편 폭탄선언에 가까운 말을 꺼내기 전까지 한 시간가량 평상심을 유지하며 다른 이야기를 나눈 제라르의 인내심에 탄복했다. 긴 세월 동안 아내와 헤어져야겠다고 말하면서도 결코 헤어질 수 없는 핑계를 늘어놓던 그는 마침내 인생의 덫을 박차고 나와 그 레스토랑에서 멀지 않은 곳에 있는 아파트를 구해 혼자 살고 있다고 했다.

나는 깜짝 놀라 포크를 내려놓으며 말했다.

"대단히 쇼킹한 소식이야."

"자네는 내가 절대로 그 집에서 벗어날 수 없을 거라 생각했지?"

"내 생각은 그리 중요하지 않아. 난 자네가 그 집에서 벗어날 수 없는 이유에 대해 말해주었을 때 충분히 그럴 수도 있다고 생각했어. 왜냐하면 이혼한다는 게 얼마나 힘든 선택인지 내 경험을 통해 잘 알고 있었으니까."

"혼자 산 지 일주일쯤 되었는데 아직 굉장히 낯설어."

"한동안 계속 낯선 느낌이 들 거야. 그렇지만 결국 자네의 결정을 후회하지 않는다면 결국 현명한 선택이었다는 걸 알게 될 거야."

제라르의 표정이 자못 심각했다.

"내 결정에 대해 후회할 일은 없어."

제라르가 별거를 시작한 지 1년이 지났다. 이혼에 따른 법적 절차도 곧 마무리된다. 이혼이 아이들에게 미친 영향, 결혼생활을 끝낸 직후 누구나 겪게 되는 방황, 퇴근해 집으로 돌아왔을 때 느끼는 적막감 등이 제라르를 무척이나 낯설고 당황하게 할 것이다. 그렇지만 상처는 곧 아무는 법이다.

"여태껏 살아오면서 내린 결정 가운데 가장 마음에 드는 결정이야. 그동안 너무 많이 괴로웠으니까."

내가 생각하기에도 현명한 결정이었다. 제라르가 자신을 불행하게 만든 과거로부터 자유로워지려면 먼저 상처를 치유해야 한다. 우리는 타인의 행복까지 책임질 수는 없다. 누구나 자기 자신의 행복에 대해서만 책임이 있을 뿐이다. 부당한 현실에 대해 혹은 늘 고통을 안기는 배우자에 대해 불평만 늘어놓을 뿐 변화를 모색하지 않는다면 아무것도 바뀌지 않는다. '비상구'를 두드리고 괴로운 현실 너머 다른 가능성을 과감하게 찾아 떠나야 한다. 스스로 만든 덫에서 한시바삐 빠져나와야 한다.

한편 레스토랑에서 내 손가락을 부러뜨릴 뻔했던 그날 이후 아버지는 3년쯤 연락이 없었다. 돈 문제는 가족끼리 불화를 일으키는 가장 오래되고 흔한 이유라 할 수 있다. 아버지는 나에게 당신 의견을 따르거나 아니면 연락을 끊겠다는 뜻을 전달해왔다.

2010년, 거의 9년 만에 메인 주에 있는 집으로 느닷없이 걸려온 전화였다. 서로 길게 끄는 불편한 안부 묻기가 끝나갈 즈음 아버지는 갑자기 힘이 쑥 빠진 목소리로 전화를 건 이유에 대해 말했다.

"내가 진작 죽었어야 해. 너무 오래 살다보니……."

아버지는 그 다음 말을 잇지 못했다. 나중에야 알게 되었지만 아버지는 알츠하이머병 초기였다. 12개월 후, 친척의 전화를 받았다. 가끔 나와 연락을 주고받는 친척이었다. 그는 아버지가 지팡이로 어머니를 때렸고, 결국 요양원에 들어갔다는 말을 전했다.

"자네 아버지가 알츠하이머병을 이용해 복수한 게 아닌가 싶어. 50년 동안 참아오다가 갑자기 폭발해버린 것이지. 자네 아버지는 늘 자네 어머니 때문에 인생을 망쳤다고 불만을 토로해왔으니까. 늘 자네 어머니와 헤어지겠다고 말하면서도 지금껏 용케 잘 참아왔잖아. 그렇지만 난 자네 아버지의 생각에 동의하지 않아. 자네 아버지의 인생을 망친 사람은 바로 자기 자신이니까. 누가복음에 '의원아 너를 고치라.' 라는 말씀이 있잖아."

그 말을 듣는 순간 내 머릿속에서는 한 가지 생각밖에 떠오르지 않았다.

'마침내 아버지가 어머니에게서 벗어났어.'

우리는 왜 자기 자신에게 유리하도록 이야기를 재구성하는가?

그 이야기를 듣는 순간 내 상상력이 여러 갈래로 가지를 뻗었다. 사실은 대단히 파괴적이고 어두운 이야기며, 도스토옙스키의 소설에 나오는 이야기 같았다.

내가 들은 이야기를 정리해보자면 다음과 같다.

닐 엔투이슬은 노팅엄의 노동계급 가정에서 자랐다. 대처 총리 재임 직전(1978년)에 태어났고, 아버지는 광부였으며 어머니는 동네 학교 구내식당에서 일했다. 닐은 학업성적이 우수해 영국의 명문 대학인 요크대학교로부터 입학 허가를 받아냈다.

닐은 공학을 전공했고, 조정 팀에 들어갔다. 조정 팀에서 닐은 미국인 여학생 레이첼을 만났다. 레이첼은 요크대학교 조정 팀의 조타수로 팀원들이 우스 강에서 노를 저을 때 큰소리로 방향을 잡아주는 역할을 했다.

닐과 레이첼은 사랑에 빠졌고, 2003년에 결혼했다. 두 사람은 레이첼의 고향인 매사추세츠 주로 갔다. 돈이 없어 레이첼의 아버지 집에 잠시 더부살이를 하던 그들은 보스턴 교외에 집을 구하고 일자리를 찾기 위해 동분서주했다. 마침내 레이첼은 동네 가톨릭 학교에서 교사직을 구했고, 닐은 인터넷사업을 시작했다. 2005년 4월에 딸 릴리언이 태어났다.

안정적으로 보이던 삶에 금이 가고 틈새가 벌어지기 시작했다. 닐이 시작한 인터넷사업은 처음에는 대체로 성공적인 듯 보였지만 몇 가지 품목이 완전히 실패하면서 얼마 못가 심각한 위기를 맞게 되었다. 닐과 레이첼은 사업이 성공적이라는 전제 아래 고급 BMW를 구입하고, 큰집을 구해 살며 중산층 흉내를 내었던 탓에 감당할 수 없을 만큼 큰 빚에 허덕이기 시작했다.

닐과 레이첼의 갈등이 얼마나 심했는지, 아직 신혼이었던 그들의 결혼생활이 얼마나 피폐했는지에 대해 아무도 모른다. 2006년 1월 22일 아침, 매사추세츠 주의 가정집에서 레이첼과 딸 릴리언의 시체가 발견되었다. 두 사람 다 머리에 총을 맞고 즉사했다. 경찰은 당연히 닐의 행방을 수배했다.

1월 21일, 닐은 동부 표준시로 오전 5시에 보스턴의 로건공항으로 가 런던으로 가는 편도 비행기 표를 샀다. 살인에 사용된 총은 원래는 닐의 장인 소유물이었다. 닐의 장인은 총기류를 수집하는 취미가 있었고, 그 총은 제자리에 놓여 있었다. 경찰은 로건공항에 주차된 닐의 자동차를 수색해 장인 집의 열쇠를 찾아냈다. 22구경 권총 총신에서 레이첼과 릴리언의 DNA가 발견되었다.

경찰은 영국 요크셔에 있는 닐의 부모 집으로 연락했다. 닐은 그곳에 있었고, 알리바이를 댔다. 1월 20일 저녁에 집으로 돌아와보니 아내와 딸이 총을 맞고 죽어 있었다고 했다. 레이첼이 딸을 죽이고 자살한 것에 놀라 즉시 차를 몰고 장인 집으로 갔다. 마침 그때 장인은 집을 비우고 있었고, 닐은 그 집 열쇠를 가지고 있었다. 닐은 전에 장인 집에 있는 22구경 권총을 연습 삼아 쏴본 적이 있었다. 그 권총으로 자살할 생각이었던 닐은 마음을 바꿔 로건공항으로 가 런던 행 비행기표를 샀다.

일주일 뒤, 닐은 런던의 로열오크 지하철역으로 들어가다가 경찰에 체포됐다. 닐은 미국 송환을 거부했지만 결국 매사추세츠 주로 보내져 일급살인 혐의를 받고 재판정에 섰다. 총에 묻은 지문, 총신에서 발견된 레이첼과 릴리언의 DNA, 자동차에서 찾아낸 장인 집 열쇠, 총을 찾아 장인 집에 다녀왔다는 자백이 증거로 채택되었다.

경찰이 닐의 컴퓨터를 조사한 결과 포르노사이트 사업을 준비하고 있었다는 사실, 살인법을 다룬 사이트 몇 곳을 검색한 사실도 드러났다. 닐이 준비한 알리바이는 에멘탈치즈처럼 구멍이 숭숭 뚫려 있었다. 레이첼이 딸을 죽이고 자살했다는 닐의 주장은 총상의 위치만 봐도 거짓이라는 걸 알 수 있었다. 레이첼은 닐과 불화를 겪고 있었지만 릴리언의 어머니로서는 무척이나 행복했기에 말이 안 되는 주장으로 여겨졌다. 게다가 레이첼과 릴리언이 총에 맞아 즉사한 걸 발견하고도 경찰에 신고하지 않고, 자신도 자살하려고 권총이 있는 장인 집에 갔다는 건 도무지 납득하기 어려운 진술이었다. 게다가 자살할지 말지 망설이다 런던행 비행기에 올라탔다는 사실도 수상하긴 마찬가지였다.

검사 측 주장은 닐이 가족들을 모두 죽이고 자살하려 했지만 마지막 순간에 겁을 집어먹고 자살계획을 철회한 것으로 보았다. 끝내 자살에 실패한 닐은 권총을 장인 집의 원래 있던 자리에 가져다놓은 다음 미국을 떠난 것이라는 주장이었다.

변호사 마사 코클리는 닐에게 살인의 동기가 없다고 주장했다. 9시간의 기나긴 재판 끝에 결국 닐은 일급살인죄 판결이 났다. 매사추세츠 주에는 사형제도가 없어 무기징역형이 선고되었다. 판결이 내려진 2006년, 닐은 겨우 25세였다. 7년이 흐른 지금까지, 닐의 항소는 모두 기각되었다. 앞으로도 평생을 감옥에서 보내야 한다는 의미였다.

시애틀에 살고 있는 영국 작가 조나단 레이번은 《런던 리뷰 오브 북》지에 닐의 죄와 벌에 대한 글을 기고했다. 마치 도스토옙스키의 소설 같은 깊이가 담긴 글이었다. 닐이 레이첼과 딸을 살해한 이유는 궁극적으로 자기 자신을 벌하기 위한 것이라는 속뜻을 깔고 있는 글이었다. 조나단 레이번이 지적하기를 만약 닐이 총을 강에 버렸다면 유죄 판결에 가장 중요한 역할을 한 증거가 사라졌을 것이라고 썼다. 닐이 권총을 장인의 집에 되돌려놓은 건 스스로 범행이 발각되기를 바란 것이라고 해도 과언이 아니라고 했다.

조나던 레이번의 글을 읽은 지 며칠 지나고 나서 나는 런던에 있는 소설가 친구와 그 사건에 대해 이야기를 나누었다. 둘 다 소설가인 우리는 그 사건에 대한 각자의 견해를 피력했다. 나는 닐 부부의 가정에서 벌어진 일들에 대해 상상의 나래를 폈다. 레이첼은 닐이 가장으로, 남편으로, 남자로 실패한 인생이라며 끊임없이 잔소리를 쏟아부었을까? 레이첼의 잔소리에 닐이 심각한 스트레스를 받았을까?

닐의 변호사는 레이첼의 잔소리를 살인의 동기로 언급하지 않았다. 그렇다면 보통의 가정에서 성장하고 영국 명문대학교를 졸업한 닐이 딸의 머리에 총을 쏘아 죽인 사실은 어떻게 설명할 수 있을까?

닐은 방아쇠를 두 번 당기기 전 분명 심리적 갈등의 순간이 있었을 것이다. 그때 그나마 이성을 찾았더라면 비극적인 결과를 피할 수도 있었다. 나는 그 사실에 집중했다. 그날 마지막 부분, 즉 '로건공항으로 가 런던 행 비행기를 탄다.'는 것만 실행에 옮겼다면 닐은 지금까지도 자유롭게 살고 있을 것이다. 그 경우 더욱 중요한 부분은 닐이 살인을 저지르지 않아도 되었을 테고, 레이첼과 릴리언이 아직 살아 있을 수 있다는 것이다. 닐이 가정을 버리고 런던으로 떠났다면 레이첼과 장인이 비난을 퍼부었겠지만 그 경우 닐에게는 스스로 위안 삼을 핑계거리도 있었다.

'내가 가정을 버린 건 비난받아 마땅하지만 끔찍한 결혼생활을 계속 유지하는 건 더욱 감당하기 어려운 일이었어.'

친구는 나의 이야기에 고개를 절레절레 흔들며 말했다.

"닐이 아내에게 시달린 게 살인의 이유라고 상상할 수도 있겠지만 내 생각은 달라. 닐이 레이첼한테 매일이다시피 무능하다는 핀잔을 들었다면 참기 쉽지 않았겠지. 나는 다른 부분에 주목했어. 가족을 살해한 남자들의 살해동기는 대부분 아내와 자녀가 자신의 실패를 목격했기 때문이라는 조사결과가 있어. 가족으로부터 무능한 사람으로 낙인찍히는 걸 참을 수 없었기에 그처럼 끔찍한 범죄를 저지른다는 거야. 내가 아는 정신과의사가 직접 확인해준 사실이야."

내가 말했다.

"일리 있는 말이야. 닐에게는 자존감의 상실이 살인의 요인이 되었을 거야. 어린 나이에 결혼한 순진한 영국인이 '아메리칸 드림'을 꿈꾸며 미국에 와 교외 주택가에 큰 집을 얻고, 화려한 차를 타고 다니며 부자 흉내를 내다가 빚의 구렁텅이로 빠져들었지. 닐은 빚 때문에 모든 걸 잃게 될 위기에 처하자 수치심과 열패감에 사로잡히게 되었을 거야. 그 결과 레이첼과 릴리언을 살해할 계획을 세우기 시작했겠지."

"병적으로 뒤틀린 계획이지. 장인 집에서 총을 꺼내는 일이 이성적이라고 생각했다는 것 자체가 지극히 병적인 생각이었어."

"레이첼과 릴리언을 살해하고 닐도 자살했더라도 병적으로 뒤틀린 생각이라 치부할 수 있을까?"

"그 점에 대해서는 조나단 레이번의 글을 참조할 필요가 있어. 닐은 왜 권총을 강으로 던져버리지 않았을까? 수많은 증거가 닐을 범인으로 지목하고 있었지만 총에 남은 피해자들의 DNA만 없었더라도 증거불충분으로 풀려날 수도 있었거든."

"닐이 《죄와 벌》의 라스콜리니코프인가? 스스로를 벌하기 위해 살인을 저질렀을까? 아니면 그저 환상에 빠졌을까? 절망에 몰린 사람은 비이성적인 시나리오를 유일한 해결책으로 착각하게 된다고 하잖아. 하지만 레이번의 글에서 가장 관심이 가는 부분은……."

"혹시 어머니?"

"역시 우린 생각하는 게 비슷하다니까."

우리는 《런던 북 리뷰》의 글을 보고 똑같이 놀란 부분에 대해 이야기하기 시작했다. 닐에 대한 법정 판결이 내려지고 나서 언론에서는 닐의 어머니를 인터뷰했다. 당연히 닐의 어머니는 비탄에 잠겨 있었고, 아들의 유죄를 부정할 수 없는 증거가 다수 드러났지만 배심원들의 판결을 부당하다고 생각했다. 어머니는 닐을 유죄로 판단한 증거에 실증적인 한계가 있다고 주장했다.

무기징역 선고가 내려지고 나서 닐의 어머니는 TV카메라들을 쳐다보며 '사법부의 명백한 실수이며 죽은 레이첼이 유죄' 라는 주장을 굽히지 않았다. 레이첼이 딸을 죽이고 자살한 사건이 분명한데 닐이 유죄판결을 받고 감옥에 갇히게 된 건 법원의 터무니없는 실수라는 것이었다. 닐은 절대로 그런 끔찍한 범죄를 저지를 사람이 아니며 이번 사건의 최대 피해자라는 주장이었다.

***

'실증적 사실' 이라는 말을 할 때 우리는 '이견이 없는 진실이 세상에 존재한다' 는 생각을 바탕에 깔고 있다. '해는 동쪽에서 뜨고 서쪽에서 진다', '썰물과 밀물이 있다', '지구는 공전과 자전을 한다' 등등. 세상에서 벌어지는 온갖 복잡한 상황들을 설명할 때 단 하나의 실증적 사실만 적용할 수는 없다.

내가 여행하면서 겪은 일을 예로 들어 보자.

몇 해 전, 나는 싱가포르에서 오스트레일리아 서쪽 퍼스로 가는 비행기를 탔다. 머리 위 캐비닛에 면세점에서 구입한 위스키 한 병을 넣어 두었다. 내 뒷자리에는 남녀 한 쌍이 앉아 있었다. 여자가 캐비닛을 열었을 때 나는 술병을 놓아두었으니 조심해야 할 거라고 말했다. 여자는 알았다며 고개를 끄덕인 다음 캐비닛을 열고 가방을 넣었다. 기내식을 먹고 나서 뒷자리 여자는 의자를 뒤로 젖히고 잠에 빠져들었다. 나도 곧 잠이 들었다.

몇 시간 뒤, 시끄러운 소음과 여자의 욕설에 놀라 잠을 깼다. 눈을 뜨자 뒷자리 여자가 신경질적인 표정을 지으며 서 있었고, 캐비닛은 열려 있었으며, 내 술병이 바닥에 떨어져 산산조각 나 있었다. 승무원들이 바삐 오가며 유리 조각을 수거했고, 16년산인 향기로운 갈색 위스키를 닦느라 여념이 없었다.

뒷자리 여자가 갑자기 나를 보며 말했다.

"제가 배상할게요."

내가 말했다.

"잘 알겠습니다. 충분히 벌어질 수 있는 일이니까 너무 걱정하지 마세요."

승무원들이 마침내 걸레질을 마쳤다. 한 시간 뒤, 승무원이 면세품 카트를 끌고 지나갔다. 뒷자리 여자는 나에게 돈으로 배상하려 하지도 않았고, 면세품 카트에서 똑같은 술을 사려 하지도 않았다. 그 여자와 동행한 남자가 나에게 말했다.

"우리는 댁이 요구한 술을 사지 않을 겁니다."

"제가 언제 술을 사달라고 요구했나요?"

"사실은 제가 와이프에게 돈을 배상할 필요가 없다고 말했어요. 술병을 캐비닛에 놓아둔 건 엄연히 댁의 잘못이기 때문이죠."

"그렇지만 제가 부인에게 술병이 있으니 조심하라고 미리 주의를 주지 않았나요? 댁도 제 말을 들었을 텐데요. 저는 분명 캐비닛을 열 때 술병을 조심하라고 말씀드렸습니다만……."

"어쨌든 캐비닛에 술병을 놓아두지 말았어야죠."

"그럼 어디에다 둡니까?"

"그거야 제가 알 바 아니죠. 어쨌든 댁이 배상을 요구할 '권리'는 없습니다."

"제가 언제 술값을 배상하라고 요구했습니까?"

"댁은 말이야 그렇게 하지만 사실은 다르잖아요."

나는 '권리'와 '사실'의 차이에 대해 냉정하게 충고의 말을 하려다가 입을 다물었다. 그 대신 내 옆자리에 앉아있던 신사가 무례한 남자를 돌아보며 말했다.

"저도 분명히 들었습니다만 부인께서 직접 제 옆자리에 앉은 신사분께 술값을 배상해주겠다고 했습니다."

그 말을 들은 뒷자리 남자의 눈에 적개심이 드러나는 한편 분노가 치미는 듯 콧구멍이 커졌다. 남자는 노골적으로 적의를 드러내며 자리에서 일어나 우리 자리로 다가왔다.

남자가 말했다.

"내가 그쪽 의견을 듣고 싶다고 했나요?"

"부인께서 이 분에게 술을 사서 배상하겠다고 한 말을 들었던 만큼 잠자코 있을 수 없었습니다."

남자는 폭력을 행사하기 직전의 목소리로 소리쳤다.

"닥쳐! 당신이 왜 남의 일에 참견이야."

남자 승무원이 황급히 달려왔다.

승무원이 말했다.

"무슨 문제라도 있습니까?"

나는 뒷자리 남자를 고갯짓으로 가리키며 말했다.

"저 분한테 물어보시죠."

승무원은 얼굴에 미소를 담고 뒷자리 남자를 쳐다보았다. 그러자 뒷자리 남자는 순식간에 한 발 뒤로 물러서는 태도를 취했다.

뒷자리 남자가 나를 손가락질하며 말했다.

"저 사람이 먼저 저를 도발했어요."

내 옆자리의 신사가 말했다.

"제가 보기에는 절대로 그렇지 않습니다."

뒷자리 무뢰한이 말했다.

"저 사람도 같은 편이에요. 그렇지만 나는 진실을 알고 있어요. 아시겠어요? 내가 진실을 알고 있다고요."

승무원이 담담한 목소리로 말했다.

"알겠습니다, 손님. 일단 자리에 앉아주십시오."

뒷자리 남자는 제자리로 돌아가 아내에게 욕설을 퍼붓기 시작했다.

"당신 때문에 내가 무슨 꼴을 당했는지 봐. 내가 당신을 변호하려다가 단단히 망신을 사게 되었단 말이야."

내 옆자리 신사가 내 옆구리를 손으로 가볍게 찌르며 말했다.

"진실은 언제나 이렇게 논쟁의 여지가 많죠."

그야말로 지당한 말이었다. 진실은 한 가지 단순한 사실에 뿌리를 두고 있다. 내가 그때 겪은 일에는 진실이 없었다. 뒷자리 여자가 술병을 깬 것에 대한 두 가지 다른 시각이 존재할 뿐이었다.

과연 목격자가 있다고 하더라도 전혀 다른 입장을 보이는 사람을 설득할 수 있을까? 그 남자는 자기 부인이 배상하겠다고 말하는 걸 듣고 굳이 그럴 필요가 없다고 했을까?

분명 보지는 않았지만 남자는 부인에게 이런 식으로 말했을 것이다.

'앞자리의 빌어먹을 놈이 위스키를 좌석 위 캐비닛에 넣었어. 그놈이 술병이 있다고 말하며 조심하라고 말한 건 상관없어. 캐비닛에 술병을 넣어둔 것 자체가 위험한 짓인 만큼 결국 잘못은 그놈에게 있어. 그놈이 당신한테 술을 사줘야 한다고 주장하는 건 명백한 잘못이야.'

물론 내 추측에 지나지 않는다. 뒷자리 남자가 술병을 깬 아내에게 그렇게 말했을 가능성이 농후하지만 어디까지나 내가 상상해낸 이야기일 뿐이다. 실제 대화를 옮겨 적은 것도 아니고, 다만 그런 대화가 오갔을 것이라고 유추한 것이다.

한편 내가 뒷자리 남자의 말을 들었고, 그 말을 정확하게 옮겨 적었다고 하더라도, 내가 기록한 내용이 명백한 사실이라고 확신할 수 있을까?

옆자리 신사의 말처럼 진실은 언제나 논쟁의 여지가 많다.

다시 '실증적 사실'의 개념으로 돌아가 보자. 우리가 입증할 수 있는 건 무엇이며, 그저 다양하게 해석할 수밖에 없는 건 무엇인가? 왜 상대의 '진실'은 나의 진실과 다른가? 더욱 간단히 말해 우리는 왜 자기 자신에게 유리하도록 이야기를 재구성하는가?

하나의 사건을 재구성해 전혀 다른 이야기를 만들어내는 건 인간의 행동 유형에서 매우 보편적인 현상이다. 닐의 어머니가 아들의 유죄를 입증해주는 증거들을 똑바로 보지 않으려 하는 것도 바로 그런 현상에 속한다. DNA와 지문이 닐이 살인을 저지른 현장에 남아 있었고, 레이첼과 릴리안의 머리에 총을 쏜 정황이 명확하게 드러났음에도 어머니는 아랑곳하지 않았다. 범죄를 저지른 이후에 벌어진 정황도 닐을 범인으로 지목하기에 충분했지만 전혀 아랑곳하지 않았다.

닐의 어머니에게는 오로지 아들이 살인을 저지르지 않았을 거라는 신념만이 중요했다. 그녀가 레이첼이 릴리안을 총으로 쏘아 죽인 다음 자살했다고 확신에 찬 목소리로 말하는 모습이 왜 내 눈에는 더욱 비극적으로 보였을까? 사랑스러운 아들이 무고하게 죄를 뒤집어쓰고 평생을 감옥에서 썩게 되었다고 비탄에 차서 말하는 모습이 왜 내 눈에는 더욱 비극적으로 보였을까?

닐의 어머니의 머릿속에서는 아들이 끔찍한 살인을 저지르지 않았다는 것이 틀림없는 사실로 자리 잡고 있기 때문이다. 명백한 사실을 부정하는 걸 '자기기만'이라고 표현하지만 나는 다르게 말하고 싶다. '그 모든 상황이 가져다줄 공포를 완화시키기 위해 닐의 어머니가 지어낸 현실'이다. 현실을 왜곡하고 진실을 증명해줄 수 없는 이야기를 지어내 세상 사람들로부터 따가운 눈총을 받게 되더라도 그녀에게는 우선 왜곡한 진실이 필요하니까.

내 경험상 어떤 진실을 부정하고 이야기를 재구성하려는 시도는 살아가는 동안 누구나 경험할 수 있는 일이다. 살아가면서 그런 경험이 단 한 번도 없었다고 말할 수 있는 사람이 과연 있을까?

엘리아 카잔은 세트디자이너 보리스 아론손의 전기를 썼다. 두 사람은 모두 미국으로 이민 온 이민 1세대였다. 카잔은 원래 그리스 출신이고, 아론손은 러시아 출신이었다. 아론손은 미국 연극계에서 가장 뛰어나고 혁신적인 무대디자이너로 각광받았다. 카잔과 마찬가지로 아론손도 바람둥이로 알려져 있다. 아론손은 번번이 바람을 피웠지만 아내에게 나름 최선을 다했다. 카잔이 아론손의 전기를 통해 언급한 바를 보자면 아내가 집을 비운 어느 날 오후 아론손은 다른 여자를 자기 집 침실로 끌어들였다. 두 사람이 옷을 훌러덩 벗고 섹스를 하기 직전, 침실 문이 열리며 아론손의 아내가 등장했다. 차에 이상이 생겨 다시 맨해튼 아파트로 돌아올 수밖에 없었던 아내는 놀라운 광경을 눈앞에서 목도하게 된 셈이었다.

부부가 사용하는 침대에서 다른 여자와 섹스하기 직전 아내에게 들킨 아론손은 과연 어떤 반응을 보였을까?

아론손은 벌거벗은 채로 펄쩍 뛰면서 소리쳤다.

"나 아니야! 나 아니야!"

그 순간 아론손에게는 그 말이 진실이었을 것이다.

'나 아니야! 나 아니야!'

닐의 어머니 또한 '내 아들이 아니야, 내 아들이 아니야.' 라고 했듯이…….

밀턴은 '진실은 논쟁의 여지가 많은 일이다.' 라고 말했다.

마음은 그 자체로 장소이며, 지옥을 천국으로, 천국을 지옥으로 만들 수도 있다.

그 말 뒤에는 또 다른 질문이 도사리고 있다.

'우리는 어떻게든 하루하루를 견디기 위해 현실을 재구성한다.'

***

거리의 철학자로 통하는 에릭 호퍼는 말했다.

'우리는 자기 자신에게 거짓말할 때 가장 크게 거짓말한다.'

에릭 호퍼가 남긴 말 중 가장 많이 인용되는 명언이다. 다른 사람을 위해서가 아니라 자기 자신을 위해 적당히 이야기를 지어내야 할 때가 있다는 건 인간의 조건 중 하나이다.

2009년 5월, 내 이혼 소송이 마무리되고 나서 오랜 시간 고생한 두 변호사인 프랜시스와 캐롤라인이 나를 식사에 초대했다.

프랜시스가 말했다.

"당신은 아주 훌륭한 고객이었습니다. 아무리 궁금한 일이 있어도 주말에는 전화하지 않았고, 극심한 스트레스를 받는 상황에서도 절대로 화내지 않았죠."

미소를 짓다가 부지불식간에 내 입에서 생각지도 못한 말이 튀어나왔다.

“이혼 절차에서 재산 분할 문제를 빼면 쌍방이 주장하는 이야기가 다 달랐죠. 우리 부부가 결혼생활을 해오는 동안 서로 다른 두 가지 이야기가 있었습니다. 과연 누구의 말이 진실일까요? 저는 당연히 제 말이 진실이었다고 이야기하겠죠. 그렇지만 엄밀히 따져 보자면 우리 둘 중 어느 누구도 진실을 이야기한 사람은 없습니다. 함께 경험한 일을 두고 두 가지 상반된 주장을 했을 뿐이죠.”

이혼이라는 아주 힘든 과정을 거친 끝에 내 무의식의 세계에서 엉겁결에 튀어나온 말이었다. 바로 그 순간, 나는 비로소 이혼의 상처에서 벗어나 더 큰 시각으로 상황을 보기 시작했다.

조안 디디온은 ‘우리는 살아남기 위해 각자의 이야기를 만들어낸다’ 고 했다. 과연 우리는 각자 만들어낸 이야기로 그간의 행위를 정당화할 수 있을까? 자기 자신의 행위를 정당화시키는 이야기를 만들어낼 경우 스스로에게도 정당해질 수 있을까?

나는 아무리 나르시시스트이자 자신만만한 사람이라 하더라도 내면에 감춘 진실을 마주할 때 마음속으로 크게 절망하게 될 것이라 믿는다. 세상을 진실하게 바라보고 있는 사람이라 하더라도 스스로 옳은 일을 하는 것이라고 자신을 설득해야 할 때가 있다. 아니, 다른 사람의 지적을 듣지 않도록 자신을 설득해야 할 때가 있다. 우리는 마음을 무겁게 만드는 고통을 되새기는 과정에서 현실을 재구성하게 된다.

이혼 절차를 밟고 있던 어느 토요일에 나는 로열코트시어터에서 난해한 독일 연극을 보고 로열페스티벌홀에서 쇤베르크의 곡을 들었다. 공연을 관람하는 건 이혼절차를 진행하는 동안 지친 나를 위로해주는 약이 되어 주었다.

나는 런던 문학계에서 활동하는 지인을 만나러 갔다. 편의상 여기서는 제시카라 부르기로 하겠다. 내 또래인 제시카는 매우 똑똑했지만 매사에 자기 의심이 강하고 확신이 없었다. 과체중은 제시카의 자긍심에 악영향을 주고 있었다. 남편 마이클도 제시카의 자긍심에 상처를 입혔다. 마이클은 큰 보험회사 간부였는데 간혹 출판기념회 때 만나본 경험으로 미루어보건대 작가나 편집자, 기자를 만나는 걸 불편하게 여겼다.

제시카와는 런던에서 친해졌다. 간혹 점심을 함께 먹으며 그동안 어떻게 지냈는지 이야기를 나누었다. 제시카는 문학에 대한 조예가 깊고, 작품을 보는 눈이 예리한 편이었지만 늘 지나치게 겸손했다. 제시카가 어찌나 자신감 없는 태도를 자주 드러내는지 마치 자신이 세상에 존재하는 것 자체가 미안한 일이라 여기는 듯했다. 나는 진심으로 제시카를 좋아했고, 늘 자신감이 없어 보이는 게 정말이지 안타까웠다.

나는 말도 많고 탈도 많은 런던 문학계에서 제시카에 대한 안 좋은 소식을 들었다. 마이클이 회사의 젊은 여사원과 바람이 나 제시카를 버렸다는 소문이었다. 문학계는 물론이고 어떤 분야든 늘 가십거리에 목말라 있게 마련이었다. 나는 제시카가 지나치게 감상적이 되어 목전에 임박한 이혼에 대해 마치 세상의 종말이라도 만난 듯 괴로워한다는 이야기를 들어 알고 있었다.

슬론광장에서 제시카를 만났다. 제시카는 초콜릿 상점에서 코코아 초콜릿이 가득 든 쇼핑백을 들고 걸어 나오고 있었다. 몰라보게 살이 빠진데다 표정은 몹시 우울해보였고, 백야 지역에서 살고 있어 잠을 한숨도 못 잔 사람처럼 얼굴이 푸석푸석해보였다.

제시카는 내 이름을 부르며 다가와 내 어깨에 머리를 기대고 울음을 터뜨렸다.

"오늘 아침에 마이클이 전화했어. 폴라가 임신했대."

제시카를 13개월 만에 만났고, 전화나 인터넷으로도 연락을 주고받은 적이 없었다. 그러니까 그 말은 '안녕?' 하는 인사 대신으로 치부할 수 있었다. 제시카는 내 어깨에 얼굴을 묻고 눈물을 흘리고 있었으므로 내가 당황하는 표정을 보지 못했다.

잠시 시간이 흐른 다음 내가 말했다.

"심각한 소식이네."

초콜릿 상점 앞에는 테이블 몇 개가 놓여 있었다. 날씨가 쌀쌀한 가을밤이었지만 제시카는 노천 테이블에 앉아 커피를 마시자고 했다. 마키아토를 주문한 제시카는 그동안 있었던 일을 털어놓기 시작했다. 제시카는 오랫동안 얼마나 외롭고 쓸쓸하게 지냈는지 자세히 이야기했다.

마이클은 자기 자신을 제시카의 문학계 지인들과 비교하며 보험회사에 다니는 걸 못마땅하게 생각했다. 부부관계도 점점 소원해져 갔다. 게다가 얼마나 검소한지 동전 한 닢까지 어디에 썼는지 꼼꼼하게 확인했다. 마이클은 팬티를 접을 때에도 언제나 일정한 방식으로 접고 보관해야 할 만큼 지나치게 꼼꼼한 사람이었다. 제시카는 마이클이 바람을 피운다는 사실을 알고 있었고, 공공연히 '사랑 덕분에 내가 변했다.' 고 말하고 다니는 뻔뻔한 태도에 화가 치밀었다.

폴라는 권력 지향적인데다 문화예술과는 거리가 먼 여자였다. 문화예술에 대해 문외한이라는 것을 오히려 자랑스럽게 여기는 타입이며, 회사에서 내준 BMW를 승리의 트로피처럼 여기는 여자였다.

어느 날 아침, 마이클이 결혼생활을 끝내겠다고 선언했을 때 제시카는 배신감과 분노에 몸을 떨었다. 지금껏 마이클이 아이를 원하지 않는 것 같은 태도를 보이는 바람에 제시카는 어쩔 수 없이 그의 생각을 따를 수밖에 없었다.

"마이클과 결혼했을 때 내 나이 서른여덟 살이었고, 그가 줄곧 아이를 원하지 않는다는 태도를 보여 엄마가 될 기회를 포기할 수밖에 없었어."

마이클은 파경 원인을 제시카에게 돌렸다. 제시카가 문학이나 예술에 관심이 없는 자신을 늘 무시하는 바람에 부부 사이가 소원해질 수밖에 없었다는 것이었다.

"사실 나는 단 한 번도 마이클을 무시하는 태도를 보인 적이 없어."

마이클은 요즘 폴라와 함께 살고 있었다. 제시카는 어찌나 실망이 컸던지 몇 달 동안 잠이 오지 않을 만큼 큰 고통을 겪었다. 마치 세상이 다 끝나버린 듯했고, 더 이상 발을 딛고 서 있을 땅이 사라져버린 듯했다.

제시카가 얼마나 큰 상처를 받았는지 이야기하는 동안 나는 키케로의 문장을 떠올리지 않을 수 없었다.

'비탄에 빠져 자기 머리를 쥐어뜯는 건 어리석은 짓이다. 대머리가 된다고 슬픔이 줄어들지는 않으니까.'

살다보면 누구나 슬픈 일을 경험하게 마련이다. 슬픔의 안개에 갇혀 있는 동안 우리는 자신을 희생자, 속은 사람, 타인의 파렴치한 행위 때문에 크게 상처 받은 사람의 범주에 포함시킨다.

제시카가 내 앞에서 절망의 아리아를 부른 이유는 무엇일까? 내 조언이나 상담이 절실히 필요했기 때문일까? 제시카는 이야기를 귀 기울여 들어줄 사람이 필요했을 뿐이고, 상대가 누구든 개의치 않았으리란 생각이다.

더러 자제력이 강해 절망을 겉으로 드러내지 않는 사람도 있다. 대실 해밋의 소설 《몰타의 매》에 등장하는 샘 스페이드 형사는 소설의 말미에 좋아했지만 알고 보니 자기 친구를 죽인 살인범 여자에게 말한다.

"당신의 우아한 목이 교수대에 걸리는 건 싫어. 내가 당신을 놓아준다면 살아서 달아날 가능성도 있겠지. 운이 좋으면 20년 동안 잡히지 않을 수도 있을 거야. 당신이 혹시 교수형에 처해질 경우 나는 항상 당신을 기억할게."

범죄소설에는 냉정하게 슬픔을 참아내는 터프가이들이 흔하게 등장한다. 사실 우리의 삶은 계속되는 사이코드라마라 할 수 있다. 우리는 자주 자기 자신의 결정과 행동을 설명해야 할 필요성을 느낀다. 그런 결정과 행동을 하게 된 당위성이 뭔지 주변사람들에게 알릴 필요성이 있다고 생각하니까. 물론 매우 인간적인 욕구이다. 정신과전문의들은 환자와 상담할 때 살아가는 동안 받은 상처와 사건들을 이야기하도록 유도한다. 환자가 삶을 어떻게 바꾸고 싶은지 알아보고자 할 때에도 환자의 이야기는 매우 중요한 역할을 한다.

제시카 역시 가슴 깊이 남은 상처를 밖으로 배출하는 게 필요했을 것이다.

'마이클이 나에게 어떤 몹쓸 짓을 했는지 보라니까.'

그런 마음으로 나에게 상처 받은 이야기를 끊임없이 털어놓았을 것이다. 나 또한 이혼에 직면했을 때 친구들에게 자주 신세타령을 늘어놓았다. 내가 지금 얼마나 힘든 처지에 놓여있는지 친구들이 알아주길 바랐다.

내 전처도 만나는 사람마다 붙잡고 내 이야기를 했다는 걸 잘 알고 있었다. 전처가 나를 파멸시키겠다고 공언했다는 이야기를 주변사람들을 통해 전해들었다. 비밀로 간직하고 싶은 이야기가 있을 경우 수다스러운 사람들 앞에서는 절대로 발설하면 안 된다. 그랬다가는 험담한 상대의 귀에도 반드시 들어가게 되니까.

이제 와 되돌아보면 전처가 왜 그랬는지 충분히 이해된다. 20년 넘도록 함께 지내다가 파경을 맞게 될 때에는 누구든 분노가 커질 수밖에 없다. 나는 상처받은 마음을 털어놓고 싶다는 충동을 느낄 때마다 잠시 혼자 지내는 시간을 가졌다. 내가 왜 이혼하려 하는지에 대해서도 각별한 친구 세 명에게만 이야기했다. 이야깃거리도 이혼 소송 중에 벌어지는 문제들로 한정시켰다. 한편 나는 내 결혼생활이 얼마나 불행했는지 이야기하는 것에 대해 진력나기 시작했다.

내 이야기를 자주 들어주었던 친구가 말했다.

"자네가 이혼을 원한다는 사실만으로도 충분히 이해하니까 왜 이혼할 수밖에 없었는지 굳이 설명하지 않아도 돼. 결혼생활이 얼마나 형편없었는지에 대해서도 말할 필요 없어. 어련히 이유가 있었으니 이혼하려 들겠지. 다른 사람들에게 자네의 입장을 설명할 필요는 없어. 다른 사람들이 어떻게 생각하든 자네와는 상관없는 일이니까."

내 친구가 마치 형처럼 던진 조언에 나는 정신이 번쩍 들었다. 나 혼자 알고 있으면 될 일인데 친구들 앞에서 털어놓은 이유가 무엇일까? 우리가 왜 이혼하게 되었는지 설명해주면서 전적으로 파경의 책임이 내가 아니라 전처에게 있다는 걸 강변하고 싶었던 건 아니었을까?

이혼은 심리적으로 감정적으로 금전적으로 두 사람 모두에게 힘든 선택일 수밖에 없다. 그럼에도 내가 이혼을 선택한 건 부득이한 일이었으며 결과적으로 옳았다는 확신을 얻으려 했다. 친구들에게 내가 희생자이고 전처에게 모든 책임이 있다고 이야기하며 나름 내 선택의 정당성을 확보하려고 했다.

작가인 프랑스 친구에게 내가 왜 부득이 이혼소송을 시작했는지 이야기했다. 그 친구는 고개를 절레절레 흔들며 말했다.

"비밀리에 다른 여자와 외도한 사실 때문에 이혼하게 됐다고? 고작 외도 한 번에 25년이나 이어온 결혼생활을 끝내다니 말도 안 돼. 대단히 미국적인 결정이야."

"내 전처는 아일랜드 출신이야."

"결국 가장 큰 피해를 보는 사람은 이혼을 요구한 쪽이야. 자네 부인도 분명 자네가 얼마나 파렴치한 사람인지 이야기하며 여기저기 돌아다닐 거야. 그러든지 말든지 가만 내버려둬. 자네 부인의 말을 곧이곧대로 믿어줄 사람은 없을 테니까. 아무튼 몇 달 뒤면 이혼서류에 서명하고 다 마무리될 거야. 그때가 되면 누가 잘했는지 잘못했는지 신경 쓰는 사람은 아무도 없어."

"정말이지 아이들한테는 안 좋은 일이야."

"아이들도 지금 당장은 충격을 받겠지만 점차 잘 극복해나갈 거야. 그러다가 시간이 더 지나면 자네를 이해하게 될 거야. 게다가 아이들이 자네를 무척이나 좋아하는 편이니까 다시는 만나지 못할까봐 걱정할 필요는 없잖아. 아이들한테 엄마에 대해 나쁘게 말하지도 않았잖아."

"부모가 아이들 앞에서 서로 욕설을 하며 싸우는 건 정말이지 크게 잘못된 거야."

"자네는 이혼한 것에 대해 죄책감을 느끼나?"

"이혼한 것이 아이들에게 미안한 건 사실이지만 죄책감을 느끼지는 않아."

"프랑스가 자네를 망쳐 놨어."

나는 친구의 농담에 피식 웃으며 그 말의 숨을 뜻을 생각했다. 우리는 어떤 일이나 결과에 대해 옳고 그름을 따지는 걸 좋아하지만 시간이 지나고 나면 아무것도 기억하지 못하게 된다. 조만간 지나간 과거로 치부될 뿐이다. 누구나 자기 자신의 결정에 대해 정당성을 확보하고 싶겠지만 곧 과거로 치부될 일에 대해 지나친 분노를 쏟아 내거나 후회할 필요는 없다.

마이클이 평소 어떻게 했는지 끊임없이 비난을 늘어놓는 제시카의 말을 들으면서 한 가지 생각이 머리에서 번쩍 떠올랐다. 제시카는 그동안 마이클에게 당한 것에도 깊은 상처를 받았지만 50번째 생일을 앞두고 버림받은 것에 대해 더욱 큰 상처를 받았다. 마이클은 평소에도 그녀가 싫다는 말을 스스럼없이 내뱉었다. 마이클이 싫다는 의사를 수시로 표현했음에도 그녀는 꾹 눌러 참으며 함께 살아왔다. 마이클은 제시카의 문학계 친구들을 싫어한다는 의사를 수시로 밝혔다. 평소 책을 가까이 하지 않는 자신의 모습에 열등감을 느끼고 있다는 걸 우회적으로 드러내는 행동이었다. 마이클은 제시카에게 늘 무심하고 냉담했으며 끝내 다른 여자를 만나 떠나기로 결정했다. 제시카는 일방적으로 당했다는 생각이 들 만큼 억울하고 분통터지는 일이 아닐 수 없었다.

제시카에게도 상황을 바꿀 수 있는 가능성은 늘 존재하지 않았을까?

상대가 먼저 원했든 내가 먼저 원했든 이혼을 앞두고 있다고 생각해 보자. 이혼을 결심하기에 이르기까지 어떤 일이 있었는지 곰곰이 따져보자. 영화 속 등장인물을 떠올리며 '떠날 수밖에 없었어.' 혹은 그 반대로 '나에게 어쩜 이리 황당한 일이 생길 수가 있지?' 하고 상상해보자. 그다음에는 버린 사람과 버림받은 사람의 역할을 바꿔 상상해보자. 두 사람이 왜 이혼할 수밖에 없었는지 상대의 입장에서 이야기를 재구성해보자는 것이다. 그 경우, 상대의 입장으로도 충분히 결별의 책임이 자신에게 있지 않다고 주장할 만한 근거가 있다는 걸 발견하게 될지도 모른다.

내 전처도 우리가 이혼하기까지 많은 불만을 토로했다.

당신은 늘 우리 사이에 대해 모호했어.

나는 과연 당신에게 어떤 의미가 있는 사람일까?

미안하지만 나는 그렇게 자주 출장을 다녀야 하는 사람과 함께 살 수 없어.

당신은 현실적인 사랑을 몰라. 나를 한순간이라도 진지하게 생각한 적 있어?

정말 달라질게. 한 번만 더 기회를 줘.

더 이상은 못 참겠어.

그래, 그 사람이 당신만큼 재미있는 사람은 아니야. 그렇지만 적어도 그 사람은 내가 필요로 할 때 옆에 있어주지.

내가 조금만 까다롭게 굴어도 당신은 금세 차가운 표정을 짓지.

내가 먼저 헤어지자고 말한 적도 있고, 전처가 말한 적도 있다. 둘 중 어느 경우라도 결국 내가 듣게 되는 이야기는 상대가 자기 입장에서 말하는 이야기뿐이다.

'정당화하기 위해 이야기를 바꾼다.'

멀리는 그리스신화부터 최근의 문학작품까지 한 개인이 자신의 역사를 다시 쓰는 이야기로 가득하다. 가령, 20세기 미국에서 희곡의 주제가 무엇이었는지 생각해 보자. 유진 오닐의 〈얼음 장수의 왕림〉은 자신의 평범한 모습을 못 본 체하려고 몽상에 빠지는 사람들을 고찰한다. 테네시 윌리엄스의 〈욕망이라는 이름의 전차〉에 나오는 블랑시 드부아와 〈유리 동물원〉의 아만다 윙필드도 과거의 망상에 사로잡혀 살아간다. 현재의 비참한 현실과 전혀 상관이 없어져버린 화려한 과거에 집착한다. 〈누가 버지니아 울프를 두려워하랴?〉에서 조지와 마사 부부가 벌이는 싸움도 연막이다. 그 이면에는 두 사람 다 마주하기 싫은 현실이 자리하고 있다. 조지와 마사가 싸움거리로 삼는 아들은 사실 허상의 인물에 불과하다. 미국의 희곡에서 자신을 가장 크게 속이는 인물은 〈세일즈맨의 죽음〉에 등장하는 윌리 로먼일 것이다. 윌리 로먼은 비극으로 점철된 자기 인생과 전혀 상관없는 허구의 세계로의 도피를 시도한다. 윌리 로먼은 뛰어난 세일즈맨으로 자신을 포장하지만 그가 당면하고 있는 현실은 비참하다는 말로는 부족할 정도다. 마침내 윌리 로먼은 집을 아내에게 남겨주기 위해 자동차사고로 위장해 자살한다. 그의 장례식에는 가족과 두 친구만 나타난다.

계속되는 실패 속에서도 성공의 환상만을 품었던 윌리 로먼에게는 죽어서도 그 환상만이 남게 된다. 20세기 미국에서 보통 사람의 모습을 가장 불안하게 그린 아서 밀러는 유진 오닐, 테네시 윌리엄스, 에드워드 올비와 더불어 개개인이 자신의 이야기를 다시 쓸 수밖에 없는 미국사회의 문제를 정확하게 꿰뚫고 있다. 미국 사회의 문제는 청교도적 윤리, 열심히 일하면 무엇이든 이룰 수 있다는 정신 그리고 성공 신화로 대표될 수 있다.

거짓으로 이루어진 시나리오를 믿고 자기기만 속에서 살아가는 사람들의 모습은 미국사회에서만 발견할 수 있는 건 아니다. 셰익스피어 희곡 중에서 감정적 심리적 파고가 가장 큰 〈오셀로〉를 생각해 보자. 〈오셀로〉를 흔히 인간의 '질투'를 다룬 최고 걸작이라 이야기한다. 〈오셀로〉는 거짓 시나리오가 개인과 집단을 황폐하게 만들 것이란 점을 잘 알면서도 결국 거짓을 껴안는 주인공 오셀로의 모습을 통해 자기의심과 내면의 두려움을 섬세하고 깊이 있게 그리고 있다.

〈오셀로〉는 한 개인의 실패한 이야기로 시작된다. 내심 진급을 기대했던 이아고는 라이벌인 카시오에게 밀려 진급대상에서 누락되자 복수를 다짐한다. 이아고가 생각하기에 자신은 전쟁에서 맹활약한 전사이지만 라이벌인 카시오는 전략가이긴 해도 실제로 공을 세운 사실은 없다고 여긴다. 이아고는 자신에게 모욕을 안긴 장본인이 무어인 장군 오셀로라고 생각한다. 이아고는 로드리고와 친하다. 로드리고는 오셀로에게 데스데모나를 빼앗겼다고 생각해 오셀로를 미워한다. 한편 이아고는 오셀로가 자기 아내 에밀리아와 동침한 적이 있을 것이라고 의심한다. 이아고는 데스데모나의 하인인 아내 에밀리아에게 손수건을 훔쳐 오게 한다. 오셀로가 데스데모나에게 사랑의 징표로 준 손수건이다. 이아고는 손수건을 카시오의 집에 숨기고 오셀로의 심리를 흔들기 시작한다. 이아고는 오셀로의 마음속에 의심의 씨앗을 심어 데스데모나와 카시오의 관계를 의심하게 만든다. 오셀로는 이아고의 계략에 넘어가고, 조작된 증거를 믿고 이성을 잃는다.

우리는 다른 사람이 파놓은 함정에 쉽게 빠질 수 있다. 다른 사람이 우리를 파멸시키려고 지어낸 이야기에 아주 쉽게 넘어갈 수 있다. 이런 일은 인류의 역사를 통해 도처에서 드러난다. 나치가 유대인을 공공의 적으로 만들어 말살하려 했던 일을 생각해 보라. 여러 종류의 근본주의적 종교들을 생각해 보라.

샌디에이고에서 있었던 '천국의 문' 사건을 돌아보자. 실패한 뮤지컬 배우 마샬 애플화이트는 '천국의 문'이라는 종교 단체를 만들었고, 애플화이트의 추종자들은 단체생활을 한다. 애플화이트는 헬리밥 행성이 나타나면 집단자살을 결행해 혜성과 함께 오는 우주선에 탑승해야 한다며 추종자들을 설득한다. 정말이지 상식을 가진 사람이라면 누구나 황당하고 어이없는 이야기라 생각하겠지만 39명이나 되는 애플화이트의 추종자들은 그 말을 철석같이 믿고 집단자살을 결행한다. 그 사람들은 죽기 전 모두 검은색 옷과 검은색 나이키를 신고 있었다. 애플화이트는 마지막 순간까지 배우에 대한 미련을 버리지 못했던 것 같다.

너무나 비상식적이고 터무니없는 이야기를 철석같이 믿는 사람들이 있다는 게 정말이지 의아하게 생각될 것이다. 그렇지만 믿음에는 증거가 필요 없다. 종교적 믿음, 즉 신앙이란 무조건 믿는 것이다. 현실적으로 도저히 믿을 수 없는 이야기를 한다고 해도 이의를 제기하지 않는다. 물론 유니테리언처럼 도그마에 빠지지 않은 종교도 있다. 내가 아는 유대인들 중에는 종교적 신념을 삶에서 절대적인 윤리로 여기는 사람이 많다.

나는 런던에서 23년을 사는 동안 집에서 도보로 15분 거리에 있는 성당에서 자주 저녁 기도를 했다. 성당으로 들어서는 순간 언제나 위로와 공명을 느꼈다. 그렇지만 내 머릿속에 뿌리 깊이 박힌 불가지론 때문에 결국 나는 삼위일체가 세상을 움직인다는 믿음을 가질 수 없었다. 영국성공회 신도들 중에서도 의심이 종교 평등의 기본 요소라고 생각하는 사람은 많다.

미국 남부를 여행할 때 뱀을 키우는 근본주의자를 만난 적이 있다. 그는 독사들을 키우며 방언을 했다. 성령에 온몸을 맡기면 세상의 언어와 다른 언어로 기도할 수 있다고 했다. 그런 이야기를 들을 경우 신자가 아닌 사람은 당연히 근본주의자들의 맹신이 낳은 환상일 뿐이라는 생각이 들 것이다. 하지만 종교적 환상에 사로잡힌 사람은 자신이 신의 전령이 되었다고 굳게 믿는다.

그의 몸에 정말로 신이 빙의했을까?

컨테이너에서 집단자살을 하면 우주로 갈 수 있다고 말한 마샬 애플화이트의 '수확'(마샬 애플화이트는 실제로 그 집단자살을 '수확'이라는 말로 표현했고 그 말을 자기 시체에 증거로 남겼다)이라는 주장을 그대로 믿은 '천국의 문' 신도들처럼 그저 스스로에게 속고 있는 것일까?

잘못된 종교적 신념을 가진 사람들의 특징은 무조건 믿는 것이다. 그런 종교적 신념이 동화나 신화, 환상이어도 상관없다. 마샬 애플화이트 같은 사람이 지어낸 이야기에 빠져 현실을 직시하지 못하게 된 것이다.

이아고는 오셀로 안에 숨어 있던 의심과 불안이라는 요소를 이끌어낸다. 오셀로는 결국 이아고가 교묘하게 꾸며낸 이야기에 속아 넘어간다. 오셀로가 거짓 이야기에 속아 넘어가는 순간 비극적인 상황은 절정을 이룬다. 오셀로의 명성을 무너뜨리고 복수를 꿈꾸는 자들은 거짓 이야기에 속아 넘어간 오셀로를 부추겨 사랑하는 여자를 죽이게 만든다. 질투심에 사로잡힌 오셀로는 살려달라고 애원하는 데스데모나를 베개로 눌러 질식사시킨다. 오셀로는 결국 자신이 씻을 수 없는 죄를 저질렀다는 걸 깨닫고 자살한다.

로드리고는 이아고에게 왜 그토록 끔찍한 음모를 꾸몄는지 묻는다. 이아고는 그에 대한 대답을 회피한다. 이아고의 대답은 음울하게 실존적이다.

"나에게 아무것도 묻지 말게. 자네가 아는 것이 아는 것이네."

나는 런던에 있는 내셔널시어터에서 최근 공연된 〈오셀로〉를 보며 이아고의 그 쓸쓸하면서도 실존적인 대사를 듣고 소름이 끼쳤다. 그 대사의 바탕에는 '아무것도 바뀔 게 없는데 왜 자신의 행위를 정당화하려는가?' 라는 뜻이 깔려 있었기 때문이다.

이아고의 대사는 다른 방식으로도 해석할 수 있다.

'이 이야기를 내가 어떻게 해석하든 그 안에서 내가 맡은 역할이 무엇이었든 너와는 상관없는 일이야. 어차피 넌 나와 상관없이 너만의 이야기를 지어낼 테니까.'

〈오셀로〉에는 흥미로운 순환 구조가 있다.

상처 받기 쉽고 도덕적으로 약한 남자가 거짓말에 잘 속아 넘어간다는 것이다. 데스데모나가 결백을 주장하며 분노에서 벗어나 냉정하게 진실을 바라보라고 애원했지만 오셀로는 결국 사랑하는 여자를 죽인다.

끔찍한 음모를 꾸민 이아고는 왜 그런 일을 벌이게 되었는지 이야기하려 들지 않는다. 어떤 이야기를 하든지 자신의 주관적인 해석일 뿐이니까. 모든 이야기는 진실여부와 상관없이 주관적이니까.

모든 이야기의 본성은 주관적이다. 우리는 자신의 이야기가 '진실'이라고 주장한다. 그렇지만 각자 자신의 눈으로 바라본 진실일 뿐이다. 우리는 늘 상황을 합리화하기 위해, 비난의 화살을 다른 곳으로 돌리기 위해, 정당성을 확보하기 위해, 핑계를 대거나 변명하기 위해, 그 모든 상황을 어떻게든 스스로 견딜 수 있게 하기 위해 이야기를 재구성한다.

앞서 나는 프랑스 작가 친구에게 내 외도와 아내의 반응에 대해 이야기했다. 그때 그 친구는 내 아내가 결혼생활의 종지부를 찍기 위해 내가 외도한 사실을 이용했다고 말했다. 어쨌든 그 친구는 우리 부부가 갈라서게 된 원인이 나에게 있다고 비난하지 않았다. 솔직히 그 대화를 떠올리면 나는 마음이 가벼워진다. 그 반면, 오스트레일리아 출신 작가 친구는 전혀 다른 말을 해주었다. 이혼 절차를 밟던 중에 마음이 심란해 그 친구에게 전화했다. 그 친구는 그 문제에 대해 이야기하고 싶지 않다며 즉시 전화를 끊었다. 나는 내 결혼생활이 실패로 돌아간 이유를 상세하게 알고 있다. 내가 알고 있는 이야기에 어느 정도 진실이 포함돼 있다고 하더라도 전적으로 '진실' 이라고 말할 수는 없다. 그저 나의 입장에서 바라본 진실일 뿐이니까.

다시 제시카의 이야기로 돌아가 보자. 제시카는 나에게 남편 마이클이 얼마나 못되게 굴었는지 구구절절 적나라하게 설명했다. 그 말을 듣는 동안 나는 당연히 제시카에게 연민을 느꼈다. 제시카는 그동안 극심한 고통을 겪었음에도 앞으로 전개될 삶에 대해 두려워했다.

"내가 다른 사람을 다시 만날 수 있을까? 도대체 누가 나 같은 여자를 만나주겠어?"

나는 적절한 위로의 말을 해주고 싶었다.

"우리는 곧잘 인생의 덫에 빠지게 되지만 말기 암 선고를 받지 않는 한 어떻게든 다시 살아갈 수 있어. 나 역시 우리의 결혼생활이 아내와 나에게 그다지 행복을 가져다주지 않는다는 걸 잘 알면서도 벗어나야겠다는 상상을 하지 못하며 살아왔지. 이제 이혼을 하고, 그 힘든 과정을 모두 겪고 나서 돌이켜보니 그리 나쁘지 않은 결정이었다는 걸 깨닫게 되었어."

제시카가 화난 목소리로 말했다.

"다 잘될 거라고 말하는 거야?"

"지금은 큰 상처를 받아 우울하고 괴롭겠지만 시간이 지나면 다 괜찮아질 거야."

"그런 틀에 박힌 위로의 말은 듣고 싶지 않아."

"틀에 박힌 위로의 말이 아니야. 지금 당장은 정말 힘들겠지만 곧 극복할 수 있어."

"넓고 푸른 하늘이 기다리고 있다고? 내일은 내일의 태양이 뜰 거라고? 넓은 지평선이 기다리고 있을 거라고? 황무지에서 꽃이 필 거라고?"

"그래, 지금 당장은 그 어떤 말로도 위로가 되지는 않겠지."

"마이클이 나에게 저지른 짓은 두고두고 상처가 될 거야."

그 말을 들은 나는 마음속으로 생각했다.

'당신이 어떻게 살아가느냐에 따라 달라질 수도 있어.'

어떤 말 한마디에 세상을 보는 눈이 완전히 바뀔 수도 있다.

'절대로 상처를 극복하지 못할 거야.' 하고 생각하는 것도 하나의 관점이다. 그런 관점은 어디에서 비롯되는 것일까?

'난 마이클의 무관심과 이기심 때문에 큰 상처를 받게 된 불행한 영혼이야.' 라는 피해의식이 바탕에 깔려 있지는 않을까?

피해의식도 '하나의' 관점이긴 하다. 제시카는 영원히 마이클에게 피해를 당한 입장으로 살아가려는 관점을 고수하고 있었다. 나는 제시카의 말을 들으면서 나의 관점은 뭔지 되돌아보았다. 나에게 잘못을 저지른 사람들에 대해 내가 어떤 관점을 가져왔는지 떠올려보았다. 나 역시 그들을 원망하고 비난하는 입장을 유지하고 있었다. 나는 그런 관점을 바꾸기로 마음먹었다. 그동안 나 역시 내가 피해자가 된 이야기에 깊이 빠져들어 있었다.

우리는 스스로 지어낸 이야기에 갇혀 사는 경우가 많다. 그 이야기는 우리의 관점이 만들어낸 허구일지도 모른다. 우리는 얼마든지 관점을 바꿀 수 있다는 사실을 망각하고 있다. 우리는 스스로 이야기를 바꿀 수 있다. 내 주위에도 소설 같은 인생을 사는 친구들이 더러 있다. 끔찍한 질병, 실직, 파산, 먼저 세상을 떠나보낸 자식 등 인간사에서 필연인 고통을 겪으며 살아가고 있다.

내 고모할머니 벨은 자그마한 체구에 애교가 넘치는 사람이다. 나는 친척 중에서 벨 할머니와 가장 가깝게 지내왔다. 벨 할머니는 거짓말을 귀신처럼 잘 알아낼 뿐만 아니라 걸쭉한 욕설을 시원스럽게 내뱉는 사람이다. 벨 할머니는 내 동생 브루스가 헤더와 결혼했을 때 눈살을 찌푸렸다. 헤더는 벨 할머니를 항상 멋지다고 치켜세우며 아부를 일삼았지만 끝내 탐탁하게 생각하지 않았다.

1987년, 내 동생 브루스가 결혼한 지 몇 달 지났을 때 나는 런던에서 일주일 일정으로 뉴욕에 와 있었다. 브루스 부부가 저녁을 먹자고 했다. 나는 약속장소로 정한 맨해튼 어퍼웨스트사이드의 중식당에 벨 할머니를 데리고 나갔다. 결혼식 이후 겨우 몇 달 사이에 헤더의 몸은 더 뚱뚱해 보였다.

우리가 스프링롤을 먹고 베이징덕을 기다리고 있을 때 헤더가 갑자기 벌떡 일어나더니 브루스의 자리로 뒤뚱거리며 걸어갔다. 헤더는 브루스의 목에 팔을 두르더니 저 멀리 워싱턴하이츠에서도 들릴 수 있을 만큼 큰 목소리로 외쳤다.

“제가 브루스를 얼마나 사랑하는지 두 분께 보여드리고 싶었어요.”

벨 할머니가 테이블 아래로 내 정강이를 툭 쳤다.

한 시간 뒤, 나는 브로드웨이에서 벨 할머니가 타고 갈 택시를 잡아 주고 있었다. 벨 할머니가 팔꿈치로 나를 쿡 찌르며 말했다.

“헤더가 침대에서 어떤 모습일지 상상이 되니? 브루스가 깔려죽는 건 아닌지 몰라.”

그 말을 한 벨 할머니의 나이가 여든세 살이었다는 사실을 밝히지 않을 수 없다.

나는 벨 할머니와 일주일에 한 번씩 통화했고, 1년에 세 번 뉴욕을 방문할 때마다 빼놓지 않고 꼭 만났다. 벨 할머니는 아흔 살이 넘었지만 여전히 유쾌하고 활기가 넘쳤다. 세상일에도 밝았고, 모든 일에 호기심을 잃지 않고 있었다.

나는 벨 할머니가 굳이 말하지 않아도 늘 슬픔을 안고 살아가고 있다는 걸 잘 알고 있었다. 1999년 5월 어느 날, 나는 당시 세 살이던 딸 아멜리아와 함께 퀸스에 있는 벨 할머니의 아파트를 방문했다. 벨 할머니가 아멜리아를 만나본 건 그때가 처음이었다. 나는 벨 할머니와 아멜리아의 나이 차가 무려 92세라는 사실에 감탄했다. 아멜리아는 예의바른 아이였고, 어른들의 세계를 비교적 잘 이해하고 있어 넘지 않아야 할 선을 잘 지켰다.

아멜리아가 벨 할머니의 아파트를 둘러보다가 탁자에 놓인 1930년대의 빛바랜 사진이 담긴 액자들을 바라보았다. 나는 아멜리아의 모습을 지켜보다가 벨 할머니를 흘깃 쳐다보았다. 그때 벨 할머니의 눈에 눈물이 그렁그렁했다.

1935년, 벨 할머니가 서른 살이던 때 여섯 살이던 외동딸이 편도선 수술을 받다가 숨을 거두었다. 그 이후, 벨 할머니는 아이를 갖지 못했다. 64년이라는 긴 세월이 흘렀지만 아멜리아의 모습을 지켜보던 벨 할머니의 가슴에서는 여전히 지난날의 슬픔이 몰아치고 있었던 것이다.

내가 나직이 말했다.

"늘 가슴에 남아 있죠?"

그 말에 벨 할머니의 얼굴이 콘크리트처럼 굳었다. 아흔다섯 살인 벨 할머니가 나를 차갑게 바라보며 말했다.

"더글라스, 그걸 말이라고 하니?"

2년 뒤, 벨 할머니는 세상을 떠났다. 서서히 악화된 위암 때문이었다. 영면하기 보름 전까지 벨 할머니는 맑은 정신을 유지했다. 벨 할머니가 세상을 떠나기 몇 달 전, 뉴욕에 들렀을 때 나는 벨 할머니를 찾아갔다. 우리는 벨 할머니의 아파트에서 도보로 10분 거리에 있는 레스토랑에서 점심을 먹었다. 식당까지 걸어가는 동안 벨 할머니는 내가 옆에서 부축하려하자 한사코 거절했다. 점심식사를 하면서 나는 서른아홉 살에 죽은 친구 이야기를 꺼냈다. 런던에서 친하게 지낸 친구인데 영면한 지 몇 년이 지났다.

"그 친구와 더 이상 즐겁고 열띤 대화를 나눌 수 없게 돼 슬퍼요."

내 말을 들은 벨 할머니는 고개를 끄덕이며 할아버지를 저세상으로 보낸 지 30년이 넘었지만 그 목소리를 다시는 들을 수 없다는 게 마음 아프다고 했다.

"그렇지만 어쩌겠니? 그동안 인생을 비극이라고 생각하며 사는 사람들을 많이 봐 왔어. 아무리 힘들어도 인생을 비극이라 여기면 안 돼. 난 늘 우울한 생각에 빠지지 않겠다는 마음으로 살아왔어. 내가 그 아이를 잃고도 살아갈 수 있었던 건 바로 그런 결심 덕분이었지. 비극적 인생 이야기에 나를 포함시키지 않겠다고 결심했지. 그 아이가 죽고 나서 처음 10년은 정말이지 지옥 같았어. 그러다가 어느 날 결심했어. '이제부터 나는 더 이상 절망에 허덕이지 않는 길을 선택하겠어.' 라고……. 그렇게 마음먹는다고 해서 그 일이 당장 내 마음속에서 사라지지는 않아. 그렇지만 나는 더 이상 그 일 때문에 괴로워하지 않기로 나 자신과 약속했어. 물론 한순간도 그 아이의 모습이 머릿속에서 사라지지 않았지만 나는 가능한 한 유쾌해지려고 애썼지."

벨 할머니의 장례식에 참석해 연설할 때 나는 그 이야기를 했다.

나는 벨 할머니가 얼마나 용감한 사람이었는지 강조하며, 자식을 잃은 슬픔을 극복하고 평생을 활기차고 유쾌하게 보낸다는 것이 얼마나 드물고 귀한 일인지에 대해 이야기했다.

정말이지 자식을 잃은 슬픔을 어느 누가 잊을 수 있을까?

그렇지만 우리는 그 비극을 상자에 깊숙이 집어넣고 밀봉해야 한다. 물론 어려운 일이다. 아무리 정신력이 강한 사람이라도 결코 쉽게 해낼 수 없는 일이다. 오랜 시간이 흐르고 끊임없이 노력하고 나서야 우리는 겨우 아이 없이 사는 일에 적응할 수 있을 뿐이다.

벨 할머니는 자신의 삶에서 벌어진 비극을 그대로 짊어지고 살아가는 길을 택했다. 절망을 딛고 어떻게든 살아가려고 애썼다.

벨 할머니의 삶이 과연 행복했을까? 벨 할머니의 마음 깊은 곳에서는 언제나 딸을 잃은 아픔이 계속 되었을 테지만 평생 유쾌한 모습을 잃지 않기 위해 노력했다. 벨 할머니는 이후 67년 동안 비극에 휩쓸리지 않고, 세상사에 흥미를 잃지 않고 열심히 살았다.

살아가는 동안 겪게 되는 아픔과 상처, 공포를 내세워 자신을 피해자나 비극의 주인공으로 삼은 이야기를 쓸 수도 있다. 슬픔의 덫에 영원히 갇혀서 살지는 않겠다는 다짐과 함께 살아남는 길을 선택하는 이야기를 쓸 수도 있다.

벨 할머니는 나에게 무조건적인 사랑을 베푼 사람이었고, 내가 부모와 심각한 갈등을 겪으며 괴로워할 때 내 고뇌를 깊이 이해해준 사람이었다. 장례식을 마치고 공항으로 가는 택시 안에 혼자 앉아 있을 때 이제 다시는 벨 할머니를 만날 수 없다는 생각에 가슴 가득 슬픔이 밀려들었지만 눈물은 흐르지 않았다. 내가 울지 않은 이유가 있었다. 벨 할머니가 비로소 오랜 고통을 끝내게 되었다는 생각 때문이었다. 비극을 갈무리하고 지나갈 길을 찾아낼 수는 있다. 하지만 인생사의 수많은 비극을 완벽하게 극복할 수 있는 해답은 없다. 인생사의 비극적인 문제들을 성공적으로 극복해낸 사람들은 많이 있지만 그 그늘까지 완벽하게 해소할 수는 없다. 사람은 죽음에 이르러서야 비로소 괴로움을 끝낼 수 있다. 그런 까닭에 살아 있는 동안 마음의 평화를 찾기 위해서라도 자신의 이야기를 다시 쓸 필요가 있다.

4

비극은 우리가 살아 있는 대가인가?

제임스 블랜드의 삶은 이상적이라고 해도 지나치지 않아 보였다. 그는 33세의 젊은 나이에 명문 보드윈대학교에서 역사학 교수가 되었다. 종신 교수가 된다는 건 학자라면 누구나 최고의 영예로 여긴다.

보드윈대학교 교수위원회에서 블랜드를 탐탁지 않게 여기는 교수도 있었고, 그 자신도 아직은 연구 성과가 미흡하다고 생각했지만 그는 젊은 나이에 종신 교수가 될 만큼 실력을 인정받았다.

제임스 블랜드 교수는 대학시절 내 지도교수였고, 종신 교수 임용 당시 사연을 이야기해주었다. 교수 임용에서 탈락할지도 모른다는 생각은 근거 없는 우려였다. 블랜드는 학생들에게 존경받고 있었고, 철학과 문화적인 문제를 역사적인 사실과 결부시켜 강의할 줄 아는 뛰어난 이야기꾼이었다.

'식민 시대 미국의 청교도 문제' 라는 블랜드 교수의 강의는 내게 미국사회의 뿌리가 무엇인지 제대로 이해하게 해주었다. 내가 뉴딜이라는 이름으로 잘 알려진 미국의 사회민주주의 실험에 대해 관심을 갖게 된 것도 블랜드 교수 덕분이다. 블랜드 교수는 나에게 큰 영향을 미친 스승이다. 그는 내가 세상을 바라보는 눈을 뜨게 해주었고, 내가 어떤 길을 가야할지 고민하고 있을 때 가까이에서 도움을 주기도 했다.

내가 처음 만날 당시만 해도 블랜드 교수는 대단히 젊은 나이였다. 당시 서른한 살이었으니까 나보다 열네 살이 많았지만 내 눈에는 마치 세상사를 모두 관통하고 있는 석학처럼 보였다.

블랜드 교수는 학부와 석사, 박사 과정을 모두 하버드대학교에서 마쳤다. 유명한 역사학자 페리 밀러가 블랜드 교수를 지도했다. 페리 밀러는 매사추세츠 항구 지역에 청교도들이 처음 식민 사회를 건설한 당시를 고찰하는 책들을 집필한 역사학자로 유명하다. 블랜드 교수는 미국의 초기 역사에 대해 큰 관심을 가지고 있었다. 그도 그럴 것이 미국 태동기의 귀족이라 할 수 있는 '버지니아의 유명 가문' 출신인데다 전형적인 청교도 가정에서 자란 사람이었다. 블랜드 교수는 아이비리그 출신답게 지적인 느낌에 은근한 유머를 구사하지만 탐욕스러운 현대소비사회의 유행에는 무심할 정도로 관심이 없는 사람이었다. 뉴잉글랜드 대학교수의 고전적인 상을 그대로 구현하는 인물이랄까?

블랜드 교수는 재산이 많은 부자였지만 남들 앞에서 부를 과시하지 않기 위해 조심했다. 브런즈윅 페더럴스트리트에 멋진 저택이 있었고, 호화 요트도 있었다. 대학원 시절 만난 여자와 결혼했고, 아이도 셋 있었다. 평생 안락한 생활을 보장받을 수 있을 만큼 여유 있는 재산에 종신 교수직까지 약속받았으니 더 이상 바랄 나위 없을 듯 보였다.

나는 블랜드 교수에게서 무의식 속에서 늘 바라던 형의 모습을 발견했다. 아버지는 나를 당신과는 다른 이상한 아이로 여겼기 때문에 내가 어려운 일이 있을 때 친근하게 기댈 상대가 되어주지 못했다. 게다가 동생들만 둘이 있어서인지 나는 늘 형이 있었으면 하는 아쉬움 속에서 자랐다.

블랜드 교수는 나를 애제자로 여겼고, 언제나 친근하게 대했다. 당시 나는 맨해튼 출신의 똑똑한 학생인 척하며 지냈지만 사실 매사에 자신감이 없었고, 늘 내가 가진 재능을 의심하는 학생이었다.

블랜드 교수와 친밀하게 지내는 동안 그 분 역시 예상외로 자신에 대해 확신을 갖지 못하고 사는 사람이라는 사실을 알게 되었다. 열여덟 살 시절에는 지구의 모든 인간들이 자기 자신과 싸우고 있다는 사실을 미처 깨닫지 못하는 나이이니까.

블랜드 교수는 나에게 종신교수 임용을 반대했던 교수위원회의 교수가 불륜관계에 있다고 말했다. 학생들이 시험을 칠 때 커닝을 할 경우 지나치게 화를 내기도 했다. 블랜드 교수가 커닝을 배신행위로 간주하며 몹시 흥분하는 모습을 보고 적잖이 놀라기도 했다.

블랜드 교수는 성대에서 양성 폴립을 제거하는 수술을 받았다. 그는 수술을 받고 나서도 목이 아프다며 절망하는 모습을 보였다. 평생 강의를 하며 살아가야하는 교수에게 성대가 아프다는 건 심각하게 우려할 만한 일이었겠지만 내가 보기에는 지나친 엄살로 보였다.

뉴딜에 대한 블랜드 교수의 강좌가 어찌나 뛰어났던지 강의가 끝나는 날 30여 명의 학생들이 모두 자리에서 일어나 기립박수를 보냈다. 일주일 뒤, 나는 마지막으로 지도교수 면담을 가졌다. 블랜드 교수를 만난 나는 더블린에 있는 트리니티대학교에 교환학생으로 가는 문제를 상의하고 나서 미국의 식민 시대를 내 졸업논문 주제로 삼고 싶다고 말했다. 그러자 블랜드 교수가 나에게 물었다.

"자네는 역사학자가 될 생각인가?"

그 당시 아버지는 로스쿨에 들어가야 한다고 은근히 압력을 가하고 있었지만 나는 눈곱만큼도 그럴 생각이 없었다. 당장은 연극연출을 해보고 싶었지만 글을 쓰는 게 나에게는 가장 마음에 드는 일이었다. 누군가에게 기대지 않고 혼자서도 능히 할 수 있다는 점이 글쓰기가 마음에 든 이유였다.

평소 블랜드 교수의 강의방식을 흠모한 까닭에 학자로 살고 싶다는 생각을 하기도 했다. 블랜드 교수의 강의 덕분에 나는 역사문제를 다양한 관점과 주제로 나누어 해석할 수 있을 만큼 제법 깊이 있는 안목을 갖게 되었다. 그렇지만 역사학자가 되겠다는 생각을 해본 적은 없었다.

언젠가 본격적으로 소설을 쓰겠다는 생각을 품고 있었지만 대학 문예지에 보낸 내 단편소설들이 줄줄이 퇴짜를 맞는 바람에 자신감을 잃기도 했다. 창작수업 때 낸 단편소설들은 동료학생들로부터 대체로 냉소적인 평가를 받았다. 그 당시 보드윈대학교 문예지의 편집장으로부터 나에게 소설 창작에 전혀 소질이 없어 보인다는 악평을 듣기도 했다. 누구에게나 신랄한 악담을 늘어놓길 좋아하던 그는 졸업 후에는 레스토랑을 운영하며 살고 있다.

작가가 되기를 꿈꾸는 사람들을 위해 한 가지 조언을 하겠다. 누구나 처음 글을 쓰기 시작할 때에는 엄청난 비방이 쏟아진다는 점을 명심하고 마음을 단단히 먹어야 한다. 설령 냉소적인 비방들을 무사히 극복하게 되더라도 작가가 되려는 사람의 앞길에는 뛰어넘어야 할 장애물들이 끊임없이 기다리고 있다. 출판사의 거절을 충격 없이 받아들이고 다른 사람들의 혹독한 평을 아무렇지 않게 견디는 것이 작가가 되려는 사람이 가져야 할 기본자세라는 사실을 깨달아야 한다. 작가가 되려는 사람은 끈기와 노력을 통해 끊임없이 창작에 필요한 기교를 연마하고, 작품에 대해 애정 없는 비판을 늘어놓는 사람들을 웃는 얼굴로 마주볼 수 있어야 한다.

블랜드 교수는 내게서 작가가 될 수 있는 가능성을 발견했고, 나 역시 글쓰기를 좋아했지만 본격적으로 뛰어들자니 확신이 서지 않았다.

"하버드대학원에 진학해 미국역사를 본격적으로 공부해보는 건 어떤가? 하버드에는 내가 아는 사람들이 많으니까 자네가 원한다면 강력하게 추천해줄 수도 있어. 예일대학원도 괜찮아. 시카고나 버클리는 정치적인 교조주의에 빠져 있다는 게 우려스럽긴 하지만 다들 좋은 학교들이니까 자네가 가서 하기 나름일 거야. 물론 자네가 열심히 노력해 논문을 잘 쓴다면 하버드에 들어갈 수 있도록 애써보겠네."

나는 블랜드 교수에게 잘 생각해 보겠다고 말하고, 내 장래에 대해 깊이 배려해주어서 정말 고맙다고 인사했다.

"자네는 그럴 자격이 충분하니까."

나는 블랜드 교수의 말에 깊은 감동을 받았다. 권위 있는 학자로부터 내 재능을 인정받고 격려를 받는다는 건 뿌듯한 일이었다.

블랜드 교수에게 목은 어떤지 물었더니 여전히 통증이 계속되고 있어 괴롭다고 했다.

"양성 종양이었으니까."

나는 이제 자리에서 일어나 악수를 청했다. 내 손을 잡은 블랜드 교수는 내 눈을 똑바로 쳐다보며 말했다.

"잘 가게, 더글라스."

나는 떠나면서 말했다.

"1975년 9월에 뵙겠습니다."

블랜드 교수와 헤어진 나는 화창한 늦봄 아침에 버스에 올라 몇 시간 뒤 맨해튼에 도착했다. 그 당시에는 보드윈대학교에서 맨해튼까지 버스로 아홉 시간이 걸렸다.

여름방학 동안 뉴욕 시 보건국 홍보실에서 일했다. 뉴욕 공공도서관에 가서 하버드대학원 카탈로그를 구해 역사학 박사 과정을 자세히 살펴보았다. 인터넷이 없었던 시절에 정보를 얻으려면 일일이 도서관이나 서점을 방문해 책이나 문서를 통해 찾아보아야 했다.

뉴욕 시청 보건국 홍보실에서 일한 지 몇 주가 지났다. 나는 흰개미가 출몰한 브롱크스의 공포 등에 대한 보도자료를 쓰기도 했고, 저녁이 되면 에어컨을 틀어주는 시네마테크, 재즈클럽, 오프브로드웨이의 극장에서 시간을 보냈다.

내가 과연 학자로 어울리는 사람일까? 작가가 되길 원하지 않았던가? 대학사회에도 피 튀기는 정치가 존재한다는 사실을 보드윈에서 익히 알게 되지 않았나?

하버드에서 본격적으로 역사학 공부를 해보라고 권한 블랜드 교수의 말은 1974년 여름 내내 내 머릿속에서 울려 퍼졌다. 아무튼 앞으로 일 년 동안은 더블린에 교환학생으로 가기로 되어 있었다. 더블린은 내가 전혀 모르는 미지의 땅이었다.

시청 일은 8월 말에 모두 끝났다. 미국에서 9월 첫째 주 월요일은 노동절이므로 주말부터 월요일까지 내리 휴일이었다. 맨해튼 아파트에서 어머니가 이른 아침부터 내 방문을 노크했다. 아침 9시였다. 어머니는 충격에 빠진 표정으로 한 손에 《뉴욕타임스》를 들고 있었다.

어머니가 신문을 내밀며 말했다.

"이거 좀 봐!"

나는 잠에서 덜 깬 나머지 눈을 계속 깜박였다. 비로소 시야가 선명해진 순간 나는 신문의 부고란에 눈길이 머물렀고, 명치를 발로 걷어차인 듯 극심한 충격을 느꼈다. 내 눈은 제임스 블랜드 교수의 부고 기사에서 좀처럼 움직이지 않았다.

보드윈대학교 역사학과 교수 제임스 블랜드가 이틀 전 갑자기 사망했다.

어머니가 물었다.

"혹시 짚이는 이유라도 있니?

"블랜드 교수님의 목에 종양이 있었는데 양성이라고 했어요."

나는 메인 주 브런즈윅 전화번호 안내에 연락해 보드윈대학교의 역사학과 학과장으로 재직하고 있는 화이트사이드 교수의 집 전화번호를 알아냈다.

"선생님, 불쑥 전화 드려 죄송하지만 《뉴욕타임스》에 실린 블랜드 교수님의 부고기사를 봤습니다."

"그래, 자네도 큰 충격을 받았을 거야. 자네가 들으면 더 큰 충격을 받겠지만 블랜드 교수가 자살한 것 같아."

받아들이기 어려울 만큼 충격적인 소식을 들을 경우 순간적으로 낭떠러지에 추락하는 기분이 들게 마련이다. 그 당시 나는 열아홉 살이었고, 죽음에 대해 아는 게 없었다. 우울증이 심해져 60대 초반의 나이에 지하철로 뛰어든 친척이 있었다. 평소 알고 지내던 보드윈대학교 3학년 학생이 자전거를 타고 가다가 자동차에 치여 죽은 일이 있었다. 내가 죽음에 대해 아는 것이라고는 그 정도가 전부였다. 자전거를 타고 가다 한 번 핸들을 잘못 꺾는 바람에 인생이 끝나고, 남은 가족들에게는 큰 슬픔이 되기도 하는 게 죽음이라는 사실을 막연하게나마 인식하고 있을 뿐이었다.

블랜드 교수가 자살로 생을 마감했다는 소식은 내게는 너무나 뜻밖의 비극이었다. 세상 부러울 게 없어보였던 남자, 직업적으로나 개인적으로 지극히 안정적으로 보였던 남자가 느닷없이 스스로 목숨을 끊었다는 사실이 도무지 믿기지 않았다.

며칠 뒤, 블랜드 교수의 장례식에 참석한 나는 그의 죽음에 대해 상세히 알게 됐다. 블랜드 교수의 자살은 미리 계획되고 준비된 결과였다. 강의실과 연구실에서 보이던 모습과 달리 그는 극심한 우울증에 시달리고 있었다. 성대의 폴립은 양성이었지만 그는 계속 그 문제에 얽매여 우울해했다.

블랜드 교수는 자살하기에 앞서 미국 북동부와 버지니아 곳곳에 사는 가족들을 만나고 다녔다. 블랜드 교수가 자살을 결행하고 나서야 가족들은 그때 얼굴을 보인 것이 마지막 인사였다는 걸 알게 되었다. 블랜드 교수는 노동절 연휴에 아내와 세 아들을 여행 보내고, 혼자 서재에서 권장량의 열 배가 넘는 수면제를 복용했다. 그는 자신의 세계관을 정립하고, 학자가 될 수 있게 해준 책들 속에서 주검으로 발견되었다.

아직 어린 나이였던 내가 받아들이기에는 너무나 충격적인 일이었다. 열아홉 살 때는 누구나 자신이 인생을 다 알고 있다고 생각하지만 사실 그 나이에는 모르는 게 너무 많다. 인생의 경험도 턱없이 부족했다. 블랜드 교수의 죽음으로 내가 받아 안게 된 감정은 이전에 한 번도 겪어보지 못한 것이었다. 장례식에서 감지되는 충격과 상처도 이루 말할 수 없이 컸다. 보드윈대학교의 모든 사람들이 실의에 빠졌다. 학생들에게 존경과 사랑을 한 몸에 받던 사람, 남들이 보기에 부족한 게 전혀 없어 보이던 사람이 하루아침에 싸늘한 시체로 발견되었다.

학자로서의 신념이 뚜렷하고, 어느 누구보다 열정적인 교수였던 사람이 왜 갑자기 어둠의 힘에 굴복하게 되었을까?

1970년대에만 해도 우울증을 심각하게 생각하는 사람이 거의 없었고, 치료할 약도 변변히 준비돼 있지 않았다. 그 당시에는 우울증이라는 말을 입에 올리는 것조차 금기시되었다.

만약 지금처럼 우울증에 대한 치료방법이 갖춰져 있었더라면 살 수 있었을까?

블랜드 교수는 아마도 지금처럼 우울증에 대한 치료방법이 잘 갖추어져 있었더라도 치료를 거부했을지 모른다. 그는 어둠의 질곡에서 헤매고 있다는 사실을 철저히 숨기며 살았으니까.

자살은 살아 있는 사람들에 대해 심각한 벌을 주는 행위이기도 하다. 누구나 살아가면서 절망과 공허로 뒤덮인 어둠의 질곡을 헤매게 된다. 누구나 암담한 순간에 처하는 경험을 한다. 우리는 누구나 영원히 세상과 작별하고 싶다는 생각을 품기도 한다.

단 한 번도 자살을 생각해본 적이 없다고 말하는 사람은 적어도 내가 보기에는 거짓말쟁이다. 많은 사람들이 우울한 시나리오를 머릿속 한편에 감춰두고 '아주 몹쓸 생각' 이라고 표시한 다음 하루하루를 버텨가고 있을 뿐이다.

나는 블랜드 교수의 죽음 이후 자살하는 사람들을 몇몇 보아온 결과 죽고 싶다는 생각을 실행으로 옮기기 몇 주 전까지 아무 일도 없다는 듯이 살아간다는 점을 알게 되었다. 그들은 하나같이 자살을 논리적인 귀결로 여긴다는 점도 알게 되었다.

자살로 생을 마감하는 경우를 볼 때마다 나 자신에게 괴로운 질문을 던지게 된다.

'나는 타인에 대해 얼마나 알고 있을까? 과연 내가 어느 누군가를 잘 안다고 자신할 수 있을까?'

장례식을 마친 조문객들이 블랜드 교수의 집에서 모였다. 미망인은 의연하고 침착하게 현관문 앞에 서서 조문객들을 맞이했다. 비로소 내 차례가 되어 미망인과 악수하고 위로의 말을 건네야 할 때 나는 몹시 당황스러웠고, 무슨 말을 해야 위로가 될지 몰라 쩔쩔맸다. 블랜드 교수의 생전에 부인을 예닐곱 번쯤 만난 적이 있었다. 미망인의 손을 잡고 정말이지 마음이 아프다고 말할 때 나는 결국 참지 못하고 눈물이 차올랐다.

미망인은 침착한 태도를 잃지 않고 말했다.

"더글라스, 괜찮아요?"

나는 고개를 가로저으며 나도 모르게 말했다.

"저에게는 정말이지 더없이 소중한 분이셨습니다."

몇 주 뒤, 나는 아일랜드로 떠났다. 더블린 사람들은 인생의 부조리에 대한 명확한 시각과 얀센파의 금욕적 태도가 교묘하게 뒤섞인 세계관을 갖고 있었다. 말하기를 좋아하고 말도 아주 잘하는 편이었다. 더블린에 있는 트리니티대학교에서 내가 처음 들은 수업은 브렌든 켄넬리 교수의 과목이었다. 브렌든 켄넬리는 내가 만난 교수들 가운데 가장 뛰어났고, 시적인 말로 문제의 핵심을 짚어낼 줄 아는 멋진 사람이었다. 첫날 켄넬리 교수는 인간 조건을 더없이 신랄하게 그린 윌리엄 버틀러 예이츠의 시로 강의를 시작했다.

만물은 무너진다. 중심은 유지될 수 없다.
세상에 무질서가 풀려난다.
핏빛 짙은 파도가 풀려난다. 어디에서나
순진한 의례는 물에 잠긴다.
좋은 사람들에게는 확신이 전혀 없고 나쁜 사람들이나
강렬한 열정에 가득 차 있다.

그 순간 내 머릿속에서는 불현듯 블랜드 교수의 장례식이 끝난 직후의 일이 떠올랐다. 나는 블랜드 교수의 종신 교수 임용을 반대했던 사람이 술에 취해 옆 사람에게 했던 말을 어깨너머로 들었다.

"내가 뭐라고 했어. 블랜드는 미쳤다고 했잖아."

켄넬리 교수가 낭송하는 예이츠의 시를 들으며 나는 블랜드 교수의 장례식을 마치고 맨해튼까지 버스를 타고 가던 때를 떠올렸다. 그 장례식에서 품었던 크나큰 질문들도 떠올랐다. 블랜드 교수가 미쳤다고 말하던 동료교수도 떠올랐다.

사람들은 잔인한 언행으로 더없이 옹졸한 자신의 모습을 가리려 한다.

이제 중년이 되었지만 블랜드 교수의 죽음은 나에게 생을 돌아보게 만드는 거울이 되어주고 있다. 지금 이 글을 쓰고 있는 날은 39년 전 블랜드 교수가 스스로 생을 포기했던 바로 그날과 같은 날이다. 블랜드 교수가 아직 생존해 있다면 72세가 되었을 것이다. 현재 내 나이는 블랜드 교수가 생을 포기했던 나이보다 스물다섯 살이나 많다.

나는 새삼 깨닫는다. 블랜드 교수는 복잡하고 혼란스럽지만 한편으로는 매혹적이기도 한 중년의 삶을 살 기회를 놓쳤다. 자녀들이 청소년기를 지나 성인이 되기 전 모습을 보지 못했다. 블랜드 교수는 지난

40년 동안 전개된 변화의 실상을 목도할 기회를 영영 잃게 되었다. 바로 그런 부분이 죽음의 본질이 아닐까? 죽음은 앞으로 전개되는 '삶'의 이야기를 앗아간다.

나는 매일이다시피 죽음을 생각한다. 몽테뉴도 살아가기 위해 매일 조금씩이나마 죽음을 생각해야 한다고 말하지 않았던가? 내가 존재하지 않아도 세상은 잘 돌아가리라 확신한다. 내가 죽으면 나와 연관되었던 사연, 실망, 성공, 좌절, 내 인생을 특징지었던 복잡한 일들 모두가 사라질 것이다.

내가 죽고 나서 2,30년이 지나도 사람들이 과연 내 책을 읽을까?

나로서는 알 수 없는 일인 동시에 읽지 않는다고 해도 어찌할 수 없는 일이다. 내가 죽은 다음에 사람들이 내 책을 읽든지 읽지 않든지 무슨 상관인가? 나와 아주 가까운 사람, 혈연이든 학연이든 나와 밀접하게 얽혀 있는 사람들을 빼고 나면 내 죽음도 그다지 특별하게 여길 게 없지 않은가? 내 죽음을 슬퍼하는 소수의 사람들이 존재하겠지만 세상은 여전히 아무 일도 없다는 듯 돌아갈 테고, 다른 수많은 망자들처럼 내 존재 또한 망각의 묘지에 묻히게 될 것이다.

필립 로스는 《에브리맨》을 통해 모든 걸 백지상태로 돌려버리는 자연의 섭리가 생명체의 최후를 가혹하게 만든다고 지적했다. 블랜드 교수의 자살이 내 머릿속에 오래도록 남아 있었던 이유는 그 충격적인 사건 탓에 만물의 유한성을 깨닫게 되었기 때문이다.

블랜드 교수의 죽음은 나에게 또 다른 깨달음을 주었다. 우리가 보게 되는 타인의 겉모습은 종잇장보다 얇은 존재의 표면일 뿐이라는 사실이었다. 그 존재의 표면 아래에 우리가 미처 발견하지 못하는 어둠이 숨어 있다.

블랜드 교수의 겉모습은 누구나 부러워할 만큼 안정적이고 평화로워 보였다. 우리는 흔히 타인의 삶을 대할 때 '내가 저 사람처럼 살 수 있다면 얼마나 행복할까?' 라고 생각할 때가 많이 있다. 나는 블랜드 교수의 짧은 생애를 통해 한 가지 교훈을 찾아냈다. 세상에 완벽한 삶은 없다는 것이다. 겉으로는 완벽해 보이는 사람이 있을지언정 실상은 어두운 그림자를 드리우고 있지 않은 삶은 존재하지 않는다. 우리는 누구나 어두운 그림자의 먹잇감이 될 수 있다.

블랜드 교수의 죽음을 통해 얻은 교훈이 한 가지 더 있다. 사람이 살아간다는 건 비극과 정면으로 마주하는 일이라는 것이다. 우리는 비극을 피하기 위해 아무리 발버둥 쳐도 결코 벗어날 수 없다. 그것이 바로 삶의 본질이다.

***

피츠제럴드는 말했다.

'나에게 영웅을 보여 주면 나는 비극을 쓰겠다.'

미국 작가들 가운데 피츠제럴드는 의미심장한 경구를 수없이 많이 남긴 작가로 유명하다. 피츠제럴드보다 삶의 본질을 꿰뚫는 경구를 많이 남긴 작가는 드물다.

피츠제럴드가 남긴 다음 말들을 보라.

'미국인의 삶에 2막은 없다.'

'머릿속에 상반되는 두 가지 생각을 품고도 여전히 지성적인 면모를 잃지 않는다면 그는 일류 지성인이다.'

'정말이지 어둠에 갇힌 영혼에게는 매일 매순간이 새벽 3시다.'

피츠제럴드는 인간의 삶이 비극적이라는 사실을 잘 알고 있었다. 특히 성공과 비극의 어두운 상관관계에 대해 정확하게 꿰고 있었다. 1921년, 피츠제럴드는 22세의 나이로 미국에서 가장 유명한 작가가 되었다. 10년 뒤 《위대한 개츠비》가 출간되었을 때 그는 지칠 대로 지쳐 있었다. 언제나 헌신적이었던 그의 편집자 맥스웰 퍼킨스는 《위대한 개츠비》를 미국 문학사에 길이 남을 걸작이라 여겼지만 평단의 평가는 미적지근했고, 판매도 부진했다. 그로부터 다시 10년 뒤, 피츠제럴드의 아내 젤다가 메릴랜드 주 볼티모어에 있는 정신병원에 갇혔고, 병원 건물에서 화재가 발생하는 바람에 불에 타 사망했다. 미국 문학계에 혜성처럼 등장해 화려한 스포트라이트를 받았던 작가, '재즈 시대'를 규정한 작가(세상에 흔하게 알려진 평가), 인생의 덧없는 표면을 정확하게 꿰뚫어본 작가(내가 생각하는 평가)인 피츠제럴드는 추락을 거듭하다 할리우드에 고용된 매문가가 되었다. 가십 기사를 쓰는 실라 그래험과 살며 매일이다시피 술을 과음했고, 당시의 생계수단인 영화 각색 작업을 경멸했다. 그는 《최후의 거물》이라는 소설로 다시 과거의 영광을 재현하려고 필사의 노력을 기울이던 어느 날 아침 숙취에 시달리며 침대에서 일어났다. 숙취를 해소하기 위해 커피를 만들던 그는 가슴을 세게 얻어맞은 것 같은 통증을 느꼈고, 마치 팔이 감전된 듯 찌릿한 느낌을 받았다. 그러다가 갑자기 심장마비를 일으킨 그는 주방 바닥에 쓰러졌다. 사인 조사를 한 의료진은 머리가 바닥에 부딪치기 전에 이미 그의 숨이 멎어 있었다고 증언했다.

피츠제럴드는 전혀 죽음을 예감하지 못했을까? 그는 44세라는 이른 나이에 삶의 불꽃이 잦아들길 바랐을까? 그 마지막 순간에 생이 끝난다는 것을 느꼈을까?

피츠제럴드는 죽음을 자초하다시피 한 생활을 지속했다. 그의 때 이른 죽음을 두고 우리는 수많은 추측을 할 수 있을 뿐이다. 오늘날에는 44세가 인생의 중간 지점일 뿐이지만 70년 전에는 인생에서 훨씬 멀리 나가 있는 지점이기도 했다. 그는 좌절과 실패를 거듭하는 동안 너무나 큰 충격을 받은 나머지 죽음의 질곡에서 빠져나올 수 없게 되었을지도 모른다.

피츠제럴드는 《밤은 부드러워》에서 이렇게 적고 있다.

'우리는 아문 흉터에 대해 글을 쓴다. 피부의 병변을 은유로 삼는 것이다. 그러나 인간의 상처는 아물지 않는다. 벌어진 상처만이 있을 뿐이다. 상처는 아주 작은 구멍으로 줄어들 때가 있지만 그대로 남는다. 고통의 표시는 손가락이나 시각을 잃은 것과 비슷하다. 우리가 그 상처를 어찌할 수 없다면 잊어야 하겠지만, 우리는 일 년에 일 분도 잊지 못한다.'

피츠제럴드가 생의 마지막 시기에 쓴 자전적인 외침 《크랭크업》은 냉철하고 남성호르몬이 넘치는 헤밍웨이 추종자들이 읽으면 크게 비웃을 만한 글이었다. 하지만 지나친 자기 동정을 건너뛰면 미국인의 삶에 물질주의적 충동이 지나치게 많이 도사리고 있다고 강조하는 피츠제럴드의 흥미로운 목소리를 들을 수 있다.

피츠제럴드는 물질적 번영에 집착하는 미국사회의 모습을 깊이 있게 이해하고 있었고, 돈이 어떻게 미국인의 궁극적인 목표가 되었는지 작품을 통해 보여주었다.

'나에게 영웅을 보여 주면, 나는 비극을 쓰겠다.'

피츠제럴드의 그 말은 여러 가지 면에서 미국인들의 비위에 거슬리는 말이었다. 미국사회에서는 비극을 멀리하기 때문이다. 뛰어난 단편소설 작가이지만 과소평가되었고, 이제는 사람들의 뇌리에서 사라지다시피 한 V. S. 프리쳇은 이렇게 말했다.

"미국에서는 '비극'이라는 개념이 없다. 크게 잘못된 부분이다."

지나친 비약으로 보일지도 모르지만 차분하게 음미해보면 신랄한 진실이 담겨 있는 말이라는 걸 인정하지 않을 수 없다. 미국인은 아무리 노력해도 바로잡을 수 없는 일이 있다는 사실을 인정하지 않는다. 미국인은 최악의 상황 이면에 반드시 그렇게 될 수밖에 없었던 원인이 숨어 있으리라는(혹은 그 상황에서 어떤 교훈을 얻을 수 있으리라는) 생각을 인정하지 않는다. 미국인의 세계관에는 청교도적 유산이 깊이 자리하고 있기 때문이다. 인간은 근본적으로 타락한 존재이며 근면한 노동과 금욕적 생활을 통해서만 구원받을 수 있다는 믿음이 미국인의 의식에 깊숙이 뿌리내리고 있다. 근면한 노동과 금욕적 생활을 실천하지 않을 경우 비극적인 결말을 맞게 되리라는 생각이 미국인들의 의식 저변에 깔려 있다는 건 그리 놀라운 일이 아니다. 오래전부터 미국인들의 의식에 뿌리 깊이 새겨진 그런 생각들은 쉽게 사라질 수 없다. 미국인들은 '때때로 비극은 인과관계 없이 무작위로 닥칠 수도 있다'는 생각을 인정하려 들지 않는다.

런던에 사는 내 친구가 몇 달 전 끔찍한 이야기를 들려주었다. 그의 열 살짜리 딸 폴리의 친구 사라가 집과 가까운 도로에서 차에 치여 사망했다. 정말이지 생각지도 못한 사고였다. 사라의 어머니가 집 앞에 세워둔 차에서 두 남동생을 내려주고 있는 사이, 사라는 도로 맞은편에 서 있는 친구를 보았다. 사라가 차문을 열고 도로에 발을 내딛는 순간 달려오던 차에 치였다. 사고를 낸 차를 운전한 사람은 운전면허를 딴 지 며칠 되지 않은 열여덟 살짜리 아가씨였다. 사고를 낸 운전자는 경찰조사를 받을 때 사라가 탄 차 문이 열려 있는 줄 몰랐다고 진술했다. 사라가 탄 차는 문이 옆으로 열리는 SUV였기 때문이다. 사고를 낸 운전자가 술이나 마약에 취해 있었던 건 아니었다. 정신적으로 지극히 정상적이었던 초보운전자는 주택가의 규정 속도인 시속 50킬로미터보다 느리게 달리고 있었다. 사라의 사망 원인이 차에 치인 충격 탓이 아니라는 조사결과가 나왔다. 차에 치이는 순간 튕겨져 나간 몸이 가로등 기둥에 부딪치는 바람에 목이 부러져 즉사한 것이었다.

내 친구는 말했다.

"토요일 아침에 폴리가 다니는 학교의 교장선생님이 전화로 그 소식을 알려주었을 때의 목소리가 아직도 생생한 기억으로 남아 있어. 폴리에게 충격적인 소식을 전할 때 내 마음이 어땠는지도 생생하게 떠올라. 반 아이들 중 장례식에 참석하겠다고 말한 아이는 폴리뿐이었대. 폴리가 나를 자기 방으로 부르더니 이렇게 말했어.

'내일 사라가 땅속에 묻힌다는 게 믿어지지 않아.'

나는 폴리에게 살다 보면 우리가 전혀 조치를 취할 수 없는 가운데 비극적인 사고가 발생할 수 있다는 걸 설명해주고 싶었어. 사라에게 일어난 사고는 우연과 불운이 겹친 가운데 발생한 비극이라는 사실을 일깨워주고 싶었지만 도저히 그 말을 해줄 수 없었어."

나는 친구로부터 그 이야기를 듣는 내내 생각했다.

만약 문이 옆으로 열리는 SUV가 아니었다면 아무리 초보운전자라도 차 문이 열리는 순간 차를 멈춰 서게 했을 거야. 차에 치인 사라의 몸이 튕겨져 나가며 가로등에 부딪치지만 않았더라면 크게 다쳤을지언정 목숨이 끊어지지는 않았을 거야. 사라의 어머니가 아들을 내려주다가 달려오는 차를 발견했다면 차문을 열려 할 때 '안 돼, 사라!'

하며 크게 소리쳤겠지. 사고를 낸 차가 좀 더 빨리 혹은 좀 더 늦게 달려 사라가 차에서 내리는 순간 그 앞을 지나치지 않았더라면 끔찍한 사고가 발생하지 않았을 거야. 사라의 어머니가 집으로 오는 길에 신호등에 걸려 조금 늦게 그 지점에 도착했더라면…….

사랑하는 딸을 잃고 큰 충격에 빠진 사라의 어머니는 머릿속으로 그런 생각을 되풀이하고 있을 게 틀림없었다. 세상에서 자식을 잃는 것보다 더 큰 괴로움은 없으니까. 아무튼 여러 가지 우연한 상황이 결합돼 발생한 재앙이었다.

나는 친구의 이야기를 듣는 동안 인간 조건의 불확실성을 생각했다. 아무리 우리 눈에 고정되고 지속적으로 보이는 건물이 있다고 하더라도 그 모습이 언제나 똑같으리라고 확신할 수는 없다. 인간은 변함없이 유지되는 것을 좋아한다. 영원히 변하지 않는 우정, 늘 일에 만족을 주는 회사, 절대로 싫증나지 않을 운명적 사랑을 꿈꾸지만 인생은 그리 호의적이지 않다. 깨어진 우정, 사양 산업이 되는 바람에 일할 수 있는 회사가 사라져 쓸모가 없게 되어버린 경력, 갑작스런 연인의 변심은 삶의 무대에서 흔히 볼 수 있는 일들이다. 우리는 언제나 고정되고 지속적인 관계를 바라지만 비극으로부터 자유로울 수 없다. 우리가 타인의 감정을 마음대로 통제할 수 없듯 비극을 부르는 요소들을 완벽하게 차단할 수는 없기 때문이다.

가령 건강에 각별히 신경을 쓰며 사는 사람이 있다고 생각해 보자. 어김없이 하루에 몇 킬로미터씩 달리고, 고단백 저칼로리 음식을 즐겨 먹고, 담배는 한 개비도 피우지 않고, 술은 하루에 레드 와인 두 잔을 넘기지 않는다고 가정해 보자. 아무리 건강에 대해 각별히 신경을 쓰는 사람이라고 해도 50세에 의사로부터 별안간 암에 걸렸다는 진단을 받게 될 수도 있다.

병의 원인이 되는 모든 요소를 사전에 차단한다는 게 가능할까? 아무리 의학이 발달했다 하더라도 원인을 알 수 없는 병으로 죽어가는 사람이 수없이 많다는 사실을 우리는 어떻게 설명할 수 있을까?

사라의 죽음은 여러 가지 우연한 상황이 겹치며 발생했다. 운전이 미숙한 초보운전자가 차를 몰고 달려오는 바로 그 시간, 어머니가 동생들을 차에서 내려주고 있던 그 시간, 하필이면 차를 세운 곳에서 얼마 떨어지지 않은 곳에 가로등이 설치돼 있는 그 장소에 있었기 때문에 짧은 생을 마감하게 되었다. 사라의 죽음에서 보듯 우연한 상황이 여러 개 겹친 불운이 우리의 생을 끝내게 할 수도 있다. 그런 일을 겪다보면 우리의 삶이 얼마나 허약한 토대 위에 서 있고, 얼마나 비극에 노출되기 쉬운 존재인지 깨닫게 된다.

***

불확실성에 기초해 '삶은 본질적으로 비극적이다.' 라는 말을 할 경우 지나치게 비관적인 태도로 생을 바라본다는 비난을 받을 수도 있다. 불행을 필연적인 상황으로 받아들이면 신의 조롱을 불러온다고 생각하는 사람도 더러 있다.

구스타프 말러가 프리드리히 뤼케르트의 시에 기초해 쓴 〈죽은 아이를 그리는 노래〉를 생각해 보자. 우리는 말러의 아내 알마가 왜 그 곡을 작곡하려 했을 때 만류했는지 충분히 짐작할 수 있다. 말러는 아내의 만류를 뿌리치고 곡을 끝내기로 마음먹고 계속 작곡에 매진했다.

초연이 끝났을 때 비평가들로부터 거장의 숨결을 느낄 수 있는 새로운 스타일의 감동적인 곡이라는 찬사가 쏟아졌다. 작곡을 끝내고 얼마 지나지 않아 말러의 여섯 살짜리 딸 소피가 성홍열에 걸려 세상을 떠났다. 말러의 가정에 불행한 일이 밀어닥치자 곡을 쓰지 말라는 아내의 말에 귀를 기울였어야 한다는 말이 흘러나왔다. 20세기 초에는 성홍열, 소아마비, 풍진, 홍역 따위의 병으로 무수히 많은 아이들이 죽어갔다. 말러가 살았던 비엔나는 그 당시 비교적 의학이 발달되어 있는 도시였지만 아직 백신과 항생제가 개발되지 않았던 때였으므로 유아들의 전염병 피해를 막을 수 없었다.

말러의 딸을 죽음에 이르게 한 병은 신의 저주(죽은 아이에 대한 시를 음악의 가사로 붙이려 한 사람에게 내려진 벌)가 아니라 비엔나의 공기 중에 떠다니던 병균이었다. 비극은 여러 가지 양상으로 나타난다. 사람을 죽음에 이르게 하거나 불구로 만드는 질병, 자연재해, 미치광이 정치 지도자들의 그릇된 정치관(유태인을 말살하려고 한 히틀러 때문에 벌어진 비극을 생각해 보라) 등이 끔찍한 재앙을 만들어낸다. 무지, 허영심, 이기심, 나르시시즘, 오해, 무능, 복수심, 자기 파괴 등으로 인해 발생하는 비극도 있다.

사람들이 비극을 자초하는 경우는 프로이트 이후 나타난 현대인만의 증상은 아니다. 아리스토텔레스는 셰익스피어, 초서, 성경보다 오래전 '아나그노리시스' 라는 개념을 정립했다. 아나그노리시스는 연극에서 주인공이 극중 인물의 정체나 자신이 처한 상황을 분명하게 깨닫는 것을 의미한다.

아리스토텔레스는 《시학》에서 아나그노리시스의 개념을 이렇게 정의했다.

'아나그노리시스는 무지로부터 깨달음을 얻는 것으로의 변화를 의

미한다.'

'무지에서 깨달음을 얻는 것으로의 변화' 는 인간의 성장에서 가장 핵심적인 요소라 할 수 있다. 비극을 마주했을 경우에는 특히 그렇다. 그리스의 비극에 등장하는 주인공들은 대개 사건의 진실이나 사물의 진상을 제대로 깨닫기 전에 스스로 폭발한다. 오이디푸스가 자기 어머니와 결혼한 사실을 깨닫고 스스로 눈을 뺀 경우를 생각해 보자. 오이디푸스는 자기 어머니와 결혼했다는 끔찍한 진실을 알게 된다. 현대인은 잘못된 결정이나 큰 잘못을 저질렀을 경우 용서를 구하고 변화를 꾀하지만 오이디푸스는 '아나그노리시스' 의 순간에 스스로 세상을 다시는 보지 않는 길을 택한다. 오이디푸스는 어머니와 결혼한 것에 대해 수치를 느끼고 스스로 여생을 어둠 속에 갇혀 지내기로 한다.

아가멤논이 딸 이피게니아를 설득해 바람의 신에게 재물로 바치고 나서 괴로워할 때에도 '아나그노리시스' 의 순간이 있었을까?

아가멤논이 전쟁에서 승리하기 위해 딸을 희생시키기로 결정한 이면에는 엄청난 공포와 상실감이 존재했을 것이다. 이피게니아가 신의 제물로 바쳐지게 된 운명을 비극으로 여기지 않으며 스스로 희생양이 되겠다고 자처했을 때에도 '아나그노리시스' 가 있었을까?

셰익스피어는 아리스토텔레스의 '아나그노리시스' 를 엄격하게 따르지는 않았다. 다만 셰익스피어의 희곡에도 등장인물이 스스로 불러들인 불행을 통해 깨달음을 얻고 변화를 모색하는 장면을 흔히 볼 수 있다. 스스로 불완전한 존재라는 사실을 깨닫고 교훈을 얻는 순간 비극은 희극으로 변화한다. 셰익스피어의 희곡 중에서 스스로 불러일으킨 분노와 용서의 필요성을 가장 흥미롭게 보여주는 작품은 〈겨울 이야기〉이다. 〈겨울 이야기〉의 마지막 장면은 셰익스피어의 희극 중에서도 가장 감동적인 진실을 드러낸다. 왕은 왕비가 자신을 배신했다고 확신해 멀리 추방하고 죽음으로 몰아넣는다. 하지만 왕비가 배신했다고 확신한 건 자신의 망상이었음을 깨닫는다. 결백을 주장하는 왕비의 말을 믿지 못하고 질투에 사로잡혀 이성을 잃었던 왕은 자신의 잘못을 깨닫는 '아나그노리시스'의 순간을 만나게 된다. 여기까지는 〈오셀로〉와 다르지 않다. 하지만 자신의 잘못을 깨닫고 자살로 생을 마감하는 오셀로와 달리 〈겨울 이야기〉의 왕은 왕비가 살아 있다는 사실을 알게 되고 용서를 구한다. 비극적인 대단원을 원하지 않는 관객들은 이런 결말에 더 큰 쾌감을 느낀다. 물론 현실에서는 불가능한 결말이긴 하다.

외적 요인 때문이 아니라 자신의 실수로 비극을 초래하게 되었을 때 잘못을 탓할 대상은 자기 자신뿐이다. 몇 해 전, 몬태나 주에서 나의 소설 《빅 픽처》를 쓰기 위해 자료조사를 할 때 하워드(가명)라는 사람을 알게 되었다. 몬태나 주에서는 나름 유명한 인물로 그 지역의 유력지인 《더 몬태나》 지에 글을 기고하는 칼럼니스트였다. 자녀를 여럿 둔 하워드는 몬태나 주의 수려한 자연경관과 지역의 독특한 면모를 시적인 글로 표현해내는 인물이었다. 그의 칼럼이 얼마나 맛깔스러운지 언젠가 반드시 퓰리처상을 수상하게 될 거라는 말들이 나돌 정도였다. 몬태나주립대학교 저널리즘 교수라는 직함도 그의 명성을 더욱 확고하게 만들어주었다.

하워드는 칼럼니스트로서는 주목할 만한 성과를 창출했지만 생활습관은 주정뱅이나 다름없었다. 나는 미줄라 메인스트리트에 있는 옥스퍼드 바에서 하워드를 처음 만났다. 방금 전 옥스퍼드바의 문으로 걸어 들어온 남자는 일 년 동안 잠을 못 이루며 수많은 유령과 싸우고 있는 사람처럼 초췌한 몰골을 하고 있었다.

하워드를 나에게 소개해준 사람은 미줄라에 살고 있는 범죄소설의 대가 제임스 크럼리였다. 정오에 미줄라 메인스트리트에 있는 바에서 크럼리와 만나기로 약속했다. 내가 약속시간에 바에 가자 먼저 와 있던 크럼리는 맥주와 위스키를 섞은 술을 마시며 담배를 피우고 있었다. 그 당시는 병원 중환자실을 빼고 어디에서나 담배를 피울 수 있었다.

우리는 10분쯤 가벼운 대화를 나누었다.

크럼리가 나를 가리키며 바텐더에게 말을 걸었다.

"이 친구가 말하는 걸 들어봤나? 이 친구는 미국인이라고 주장하지만 마치 영국인처럼 말하고 있어."

나는 뉴욕 맨해튼에서 나고 자랐지만 지난 20년 동안 영국에서 살았다고 설명했다. 그러자 크럼리가 말했다.

"자, 미국화된 영국인, 한 잔 더 하겠나?"

마치 시비를 걸듯 이야기하는 게 크럼리의 스타일이었다. 지나치게 큰 목소리, 끝없이 피우는 담배, 부코스키(술과 마약에 빠져 살았던 미국의 시인) 같은 부랑자 분위기, 헤밍웨이 같은 수염이 크럼리의 인상을 결정짓는 요소였다.

나는 크럼리가 마음에 들었다. 크럼리가 미소를 지으며 시비를 거는 게 재미있었다. 크럼리는 처음 만난 사람을 그런 식으로 테스트한다는 걸 알 수 있었고, 나는 그가 출제한 시험을 통과할 자신이 있었다.

우리는 한동안 술을 마시다가 크럼리의 표현대로 하자면 '액운' 에 대해 이야기하기 시작했다. 크럼리는 인간이 겪는 액운에는 크게 두 가지 종류가 있다고 말했다. 질병, 사고, 직장해고처럼 갑자기 발생하는 액운이 있고, '총으로 자살하는 몹쓸 일' 즉, 자기 파괴적인 액운이 있다는 말이었다.

크럼리는 다섯 잔째 술을 주문하며 말했다.

"누구나 자기 파괴의 방아쇠를 당기고 싶을 때가 있지. 자기 파괴 행위는 인간의 비극적인 본성의 일부인 만큼 누구에게나 해당되는 사항이야. 자네는 매우 긍정적인 사람으로 보이지만 어느 날 갑자기 자기 파괴의 충동을 느끼고 비극에 빠질 수도 있지. 비극은 스스로 자초하는 게 대부분이야. '인간'은 영원한 수수께끼 같은 존재이니까."

크럼리는 나에게 하워드를 소개시켜주겠다고 했다. 하워드한테 맥주를 사주면 재미있는 이야기를 무궁무진하게 들을 수 있을 거라고 했다.

"하워드는 마치 범인을 다루듯 상대해야 돼. 담배와 맥주만 원 없이 사주면 속을 다 뒤집어 보여줄 인간이지."

크럼리는 성냥갑을 꺼내 하워드의 전화번호를 적어주었다. 나는 이튿날 아침, 엄청난 숙취를 느끼며 잠에서 깨어났다. 크럼리와의 술자리는 한낮에 시작해 저녁까지 이어졌다. 나는 바에서 호텔까지 비틀비틀 걸어가 겨우 침대에 누울 수 있었다. 커피를 몇 잔 마시고 나서야 정신을 차린 나는 크럼리가 전화번호를 적어준 성냥갑을 꺼내 하워드에게 전화했다. 나는 작가이며 크럼리의 소개로 전화했다고 하자 하워드는 반가워하는 목소리로 말했다.

"댁을 만나기 전 도서관에 들러 대략 어떤 사람인지 알아봐야겠어요."

하워드가 옥스퍼드바로 걸어 들어와 내 앞에 앉았고, 그는 맥주를 시키고 나는 블러디메리(토마토주스와 보드카에 타바스코소스와 후추 등을 더한 칵테일 : 옮긴이)를 주문했다. 나는 하워드 로버트슨(가명)이 덩치 큰 서부사나이인 줄 알았는데 50대 중반의 보통 키에 조용한 남자였다.

탈모가 시작된 머리카락과 슬픈 미소를 빼면 별달리 특징이 보이지 않는 생김새였다.

하워드는 5월 하순이었지만 봄에 입는 회색 면 윈드브레이커와 연두색 바지 차림을 하고 있었다. 칼럼니스트로는 뛰어날지 몰라도 옷을 입는 센스는 형편없어 보였다. 물론 옷을 입는 감각과 글 솜씨는 전혀 별개의 문제라 할 수 있다.

하워드는 몬태나 주에서 즐겨하는 릴낚시에 관한 에세이를 통해 오늘날 미국 서부를 깊이 있게 통찰했다. 그의 글은 '레포츠를 즐기는 남자'를 다룬 여타의 수많은 글들처럼 진부한 미화에 빠져들지 않고 처음부터 끝까지 독특한 시각을 잃지 않는다는 게 두드러진 미덕이었다.

나는 무엇보다 하워드의 눈에 관심이 갔다. 수없이 많은 고난을 겪어 이제는 영원히 슬픈 상태에 벗어날 수 없다는 걸 깨달은 눈, 제대로 초점이 잡히지 않는 멍한 눈, 악령에 사로잡힌 것처럼 대체로 몽롱한 눈이었다.

하워드는 내 손을 덥석 잡으며 말했다.

"반가워요, 댁이 쓴 여행기들을 읽어봤어요. 런던에 살고 있다던데 거긴 살기가 어때요?"

그 당시는 1993년으로 나는 소설가라기보다는 여행 작가라고 하는 게 더 어울릴 때였다.

"미국을 떠나 산다고 트렌튼 교도소에서 무기징역을 사는 건 아니잖아요. 런던은 그럭저럭 살만한 곳이죠."

내 말에 하워드는 누런 이를 드러내 보이며 웃고 나서 한참 침묵을 지키다가 말했다.

"어느 지역이든 다 나름의 한계를 가지고 있죠. 몬태나처럼 수려한 자연경관을 자랑하는 곳도 예외는 아니니까요."

하워드는 맥주를 한 잔 더 주문했고, 나는 블러디메리를 조금씩 마셨다. 우리는 많은 이야기를 나눴다. 하워드는 아이들과 전처 이야기를 했다.

"내 전처는 수동적 공격성이 많은 여자였죠."

하워드는 몬태나의 작가들에 대해서도 이야기했다. 월리스 스테그너와 토마스 맥구안을 높이 샀고, 크럼리에 대해서는 '좀 괴짜죠?' 라고 말했다.

우리는 서로 글을 쓸 때의 습관을 이야깃거리로 삼았다. 나는 하루에 쓸 양을 미리 정한 다음 오전이나 오후 혹은 밤에 그 양을 채우며, 어디서라도 글을 쓸 수 있게 자신을 훈련시켜 왔다고 말했다.

하워드가 내 말에 흥미를 보였다.

"요즘 나는 버스 교대 시간에 글을 쓰죠."

"버스 운전을 하세요?"

"일주일에 닷새는 스쿨버스를 운전해요. 아침 6시 반부터 8시 반 사이에 아이들을 학교로 데려다주죠. 오후 3시에서 4시 반 사이에는 집으로 데려다주고요. 그사이에 비는 다섯 시간 동안 글을 써요. 지금 우리가 앉아 있는 바로 이 자리에서 쓰죠. 미줄라에서 가장 오래된 술집, 옥스퍼드바에서요. 오늘은 토요일이고, 전처가 두 아들을 데려가는 날이라 이렇게 한가하게 앉아 있을 수 있는 거예요."

하워드는 그렇게 말하며 맥주잔을 손가락으로 톡톡 두드렸다.

"한 잔 더 드실래요?"

"나야 고맙죠."

나는 바텐더에게 술을 한 잔씩 더 달라고 손짓했다.

내가 물었다.

"책은 어디에서 출판하죠?"

"내가 자비로 출판해요."

"그렇군요."

"출판사를 찾아가볼까 생각해보기도 했지만 그냥 내가 직접 내는 게 편하겠더라고요."

"《더 몬태나》지에 칼럼을 계속 쓰고 있나요?"

하워드는 잠시도 망설이지 않고 곧장 대답했다.

"일 년 반쯤 전에 칼럼을 그만 쓸 때가 됐다고 결정했어요. 다른 일을 해볼 때라고 생각했죠."

그 말에 내 거짓말탐지기가 신호를 보냈다.

"몬태나 주에서 가장 영향력 있는 신문에 칼럼을 연재하는 일을 그만두고 스쿨버스를 운전하기 시작했다는 말씀입니까?"

"운전 말고도 책을 쓰고 있잖아요."

"자비출판?"

"자비출판이 뭐 잘못됐나요?"

"잘못됐다고 말하지는 않았습니다."

"그 말은 많은 의문을 내포하고 있군요."

"당신의 말이 많은 의문을 담고 있기 때문이죠."

하워드는 맥주잔을 응시하며 한동안 침묵했다. 내가 처음 만났을 때 그의 눈에서 발견한 슬픔이 언뜻 다시 보였다. 불현듯 나는 심문하듯 캐물은 게 미안해졌다. 물론 그가 먼저 스쿨버스 운전 이야기를 꺼냈고, 대화할 때 궁금한 게 있으면 그냥 넘어가는 법 없이 이런저런 점들을 꼬치꼬치 캐묻는 건 작가로서의 오랜 습관이었다. 작가에게는 다른 사람의 삶에 대해 듣는 것이 모든 작품의 소재가 되니까.

어쨌든 나는 미안한 나머지 몸을 숙여 그의 어깨에 손을 얹어놓으며 말했다.

"내가 지나쳤어요. 너무 많은 걸 알려고 했나 봅니다."

"나도 글을 쓰는 사람이라 흥미로운 이야깃거리가 있으면 당연히 그냥 넘어가지 못하죠."

누군가에게 자신의 비밀 이야기를 털어놓고 싶을 때가 있는 법이다. 하워드는 이제 내가 먼저 물어보기를 기다리고 있었다.

바텐더를 불러 세 잔째 술을 주문한 나는 하워드에게 말했다.

"이제 들을 준비가 다 되었으니 어서 이야기해보세요."

"슬픈 이야긴데 괜찮겠어요?"

"슬픈 이야기라면 누구에게나 있지 않습니까?"

"내 경우보다 슬픈 이야기는 없습니다."

"어떻게 그리 자신하죠?"

"그 일이 나에게 더없이 큰 데미지를 입혔습니다. 내가 스스로 자초한 일이라 누군가에게 하소연할 입장도 아니죠."

"얼마나 큰 데미지를 입었는데요?"

하워드는 주머니에 손을 집어넣어 구깃구깃해진 담뱃갑을 꺼냈다. 필터 없는 럭키스트라이크(진짜 애연가가 택하는 담배)였다. 그는 담배를 두 모금 깊이 빨고 나서 이야기를 시작했다.

3년 전, 하워드 부부의 관계는 더 이상 추락할 곳이 없을 만큼 악화일로에 접어들었다. 하워드는 동료와 바람을 피웠고, 비록 아내에게 들키지는 않았지만 내심 큰 죄책감을 느꼈다.

어느 날 하워드의 아내는 지난 2년 동안 왜 잠자리를 거부했는지 고백했다. 직장동료와 사랑에 빠졌던 것이다. 하워드는 지난날을 잊고 다시 시작하자고 간절히 애원했지만 그의 아내는 결혼생활을 끝내자며 단호하게 거절했다.

재앙은 가을날 낙엽처럼 사람의 몸에 쌓이게 된다. 하워드는 결혼생활이 오래전부터 잘못되었다는 걸 잘 알고 있었다. 가끔씩 함께 데이트를 하는 직장동료가 자신을 사랑하고 있고, 아내와는 달리 다정하고 매력적인 여자이며 자신을 '감옥에서 구할' 카드라는 걸 잘 알고 있었다. 그럼에도 하워드는 아내에게 애인이 있다는 말을 듣고 지나치게 과민반응을 했다.

하워드는 사무실에서 펑펑 울었다. 심지어 몰래 만나는 연인 앞에서도 흐느꼈다. 그는 아내의 남자 집으로 전화해 어서 돌아오라고 애원했다.

"전처와의 사이에 아이들이 둘 있죠. 매트는 열일곱 살이고, 조디는 열아홉 살이죠. 당시 조디가 나에게 '아빠는 오랫동안 행복하지 않았잖아요. 새 인생을 시작할 기회라고 생각하세요.' 라고 하더군요.

나는 조디의 말처럼 새로운 인생을 시작하지 않고 날마다 잭다니엘스를 마시기 시작했죠."

"부부 사이가 그다지 좋지도 않았다면서 부인과 갈라서는 게 왜 그리 힘들었죠?"

"이제 와 생각해보면 스스로 비탄의 재갈을 입에 문 것 같아요. 상실감에 계속 빠져 지내고 싶었던 거죠. 내 자신을 어둠의 심연에 가두고 싶었다고나 할까요. 아내에게 거절당하는 게 습관처럼 몸에 배어 있던 내가 왜 그리 필사적으로 매달렸는지 모르겠어요. 정말 이상하지 않아요?

"궁합이 잘 맞는 애인도 있었는데 왜 그런 태도를 보였는지 나로서는 이해하기 어려운 게 사실입니다."

"내게 애인이 있다는 건 그리 중요하지 않았어요. 아내가 나를 거부하고 다른 남자와 사랑에 빠졌다는 것만이 중요했죠. 내가 아내에게 부족한 남자였고, 기대에 못 미치는 사람이었다는 게 중요했죠."

"부인이 만나던 남자는 어떤 사람이었나요?"

"대학교 행정직원이었어요."

"저명한 칼럼니스트가 대학교 행정직원보다 못할 게 없잖아요?"

"그 사람은 키가 190센티미터인데다 근육질 몸매에 스키를 아주 잘 탔어요."

"학창시절에 운동선수로 인기를 끌다가 졸업하고 나서 회사에 취직해 정장차림으로 나이를 먹어가는 사람이겠군요. 거기에 비하자면 당신은 대단히 성공적인 길을 걷는 남자였잖아요."

"아내에게는 여러모로 부족한 남자였죠."

"당신의 애인은 그렇게 생각하지 않았을 텐데요?"

하워드는 다시 맥주잔을 물끄러미 내려다보다가 말했다.

"그럴지도 모르지만 나는 그렇게 생각했습니다."

사람은 상황이 나빠지면 당황한 나머지 중심을 잃고 갈팡질팡하게 된다. 벼랑에서 발을 헛디딜 경우 현기증이 날 만큼 빠른 속도로 추락한다.

하워드도 예외는 아니었다. 아내가 집을 나간 지 일주일도 안 돼 애인이 두 사람의 관계를 다시 생각해보자고 말했다. 하워드가 이혼을 요구하는 아내에게 매달리며 돌아오라며 슬퍼하는 모습을 보고 참을 수 없었던 것이다. 그가 아내에게 매달리며 슬퍼하는 모습을 본다는 건 애인 입장에서 즐거울 리 없었다. 그녀는 하워드를 계속 사랑해야 하는지 문득 의심이 들었을 게 틀림없었다. 살다보면 최소한 한두 번은 판단력이 흐려져 그릇된 선택을 하는 경우가 있다. 하워드는 자신의 삶에 독이 되어왔던 배우자에게 필사적으로 매달리느라 가장 이상적인 애인을 놓쳐버리게 된 셈이었다.

아내와 애인에게 연속적으로 버림받은 하워드는 날마다 과음하기 시작했다. 술에 빠져 지내다보니 번번이 일을 그르치게 되었다. 성격이 충동적으로 변했지만 정신과의사를 만나 상담치료를 받을 생각도 하지 않았다.

하워드는 이렇게 말했다.

"정신과의사와 상담할 경우 나약하다는 걸 인정하는 꼴이 될 것 같아 싫었어요. 아버지는 늘 나에게 남자답지 않다고 말했죠. 정말이지 아버지와 나는 달랐으니까요. 나는 아버지처럼 머리가 텅텅 빈 깡패는 아니었죠."

그런 문제를 겪는 동안 독특한 시선과 유려한 문장으로 몬태나의 문제를 꿰뚫던 그의 펜 끝도 무뎌졌다. 편집장이 그를 사무실로 불렀다. 편집장도 그가 이혼 문제로 심각한 상처를 받았다는 사실을 잘 알고 있었다. 몇 해 전, 편집장 역시 힘든 이혼 과정을 겪어보았기에 그의 심사가 얼마나 괴로울지 이해하고 있었다.

편집장은 급여의 반을 지급하는 조건으로 삼 개월 동안 휴직을 제안했다《더 몬태나》지가 그다지 큰돈을 버는 신문이 아닌 점을 고려할 때 대단히 호의적인 제안이었다.

편집장은 하워드에게 몬태나 주를 벗어나 시애틀 같은 대도시에서 잠시 지내다 오는 게 좋을 거라고 말했다. 시애틀은 미줄라에서 한 시간 거리였다. 시애틀에서 지낼 경우 아이들과 그리 멀리 떨어지는 것도 아니었다. 편집장은 재혼한 부인이 워싱턴대학교에서 정신분석학을 전공한 만큼 뛰어난 상담전문가를 소개시켜줄 수도 있다는 말을 덧붙였다. 정신과 상담을 받을 경우 치료비의 80퍼센트를 신문사에서 부담해주겠다는 말도 했다.

하워드가 나에게 말했다.

"편집장은 나를 위해 적절한 배려를 해준 사람이었습니다."

하워드는 편집장의 배려와 친절에 감사를 표했지만 휴직 제안은 받아들일 수 없다며 거절했다.

"편집장이 휴직 제안을 하는 말을 듣자마자 이상한 일이 벌어졌어요. 나는 이제 다 극복했고, 아무런 문제도 없다고 믿게 되었죠. 편집장한테 잠시라도 아이들 곁을 떠나 있을 수 없다고 말했어요. 아이들이 나를 보기 위해 2주일에 한 번씩 시애틀을 방문하는 걸 오히려 더 좋아하리라는 걸 잘 알고 있으면서도 말은 정반대로 나왔죠. 대학교 강의도 있어 떠날 수 없다는 이유도 덧붙였어요. 그러자 편집장이 이미 학장한테 양해를 구했다고 하더군요. 내가 돌아올 때까지 강좌 개설을 연기하기로 배려해준 거죠. 편집장 말로는 학장이 나를 깊이 신뢰하고 있고, 내 건강을 몹시 염려하고 있다고 하더군요.

간단한 짐을 챙겨 여덟 시간 동안 차를 몰고 시애틀로 가면 되었죠. 마침 시애틀에는 혼자 살고 있는 친한 친구가 있었어요. 비어 있는 그 집 지하실을 숙소로 삼아 지낼 수도 있었죠. 그렇지만 나는 휴직하지 않고 계속 일하겠다고 고집을 부렸어요. 지난 몇 주 동안 이혼 문제로 스트레스를 받아 우울해했지만 이제 다 극복했다고 말했죠. 편집장이 미심쩍은 눈으로 나를 살펴보고 나서 나직이 말했어요. 전처럼 맛깔스런 칼럼을 쓸 수 있다고 생각한다면 내 결정을 따르겠다고 하더군요. 그렇지만 만약 내가 계속 우울에 빠져 일을 그르칠 경우 심각한 문제가 발생할 수도 있다고 경고했죠. 나는 편집장에게 좋다고 말했어요."

그날 밤 한숨도 자지 못한 하워드는 새벽 4시에 아내에게 전화해 다시 시작하자고 간청했다. 그날 아침 송달리가 신문사로 법원의 접근금지명령서를 가져왔다. 그 주에는 정신적으로 힘든 상황이었지만 잘 참아가며 날마다 칼럼을 써내기는 했다. 이전에는 두 시간이면 끝낼 수 있었던 칼럼을 하루 종일 붙잡고 씨름했다. 주말이 되면서 상태가 더욱 악화돼 잠을 잘 수 없었다. 아이들은 주말에 제 어머니에게 가 있었다. 큰아들 조디는 하워드의 상태가 나아질 때까지 어머니와 살겠다고 했다.

"나는 조디에게 말했죠. '조디, 나는 괜찮아. 정말 더할 수 없이 좋아.' 라고요. 조디가 완전히 정신 나간 사람을 대하듯 나를 쳐다보더군요. 조디의 눈에 두려운 기색이 역력했어요. 그때 나는 왜 내 처신이 주변 사람들에게 어떤 영향을 끼치는지 몰랐을까요? 편집장의 조언을 받아들이고 벼랑 끝으로 내 자신을 내몰지 말았어야 하는데 마치 귀신에 홀린 듯 일을 그르치고 말았어요."

하워드는 그야말로 한숨도 자지 못하고 신문사에 출근했다. 어찌나 머리가 어지러운지 땅이 몸을 삼키는 것 같은 느낌이었다고 했다. 평소대로라면 주말에 써서 월요일 정오에 넘겼을 원고를 전혀 쓰지 못했다. 아무리 애써도 글을 제대로 쓸 수 없었다.

하워드는 정오가 다가오면서 공황상태에 빠지게 되었다. 우리는 공황상태에 빠질 때 자신을 보호할 능력을 잃게 된다.

"최선의 방법은 편집장을 찾아가 '3개월 동안 휴직하는 게 옳을 것 같습니다.' 라고 말하는 게 좋았겠죠. 지난 10년 동안 쓴 칼럼 중 하나를 골라 '내가 오늘 건강이 너무 안 좋아 그리 오래되지 않은 칼럼 중에서 가장 신선했다는 평가를 들은 걸 골랐다.' 고 간단한 서문을 붙이면 아무런 문제도 되지 않았겠죠. 그렇지만 실의에 빠진 나는 이성적인 사고를 할 수 없었어요. 아무튼 그때까지만 해도 위기를 벗어날 방법이 많이 있었지만 나는 아무런 조치를 취하지 않았고, 마감시간이 임박해오고 있었죠."

하워드는 원고마감 시간을 15분 정도 남겨두고 공황상태에 빠졌다. 책상 위에 놓인 신문이 보였다. 아이다호 주 보이시에서 나오는 대안신문으로 대학 도시인 보이시의 갖가지 목소리를 전해주는 무료 주간지였다. 보이시에 살지 않는 사람은 어느 누구도 읽지 않는 주간신문…….

하워드는 그 무료 주간신문을 넘기다가 자신이 책임지고 있는 칼럼과 비슷한 분량의 칼럼을 발견했다. 아이다호 주와 몬태나 주의 경계에 있는 삼나무 숲을 벌목하려는 계획에 대해 이의를 제기한 칼럼이었다. 하워드는 칼럼을 베껴 컴퓨터에 입력하기 시작했다.

하워드의 이야기를 들으면서 나는 도스토옙스키의 《죄와 벌》을 떠올리지 않을 수 없었다. 라스콜리니코프가 집주인 노파를 살해하기 전 잠시 자신의 행동이 삶을 통째로 바꾸어 놓게 될지도 모른다는 사실을 깨닫는 대목이었다.

하워드가 다른 사람의 칼럼을 베껴 원고를 보낸 이야기를 할 때 글을 쓰는 직업을 갖고 있는 사람으로서 나도 모르게 심장이 떨리는 소리를 들었다. 나는 보이시 신문의 칼럼을 입력하고 나서 전송 버튼을 누르기 직전 잠시 머뭇거리는 하워드의 손가락을 상상하지 않을 수 없었다. 하워드는 표절한 칼럼을 편집장에게 보내는 순간 칼럼니스트로 살아온 삶에 사형선고를 내리게 된다는 사실을 몰랐을까? 글을 쓰는 사람에게 표절이 돌이킬 수 없는 자기 파괴행위라는 사실을 깨닫지 못했을까?

"표절을 하고도 아무런 문제가 없을 거라 생각했습니까?"

하워드는 대답 대신 담배를 빼어 물더니 몇 번 연기를 깊이 빨아들였다.

"그때는 '다 망해버리라지' 라는 자포자기 심정이었던 것 같아요."

며칠 안에 끔찍한 결과가 초래되었다. 표절 행위가 들통 난 하워드는 퇴직금도 없이 즉시 해고됐다. 몬태나대학교 저널리즘학과에서도 쫓겨났다. 하워드는 몬태나 주와 그 주변 지역에서 칼럼니스트로는 너무나 불명예스러운 일로 언론의 주목을 받게 됐다. 한 사람이 몰락하는 이야기는 누구나 좋아한다. 게다가 몰락의 주인공이 퓰리처상 후보로 거론된 적이 있을 만큼 저명한 칼럼니스트였을 경우 더욱 흥미로운 이야깃거리가 된다.

하워드는 일이 커지자 시애틀에 있는 친구 집으로 떠났다.

"내가 보름 동안 집세를 내지 않자 친구는 집을 비워달라고 정중하게 말하더군요."

하워드는 어쩔 수 없이 미줄라로 다시 돌아왔다. 살던 집을 처분해 아내에게 넘겼다. 남은 재산이라고는 저축해둔 돈 2만5천 달러와 2년 된 토요타 코롤라가 전부였다. 코롤라는 트랜스미션을 바꿔야 했지만 그럴 만한 여유 돈이 없었다.

표절 스캔들이 일어난 지 1년 반이 지났을 때 하워드는 방 하나짜리 아파트를 월세 6백 달러를 주기로 하고 얻었다. 그 다음에는 스쿨버스 운전사로 취직했다. 연봉이 1만5천 달러로 방 하나짜리 아파트의 월세를 내기에는 충분한 수입이었다.

하워드의 아파트는 미줄라 시가지 끝 세차장 맞은편에 있었다. 월세를 내고 나면 한 달에 5백 달러로 살아야 했다. 다행히 이혼 수당이나 양육비는 지불하지 않아도 됐다. 릴낚시에 대한 글을 써 자비로 책을 출판했다. 그 책을 팔아 2천 달러를 벌었다. 그 돈으로 브리티시컬럼비아 주의 오카나간 호수 지역에 있는 친구의 별장을 빌려 아이들과 2주 동안 휴가를 다녀올 수 있었다.

"자포자기의 심정이었다고 이미 말했잖아요. 내가 표절 행위를 저지르고 신문사에서 쫓겨난 일이 언론에 도배되다시피 하는 바람에 아이들도 씻을 수 없는 상처를 받게 되었죠."

나는 하워드에게 단도직입적으로 물었다.

"그냥 모든 걸 확 던져버리고 싶었나요?"

하워드는 내 질문을 듣고 한참 동안 생각에 잠겼다. 담배꽁초를 눌러 끈 그가 잔에 남은 맥주를 마저 들이켰다. 어떻게든 질문에 답할 말을 찾으려는 듯 그의 입술이 씰룩거렸다.

마침내 하워드가 말했다.

"그때 나는 어떤 신문사에서도 일할 수 없는 처지가 되었어요. 아이들도 나를 돌이킬 수 없이 망가진 아버지로 치부했죠. 분명한 건 표절을 저지를 때 결과가 매우 끔찍하리란 걸 나 스스로도 알고 있었다는 점이었어요. 내가 아무리 몬태나 주에서 잘나가는 칼럼니스트였다고 해도 뉴욕과 런던을 오가며 글을 쓰는 사람의 눈에는 시시하게 보이겠지만……."

내가 말했다.

"전혀 그렇지 않아요. 오늘 아침, 도서관에서 당신이 쓴 칼럼들을 읽어 봤어요. 단언하건대 아주 좋은 글이었어요."
"과거 한때는 나름 괜찮은 글을 썼죠."
"실수를 저지르긴 했지만 당신의 글을 깎아내리고 싶지는 않아요."
"그건 실수가 아니라 재앙이었죠."
"표절행위가 발각되기를 바랐나요?"
내 질문에 하워드는 잠시 생각에 잠겼다가 이윽고 대답했다.
"우리 모두가 그렇지 않나요? 아버지가 말하곤 했죠. 우리 모두는 우리 자신이 사기꾼이라는 사실을 알고 있고, 그 사실이 남들에게 발각되기를 바란다고요. 내 경우에는 일이 모두 엉망으로 끝난 다음에야 그 사실을 깨달았어요."
"대개 그렇지 않나요? 우리는 어떤 행동을 할 때마다 결과를 봐야만 그 의미를 알게 되죠."
"의미를 깨닫게 되더라도 너무 늦은 경우가 많기도 하죠."
하워드는 럭키스트라이크를 입에 물고 불을 붙인 뒤 말했다.
"스무 살 때였어요. 내 인생의 짝을 만났죠. 마사라는 여자였어요. 몬태나주립대학교 의예과 학생이었죠. 아주 똑똑하고 다정한 여자였고, 나를 사랑했어요."
"왜 그 여자와 결혼하지 않았죠?"
"약혼도 했고, 결혼을 눈앞에 두고 있었어요. 그 무렵, 갑자기 마사가 두통을 호소했어요. 병원에서는 편두통이라는 진단을 내리더군요. 28년 전이니까 MRI 촬영 장비도 없을 때였죠. 처음에는 병원에서 처방받은 편두통 약이 효과가 있는 듯했어요. 그러다가 두통이 재발했고, 도저히 참아낼 수 없을 만큼 강도가 심했어요. 뇌종양이었죠. 수술을 하려 했을 때에는 이미 손을 쓸 수 없을 만큼 종양이 커져 있었어요. 마사는 두 달 뒤 죽었습니다."

하워드는 위스키를 한 모금 마시고 나서 말했다.

"우리는 누구나 예기치 못한 비극에서 벗어날 수 없어요. 비극은 어떻게든 우리를 덮치죠. 그렇지 않나요?"

"사실 인생의 아주 많은 부분이 우리 손이 미치지 않는 영역에 있긴 하죠."

하워드는 그 말을 듣고 잠시 생각에 잠겼다가 말했다.

"자기 파괴적인 일탈 행위로 비극을 자초한 게 얼마나 한심하고 비참한 짓이었는지 뒤늦게야 깨달았어요. 내 자신이 자초한 비극이었죠. 충분히 피할 수도 있었는데 그러지 못했어요. 비극을 피하려면 자기 자신을 잘 알고 있어야만 하죠. 우리는 매일 아침 거울 속에 들어 있는 자기 자신의 모습을 보며 살아가죠. 그렇지만 자기 자신에 대해 모든 걸 알고 있다고 확신할 수 있는 사람이 있을까요? 자기 자신에 대해 잘 모른다는 것, 그 사실이 우리에게는 무엇보다 큰 비극입니다."

5

영혼은 신의 손에 있을까, 길거리에 있을까?

종교로 살을 빼게 해준다는 이야기를 시작해볼까 한다. 미국 오클라호마 주 털사에 있는 오럴 로버츠 대학교에서 종교 의식으로 살을 빼준다는 모임이 이루어진다. 오럴 로버츠는 미국 텔레비전 전도의 선구자라 할 수 있는 인물이었다. 텔레비전 전도로 유명해지기 전, 오럴 로버츠는 영적 치료로 병을 낫게 해주러 다니는 사람들 중 한 명이었다. 오럴 로버츠는 스타 전도사이자 악성 종양을 토해낼 수 있게 해준다는 영적 치료사로도 유명한 인물이었다.

싱클레어 루이스는 오럴 로버츠 같은 인물을 다룬 소설 《엘머 갠트리》를 썼다. 종교를 앞세우면 돈을 벌 수 있다는 사실을 깨달은 바람둥이 도박꾼이 전도여행을 시작한다. 그는 '악마에게 명하노니 이 여인의 몸에서 썩 떠나거라.' 하는 안수 기도로 많은 추종자들을 거느리게 된다. 그는 생각대로 큰돈을 벌지만 지나치게 섹스에 탐닉하는데다 몇몇 추종자가 그의 수상쩍은 치료에 의심을 품기 시작하면서 상황이 꼬이기 시작한다.

20세기 후반은 독단적인 교리를 설교하거나 비상식적인 치료를 실행하는 종교 장사치들이 세상을 어지럽게 했다. 사우스캐롤라이나 주에 기독교 테마파크를 만든 짐 베이커는 교회 기부금을 남용한 죄로 교도소에서 복역했다. 그는 보톡스를 심하게 맞은 아내 태미 페이를 계속 속여 가며 혼외정사에 탐닉했던 것으로 밝혀졌다. 태미 페이는 가수이자 남편인 짐 베이커와 같은 전도사였으며, 성형수술을 지나치게 많이 한 얼굴과 염색한 금발로 평생 웃음거리가 됐다.

지미 스와거트라는 사람도 있다. 그는 성적 방종을 저지르는 사람에게 비난의 손가락질을 했지만 정작 자신은 매춘부를 협박해 성기를 보여 달라고 했다. 손을 대지 않고 보기만 하면 그나마 순결한 행위로 생각했을까? 스와거트는 '음란 목사'로 알려지고 나서 사람들 앞에서 참회의 눈물을 흘렸다. 그는 죄를 뉘우치고 있다고 말하며 우리 모두는 죄인이고 악마의 유혹에 무릎 꿇을 때가 많다고 떠들어대며 자기 자신의 사악한 죄를 일반화하는 치졸함을 보였다.

앞서 열거한 탕자들에 비하면 오럴 로버츠는 그나마 정직 그 자체였다. 적어도 그의 생전에 밝혀진 오점은 없었다. 그는 신앙치료를 토대로 대학교까지 세운 교육 사업가이기도 했다.

털사를 방문한 나는 평소 잘못된 선입견을 갖고 있었다는 걸 깨닫고 즐거웠다. 털사가 '성경 벨트'에 속해 있다는 건 주지의 사실이다. 지나치게 거대한 교회들과 줄지어 늘어선 상점과 식당이 인상적인 모습을 그려내고 있었다. 오클라호마 주는 미국에서 가장 보수적인 지역으로 손꼽히지만 털사에는 놀랍게도 보헤미안이 많았다. 예술도 발달되어 있고, 맛있는 음식을 파는 식당도 많았다. 하지만 그런 모습과는 별개로 털사는 기독교 근본주의자들의 도시라는 점을 부정할 수 없다. 우선적으로 털사에는 오럴 로버츠 대학교가 그림자를 드리우고 있다.

오럴 로버츠 대학교는 칸트 사상으로 박사 논문을 쓰거나 알랭 로브그리예의 누보로망을 탐구할 수 있는 대학교가 아니다. 그 대신 '12사도의 생애', '미국 기독교 문화', '창조론' 등의 과목이 개설돼 있는 학교이다. 성경과 연관된 자기계발 강좌들도 열고 있었다. '기독교 체중 관리'도 자기계발 강좌 중 하나로 인기가 매우 높았다.

1988년은 내가 담배를 끊은 직후였다. 17년 동안 골초로 살다가 어렵사리 담배를 끊었다. '성경 벨트' 여행은 나중에 《신의 나라에서》라는 제목으로 나오게 될 책의 자료조사차 떠난 것이었다. 담배를 끊은 지 1년 반쯤 지났을 때인데 체중이 77킬로그램에서 무려 86킬로그램으로 불어 있었다. 182센티미터의 키에 비해 몸무게가 많이 나가는 편이었지만 비만을 걱정할 정도는 아니었다. '체중 관리' 강좌를 듣기 위해 강의실로 들어서자 거기 있던 여섯 명의 여자 중 하나가 나를 돌아보며 말했다.

"혹시 잘못 들어오신 건 아니죠?"

나는 자료 조사차 강좌를 들으러 온 것이라고 설명했다.

다른 여자가 물었다.

"오럴 로버츠에 대한 책인가요?"

"물론 그분도 책에 등장하게 될 겁니다."

"환영합니다, 형제님."

접이식의자에 앉아 있는 여섯 명의 여자들 모두가 몸무게가 대략

140킬로그램쯤 나갈 것 같았다. 체중에 따라 팀을 나누어 놓은 게 틀림없었다.

마침내 기다리던 영적 교사가 강의실로 들어왔다. 분홍색 바지와 흰 블라우스를 입고 있었고, 다이아몬드 브로치와 '바비'라고 적힌 이름표를 달고 있었다. 영적 교사가 들어오자 여자들은 모두 자리에서 기립했다. 교사는 여자들의 이름을 한 사람씩 부르며 일일이 '하나님께서 함께 하십니다.'라는 말과 함께 포옹을 해주었다.

모두들 자리에 앉아 손을 잡고 고개를 숙였다. 바비가 기도를 시작했다. 사탄을 물리칠 수 있는 기도의 능력을 찾게 하고, 유혹을 물리칠 힘을 달라는 기도였다.

기도가 끝나고 나자 바비가 말했다.

"어느 분이 먼저 이야기를 하시겠어요?"

에이미라는 여자가 손을 들었다. 에이미는 50대 초반이었고, 얼마나 비대한지 의자에 몸이 들어가지 않을 정도였다.

"에이미가 오늘 첫 증언을 하겠습니다."

다른 여자들이 읊조렸다.

"찬양합니다."

에이미는 소리를 내 울기 시작했다. 그녀가 30초쯤 계속 울고 있자 바비가 다가가 말했다.

"괜찮아요. 무슨 일이든 주님께서는 모두 이해하십니다."

그 말을 들은 에이미가 진정의 기미를 보였다. 바비가 옆에서 화장지를 건네자 에이미는 흘러내리는 마스카라를 화장지로 톡톡 닦고 나서 마음을 가라앉히기 위해 몇 번이나 심호흡을 했다.

바비가 말했다.

"에이미, 걱정하지 말고 다 털어놓아요."

에이미가 이야기를 시작했다.

"이번 주에는 모든 게 계획대로 잘 되어가고 있었어요. 하루 식사량 1,200칼로리를 잘 지켰고, 냉장고 문을 열고 싶은 유혹을 억제할 수 있었습니다. 그 결과, 5일 동안 1.8킬로그램을 줄이는 데 성공했어요."

여자들 중 한 사람이 크게 소리쳤다.

"찬양합니다."

"일요일이었습니다. 교회에 가기 직전 몸무게를 재봤더니 128킬로그램까지 체중이 줄었습니다."

또 다른 여자가 소리쳤다.

"찬양합니다."

"다들 아시겠지만 제가 처음 왔을 때 몸무게가 150킬로그램이었습니다. 목표 체중에 다다르려면 아직 70킬로그램을 더 빼야 합니다. 일주일에 2킬로그램씩 뺄 경우 8개월 정도 후에는 목표 체중에 다다를 수 있을 겁니다. 8개월 뒤에는 저도 날씬한 몸매를 갖게 될 수 있습니다."

바비가 말했다.

"주님께서 날씬해진 에이미를 사랑해주실 겁니다. 주님을 향해 나아가고 있다는 사실이 에이미가 줄인 체중으로 증명되고 있으니까요."

"문제는 일요일에 예배가 끝나고 아이들을 데리고 볼링을 치러 갔어요. 볼링장에 갔더니 아이들 아빠가 정신이 팔려 있는 매춘부와 함께 와 있었어요."

바비가 말했다.

"우리를 시험에 들게 하는 순간들입니다."

에이미가 다시 흐느껴 울기 시작했다. 에이미의 왼쪽에 앉은 여자가 손을 꽉 잡아주었다.

"저도 시험에 드는 순간이라는 걸 알 수 있었습니다. 하지만 남편이 타락한 여자와 만나고 나서 살을 20킬로그램이나 빼고 머리를 염색하기 시작한 것도 알고 있죠. 매춘부가 볼링장에서 저를 보더니 '에이미, 살이 좀 빠졌네요.' 라고 하는 거예요."

"주님, 그 여자를 용서하소서. 그 여자는 자기가 무슨 짓을 저지르는지도 모릅니다."

맞은편에 앉은 여자가 그렇게 말하자 모두들 '아멘' 을 합창했다.

에이미는 또 다시 한바탕 울고 나서 말했다.

"저는 다른 쪽 뺨도 내밀고자 했습니다. 남편이 그 여자와 희죽거리며 저를 놀렸어요. '정말 살이 좀 빠졌는데?' 그 말에 그 여자가 웃음을 터트렸어요. 두 사람의 눈에는 제가 키가 작고 뚱뚱한 여자, 쉰 살이 다 돼 가도록 사랑을 받지 못한……."

그때 바비가 끼어들었다.

"그렇지 않아요. 우리가 얼마나 에이미를 사랑하는지 잘 알고 있잖아요. 주님께서도 늘 에이미의 옆에 계시죠. 주님은 에이미를 사랑하시니까요."

에이미가 말했다.

"문제는 볼링장에서 나온 그 다음이었어요. 아이들은 친구들을 만나러 가고 달랑 저 혼자 남게 되었습니다. 정말이지 외롭고 우울했습니다. 더 이상 희망이 없다고 느꼈어요. 그때 사탄이 문을 두드렸습니다."

맞은편에 앉아 있는 여자가 소리쳤다.

"주여, 저희들을 구원하소서. 저희들을 구원하소서."

바비가 끼어들었다.

"사탄이 뭐라고 하던가요?"

"사탄이 말했어요. '너는 한때 인생의 짝이었던 남자에게 거부당하고 혼자 외롭게 지내고 있구나. 네가 아무리 몸무게를 빼고 남편에게 한 번만 더 기회를 달라고 애원해도 그는 절대로 돌아오지 않아. 넌 앞으로 남자를 만나지 못할 거야. 그렇지만 방법이 전혀 없지는 않아. 힘든 다이어트는 이제 그만하고 순간을 즐겨.'

저는 생각해볼 여지도 없이 차를 몰고 세븐일레븐으로 가 하겐다즈 럼레이즌 아이스크림 473밀리리터짜리 한 통을 샀습니다. 제가 늘 좋아하던 아이스크림이었는데 체중을 줄이겠다고 약속한 뒤로 악마처럼 여기던 바로 그 아이스크림이었죠. 저는 그때 사악한 충동에 사로잡힐 뻔했습니다. 사탄이 저를 꽉 붙잡고 있어 눈앞에 온통 남편과 그 매춘부의 얼굴만 보였습니다. 정말이지 너무나 괴로워 곧장 집으로 와 식탁에 앉았습니다. 앉은 자리에서 하겐다즈 럼레이즌 한 통을 20분도 걸리지 않아 다 먹어치웠습니다."

바비가 말했다.

"아이스크림을 다 먹은 뒤에는 뭘 했죠?"

"바닥에 꿇어앉아 엉엉 소리 내어 울며 주님께 용서를 빌었습니다."

"에이미, 주님은 에이미를 용서하십니다. 주님은 지금 에이미가 받고 있는 고통에 대해서도 잘 알고 계십니다. 사탄이 우리가 가고자 하는 길을 막아서고 있다는 것도 잘 알고 계십니다. 사탄은 우리를 어둠의 세계로 이끌려 합니다. 우리가 고칼로리 음식을 섭취하도록 방해하고 있습니다."

독자들은 내가 다 지어낸 이야기라고 생각할지도 모르겠다. 사실이라고 믿기에는 너무나 터무니없는데다 하나님에게 지나치게 기대고 있는 게 사실이니까. 가슴에 손을 얹고 말하지만 1988년 8월의 어느 날 오전 10시에 오럴 로버츠 대학교 '기독교 체중 조절' 강좌를 통해 내가 직접 본 그대로를 전하고 있다는 걸 밝혀둔다.

에이미가 사탄의 유혹에 넘어가 하겐다즈 럼레이즌 아이스크림 한 통을 마구 퍼먹었다고 고백하고 나서 이번에는 마지가 자리에서 일어섰다. 마지는 저녁식탁에서 유혹을 견뎌내지 못하고 프라이드치킨 한 마리를 먹어치웠다고 고백했다. 바비큐 립의 '타락', 영화관에서 버터 팝콘 두 통을 다 먹었다는 '사탄' 이야기가 이어졌다.

실제로 이렇게 말한 여자도 있었다.

"저도 M&M 초콜릿이 주님을 실망시킨다는 걸 잘 알아요."

나는 맨해튼 출신으로 태생적으로 회의적일뿐만 아니라 흔히 대도시 출신이 가지고 있는 현실성이 몸에 배어 있었다. 사탄의 유혹을 이기지 못하고 아이스크림을 먹게 되었다는 고백과 신에게 용서를 구한다는 애원을 듣고 있자니 어이없는 말에 일침을 가하는 내 유머감각이 더듬이를 쳐들었다. 내 잠재의식 속에 숨어 있는 동부엘리트다운 면모도 작용했으리라. 동부와 서부해안 지역에서 시카고, 오스틴, 앤아버, 매디슨 등을 제외하면 미국사회는 여전히 무지와 기독교 근본주의에 빠져 있다는 생각을 품지 않을 수 없었다.

'상투적인 말들은 모두 진실이다.' 라고 한 조지 오웰의 문장은 대체로 옳지만 눈에 보이는 겉모습과 달리 속내를 깊이 들여다보면 언제나 복잡 미묘한 비밀들이 숨어 있게 마련이다. 여행은 인간사의 복잡 미묘한 진실을 깨닫게 한다. 어떤 상황이든지 한 걸음 물러서서 바라보면 그 안에 도사리고 있는 슬픔을 엿볼 수 있다.

그날, 살빼기 강좌를 통해 나는 에이미라는 여자를 관심 있게 지켜보았다. 에이미는 다른 여자들의 위로를 받고 슬픔을 가라앉힌 다음 주님이 자신을 용서하고 도와줄 것이라고 자신만만하게 말했다. 접이식의자에 구부정한 모습으로 앉아 있는 에이미의 모습은 지금껏 내가 보았던 그 어떤 사람의 표정보다 슬퍼 보였다. 에이미는 작은 키 때문에 유난히 더 뚱뚱해 보이기도 했다.

그날 나는 에이미에 대해 몇 가지를 더 알게 되었다. 그녀는 털사 지역에 많이 있는 월그린 약국 체인점에서 형편없는 급여를 받으며 계산원으로 일하고 있었다. 전남편은 고속도로 톨게이트에서 표를 징수하는 일을 했고, 역시 급여는 형편없었다. 전남편은 한 달에 양육비로 사용할 250달러만 달랑 내놓았다. 전남편의 입장에서는 최대한 낼 수 있는 돈이었다. 에이미에게는 가족과 교회가 삶의 전부였다. 그녀는 쉰 살을 바라보는 나이에 자기 자신을 '다시는 어느 누구와도 사랑할 수 없는 뚱보'라 여기고 있었다. 교회는 그녀의 허탈한 마음을 '주님에게 사랑받고 있다'는 말로 달래고 있었다.

에이미가 하나님의 사랑을 정말로 느낄 수 있었을까? 하나님이 에이미의 시름이 깊은 고통을 풀어주기 위해 도움을 주었을까? 음식에 집착했다가 가책을 느끼고 고통이 더욱 심해지지는 않았을까? 에이미도 이혼하기 전까지는 행복했을까? 정말 에이미의 비만 때문에 전남편이 다른 여자의 품으로 떠났을까?

작가라면 대부분 그렇듯이 나도 어떤 사람들이 당면한 문제를 여러 가지 가정에 대입해 생각해보곤 한다. 바비가 주님이 베푸는 용서와 도움을 강조할수록 에이미의 고개는 더욱 아래로 수그러들었고, 얼굴에서는 눈물이 하염없이 흘러내렸다. 신의 품에서 안정을 찾기 위해 필사적으로 애쓸수록 에이미의 괴로움은 더욱 깊어지는 듯 보였다.

테네시 윌리엄스의 희곡들 중 가장 기이한 작품인 〈젊음이라는 다정한 새〉에는 정말이지 슬프기 그지없는 대사가 나온다.

“신의 침묵, 신이 전혀 입을 열지 않은 건 아주 오래되었을뿐더러 대단히 끔찍한 일이야. 세상은 신의 침묵 때문에 마침내 길을 잃었어.”

에이미의 머릿속에서 어떤 생각이 오갔는지 정확하게 확인할 수는 없었지만 가혹할 만큼 외롭고 불공평한 삶에 겁먹은 그녀를 보는 동안 내 머릿속에서는 늘 깊은 울림을 주는 테네시 윌리엄스의 그 대사가 떠올랐다. 그 순간, 나는 한 가지 깨달음을 얻었다. 신앙이란 신의 침묵 속에서 평안을 찾는 것이란 깨달음이었다. 물론 종교 자체가 답이 없는 인생의 형이상학에 대해 해답을 구하는 것이긴 하다. 나는 신앙에 감정이입하는 사람들을 이해할 수 없었다. 미국의 성경 벨트를 3개월 간 여행하는 동안 상실과 비탄, 절망의 이야기를 끝없이 듣게 되었다. 절박하고 궁핍한 현실 때문에 독실한 기독교 신자로 다시 태어난 사람들을 보며 예수의 품과 무조건적인 사랑의 약속을 새삼 돌아보게 되었다.

내가 많은 영향을 받은 작가인 그레이엄 그린은 마흔 권에 가까운 걸작을 남겼다. 그 모든 작품에 한 가지 중심 주제가 공통적으로 들어 있다. ‘잔인하고 냉혹한 세계에서 구원을 찾는 사람’이라는 주제이다. 그레이엄 그린은 윤리적 판단의 기준이 유동적일 수밖에 없다는 점을 잘 이해하고 있었지만 독실한 가톨릭 신자였다. 그레이엄 그린은 가톨릭 신자로서 우리 모두가 싸우고 있는 깊은 침묵을 잘 이해하고 있었다. 세상의 중심에 있는 침묵, 신의 침묵…….

확고한 무신론자이며 물리학과 생물학의 법칙만 믿는 사람이라고 해도 하늘을 올려다볼 때면 지금 우리가 여기서 무엇을 하고 있지, 라는 생각이 들며 영적 허기를 느낄 수 있다. 마찬가지로 아무리 신앙심이 깊은 사람이라고 해도, 신의 도움이 간절히 필요할 때 침묵으로 일관하는 신에게 화를 내는 경우도 있다. 인생에서 더없이 고통스러운 상황을 만나게 돼 큰 위안을 구하는 순간에는 더욱 그렇다.

***

나는 '만물을 관장하는 전지전능한 신' 이라는 개념을 깊이 숙고해 본 적이 있는데 결국 그 말에 수긍할 수 없었다. 전지전능한 신보다 세상일에 덜 끼어드는 초월적 존재도 내 머리로는 수긍이 되지 않는다.

신이 세상을 만들었지만 세상은 신의 간섭 없이 돌아간다고 주장하는 이신론은 그나마 이해할 수 있다. 이신론을 주장하는 사상가는 많지만 볼테르가 대표적이다. 내가 보기에 이신론은 불가지론의 지류로 생각된다. 이신론은 우주의 기원은 있지만 생명체들은 각각의 상황을 따르지 신의 명령을 따르지는 않는다는 세계관이다.

물론 종교는 실증적 진실이나 입증 가능한 사실과 전혀 상관이 없다. 종교는 하나의 거대한 이야기이자 이론이다. 종교 이야기에는 에멘탈치즈보다 더 큰 구멍이 숭숭 뚫려 있다. 종교는 논리와 과학의 공격에도 쉽게 구멍이 난다. 비판적인 시각으로 볼 경우 허점투성이라 할 수 있지만 신앙인이라면 종교 이야기를 무조건 받아들여야 한다.

흔히 '모르몬교' 로 불리는 예수그리스도후기성도를 예로 들어보자. 고대 이스라엘 사람들이 뗏목을 타고 북미 대륙으로 왔고, 부활한 예수가 서기 70년에 장래 미국이 될 땅에 들렀다는 전제가 깔려 있다.

예수그리스도후기성도의 경전인 모르몬경의 기원도 특이하다.

1837년, 조셉 스미스라는 전형적인 미국 백인 이름을 가진 남자가 천사에게 이끌려 언덕으로 간다. 모로나이라고 자신을 소개한 천사는 하나님이 조셉 스미스를 선택했고, 그에게 지금 서 있는 땅을 파면 하나님이 남겨둔 고대의 금판이 나올 거라 이야기한다. 모로나이 천사는 금판에 새겨진 경전에 따라 새로운 종교를 미국에 퍼뜨리라고 이야기한다.

조셉 스미스는 글을 읽을 줄 몰랐다. 글을 몰라 서명도 'X'로 했다. 그런 사람이 땅속에서 캐낸 금판에 새겨진 고대문자를 어떻게 번역할 것인가?

모로나이 천사는 미리 알고 해결책을 준비한 듯 조셉 스미스에게 특별한 안경을 건넸다. 그 안경을 쓰자 고대문자를 읽고 해석할 수 있는 능력이 생겼다.

모르몬경이 세상에 나오게 된 배경이다. 조셉 스미스는 금판에 새겨진 고대문자를 해석해 모르몬경을 펴냈다. 금판을 '잃어버렸다'는 주장은 신경 쓰지 말자. 이 종교의 출발이 하나님의 현시에 바탕을 두고 있다는 사실은 신경 쓰지 말자. 마크 트웨인이 모르몬경을 '인쇄된 클로로포름 마취제'라고 했다는 사실에도 신경 쓰지 말자. 예수그리스도후기성도의 신자는 현재 미국에만 1천5백만 명이나 된다. 예수그리스도후기성도는 이제 부와 함께 막강한 정치적 권력을 갖추고 있다. 전 공화당 대통령 후보인 미트 롬니도 예수그리스도후기성도 신자로 알려져 있다. 예수그리스도후기성도는 유타 주를 좌지우지하고 있고, 세계 여러 나라에서 비중 있는 종교로 자리매김하고 있다.

예수그리스도후기성도의 기원과 교리, 신조의 신뢰성에는 여전히 의문을 품지 않을 수 없다. 나는 예수그리스도후기성도 신자를 많이 만나보았다. 그들을 집으로 초대하지 않아도 현관 앞에서 자주 만날 수 있다. 나는 그들의 선교방식이 무척이나 흥미로웠다. 타종교에 비해 더없이 적극적인 선교 활동을 하고 있을 뿐만 아니라 그들이 전하는 메시지에도 확신이 담겨 있다는 것을 확인했다.

예수그리스도후기성도 신자들은 확고한 믿음을 갖고 있고, 종교적 교리도 아무런 의심 없이 받아들이고 있다. 그들은 믿음을 함께하면 온 가족이 천국에 가는 티켓을 손에 쥘 수 있다고 철석같이 믿고 있다.

나는 현관 앞에 서서 밝은 목소리로 '가족과 함께 영생을 누린다고 상상해 보세요!' 라고 말하는 선교사에게 죽고 난 뒤의 일을 어떻게 그리 잘 알고 있는지 묻고 싶을 때가 많았다. 내가 그동안 읽은 SF소설에 그들이 믿는 종교의 교리보다 더 신뢰할 만한 메시지가 들어 있다는 말도 전해주고 싶었다. 그렇지만 타인이 믿는 종교에 대해 굳이 고약한 성미를 드러낼 이유는 없다고 생각하며 입을 꾹 다물곤 했다.

결국 어떤 사람에게는 신의 말씀으로 보이는 것이 또 다른 사람에게는 동화로 보이게 마련이다. 나는 종교문제에 대해 과학과 논리를 앞세운 비판적 잣대를 들이대 봐야 아무런 소용이 없다는 사실을 잘 알고 있다. 신앙을 가진 사람들 대부분이 신이 실제로 존재한다고 믿는다. 물론 개중에는 전지전능한 하나님에 대해 의문을 표하는 유니테리언교도 있다. 심판의 날에 크리스천은 천국에 가지만 나머지 사람들은 지옥으로 떨어진다고 굳게 믿는 기독교 근본주의자도 있다. 두 가지 극단 사이에 다양한 신앙이 존재한다.

화산에서 외계인이 나타날 것이라든지 이슬람교와 기독교를 하나로 묶을 예수의 두 번째 재림이 있을 것이라고 철석같이 믿는 종파도 있다. 내가 보기에는 공상에 가까운 믿음이다. 부드럽고 이타적인 종교도 있고, 극단적이고 파괴적인 종교도 있다. 신도들을 미치광이의 길로 이끄는 종교도 있다. 세상의 모든 종교는 삶의 불가해한 점, 오랜 지구의 역사에 비해 짧은 연혁을 가진 인간이 사는 동안 겪어야만 하는 온갖 고통, 사후세계에 대한 질문의 해답을 찾고 있다.

위대한 시인 윌리엄 버틀러 예이츠가 삶의 어둠에 대해 쓴 시가 있다. 나는 앞서 언급한 적 있는 〈재림〉의 마지막 두 연은 읽을 때마다 소름이 돋는다.

확실히 어떤 계시가 다가오네;
확실히 재림이 다가오네.
재림이다! 이 말은 거의 듣지 못했네.
세계의 영으로부터 온 어떤 큰 이미지가 내 시야 앞에 설 때:
사막의 모래 어디서 사자의 몸에 사람의 머리를 한 어떤 모양이,
공허한 응시를 하네. 그리고 태양 같이 무자비하게 느린 다리를 끌고 간다,
한편 그에 대한 모든 것이 초라한 사막의 새의 그림자를 감아 당기네.

어둠은 다시 굴러 떨어지지; 그러나 나는 아네.
거친 잠 속의 20세기가 악몽 속에
요람을 치며 고통 받는다,
그리고 참으로 거친 야수, 그것의 시간은 드디어 기승을 부릴 텐데,
태어날 베들레헴을 향하여 고개를 숙일 것인가?

이 시에서는 한 세대를 지워 버릴 만큼 참혹한 전쟁을 일으킨 군국

주의자들과 집단이기주의를 목도한 예이츠의 깊은 절망을 느낄 수 있다. 비뚤어진 군국주의가 전체주의 탄생의 장을 만들어주게 될 것이라 내다본 예이츠의 선견지명은 훗날 제대로 들어맞았다.

예이츠의 영혼에 어두운 그림자를 드리운 베르사유조약 이후의 상황을 떼어내고 생각해볼 경우 〈재림〉은 망가진 세상에 대한 명상이며, 신의 침묵 한가운데에서 믿음을 찾으려는 한 개인의 심오한 진술이다. 예이츠의 〈재림〉은 독자가 자신의 생각을 투사할 수 있는 로르샤흐테스트 같은 기능을 한다. 종교란 각자 자신이 생각하는 베들레헴으로 몸을 숨기는 게 아니면 무엇일까? 파란만장한 인생에서 조금이나마 기대 쉴 수 있는 안식처를 찾는 게 아니라면 무엇일까? 우리에게 일어나는 온갖 문제들에 대해 끝없이 어떤 의미를 찾기 위한 탐구가 아니라면 무엇일까?

***

우리 어머니는 독일 출신 유대인이고, 아버지는 가톨릭을 믿는 아일랜드 인이다. 내 부모는 미국에서 태어났지만 각자 자신의 출신지와 종교에 전형적으로 딱 들어맞는 분들이었다. 아버지는 스스로 성인이 되고나서부터 종교 활동을 게을리 한 가톨릭 신자로서 생각했다. 아버지는 늘 심한 의무감과 죄책감에 사로잡혀 있었다. 아버지의 '나만의 길이 아니면 고속도로' 라는 삶에 대한 접근법과 엄격한 태도는 아일랜드인들 특유의 정서이기도 했다.

어머니는 그야말로 유대인 자체였고, 40대 후반이 되어서도 자기 자신을 편히 내버려두지 않는 사람이었다. 뉴욕 보석상의 딸로 태어난 문화적 심리적 정체성은 잘 유지하고 있었지만 새로운 뉴욕사람의 관점은 결코 확보하지 못했다.

유대교의 법칙에 따르자면 나 역시 유대교 신자가 되어야 마땅하다. 어머니가 유대교를 믿으면 아들도 유대교도가 되어야 하니까. 몇 년 전 이스라엘에 다녀온 적이 있는데, 그때 만난 70대 노인이 나에게 흥미로운 이야기를 들려주었다.

유대교는 모계로는 분명하게 이어지지만 부계로는 이어지지 않는다. 어머니가 유대인일 경우 그 자식은 유대인으로 친다. 아버지가 유대인인 경우에는 자식을 유대인으로 치지 않는다. 그 아들이 아버지의 피를 물려받았는지 알 수 있는 방법이 없기 때문이다.

내 어머니가 유대인인 만큼 내 몸 안에 유대인의 피가 흐르고 있다는 건 부인할 수 없는 사실이다. 나의 삐딱한 유머 감각, 타인에 대한 예의를 중요시하는 점, 세상에 공짜 점심은 없다는 믿음, 삶은 너무 많은 문제로 가득 차 있다는 생각을 가진 것만 봐도 유대인이 맞는 것 같다.

나는 어머니로부터 걱정과 죄책감이라는 두 가지 선물을 물려받았다. 실패했을 때 자기합리화를 하는 것도 어머니를 닮았다. 가령 나의 자기합리화는 이런 것이다.

'사는 동안 힘든 일을 겪을 수는 있다. 그 힘든 일을 어떻게 받아들이고, 이야기를 어떻게 바꿀 것인지는 나 자신에게 달려 있다.'

아버지에게도 죄책감이 많았다. 아버지는 전쟁에 참전했다가 돌아온 뒤로 무릇 '책임감 있는 시민'이 되었다. 아버지는 순응주의가 만연했던 아이젠하워 대통령 시절에 아내와 자녀를 부양하며 가장으로서의 책임을 다하려 애썼다. 아버지의 잠재의식 속에 뿌리 깊이 박혀 있는 가톨릭 정신 탓인 듯 약속한 일에 대해서는 끝까지 책임을 져야 한다는 신조를 갖고 있었다. 아버지는 유난히 강한 책임감 때문에 심리적으로 큰 대가를 치러야 했다.

아버지는 어머니와 결혼생활을 이어오는 동안 여러 차례 외도를 했다. 어머니의 심한 신경증을 생각할 때 아버지의 외도를 이해하지 못할 것도 없었다. 어머니는 가까이 있는 사람을 들들 볶는 스타일이었다. 나는 아버지가 결혼생활을 깰 수 없었기에 불륜을 선택했다고 본다.

아버지는 스스로 벗어날 수 있는 덫을 치고 살았다. 짐을 벗어던질 수 있는 일도 처음부터 불가능하다고 결정하고 고통을 감수하곤 했다. 아버지가 스스로 덫에 빠지게 된 건 지나친 자존심 때문이었다. 아버지는 알량한 자존심을 지키기 위해서라면 무엇이든 감수하는 사람이었다.

나는 아버지로부터 예술 공연을 감상하는 취미를 물려받았다. 내가 비교적 어린 나이에 발란신 발레의 힘찬 미학, 베토벤 교향곡에서 느낄 수 있는 인간의 깊은 고뇌, 모차르트의 〈돈지오반니〉에 들어 있는 모호한 도덕관 등을 감상할 수 있었던 건 아버지의 영향을 받은 탓이었다.

20대 중반 이후부터 나는 아버지가 몹시 외로운 사람이라는 걸 깊이 깨닫게 되었다. 아버지는 불행한 결혼생활을 길게 이어가는 동안 자신감을 상실했다. 아일랜드 출신 가톨릭 신자였기에 어머니와 헤어질 수 없었던 아버지는 '인생은 눈물의 계곡' 이라는 인생관을 갖게 되었다. 삶의 슬픔을 '살아 있다' 는 것에 대한 죗값이라고 여겼다.

내 소설을 읽은 독자들이나 평론가들은 내 작품에 산재해 있는 죄책감에 대해 지적하곤 한다.

"저는 독일 출신 유대인 어머니와 아일랜드 출신 가톨릭 신자인 아버지 밑에서 자랐습니다. 제가 소설에서 인간의 죄책감을 주제로 삼는 건 당연한 일이죠."

신의 문제는 우리 가족의 핵심 주제가 아니었다. 내 부모는 하나님에 대해 이야기하지 않았다. 하나님과 우리 가족의 관계에 대해서도 이야기하지 않았고, 천국의 존재를 믿지도 않았다. 나는 지금 여기 주어진 생이 우리의 유일한 삶이라 믿는다. 우리 가족은 여기에 주어진 유일한 삶을 행복하게 이어가지 못했다.

나는 계속되는 가정불화로 다른 위안거리를 찾게 되었다. 예술작품을 관람하고, 공연을 보는 게 나의 도피처가 되었다. 내 소설 《모멘트》에는 이혼하고 메인 주에 사는 주인공 토마스가 자신의 어린 시절을 자세히 설명하는 대목이 나온다. 부모의 계속되는 싸움에 지친 토마스는 아버지에게 도서관에 다녀오겠다고 말하고 집을 나선다. 그 부분은 내가 겪은 이야기에 기초해 썼다.

그 당시 나는 겨우 여덟 살이었다. 우리 가족이 사는 아파트에서 네 블록 떨어진 곳에 뉴욕 공공도서관이 있었다. 도서관까지 걸어가는 것도 나에게는 대단한 모험이었다. 요즘처럼 자녀들을 보호하는 시대라면 여덟 살짜리 아이가 혼자 네 블록이나 떨어진 도서관에 다녀오겠다고 말할 경우 아무도 허락해주지 않을 것이다.

1930년대에 성장기를 보낸 아버지는 다섯 살 때에 프로스펙트하이츠 거리에서 놀았던 기억을 간직하고 있었다. 아버지는 콜라를 사 마실 돈 1달러를 주며 한 시간만 도서관에 있다가 돌아오라고 말했다. 만약 시간약속을 어길 경우 다시는 혼자 가지 않게 하겠다고 엄포를 놓는 것도 잊지 않았다. 나는 아버지에게 한 시간 안에 꼭 돌아오겠다고 약속하고 나서 혼자 도서관으로 갔다.

그때 나는 처음으로 독립적인 삶을 맛보았고, 그 즉시 매료되었다. 나는 여덟 살에 불과했지만 길을 건너기 전 반드시 신호등에 파란불이 들어올 때까지 기다렸다가 양쪽을 잘 살피며 건넜다.

나 혼자 길을 걸을 때에는 어머니의 간섭이 없었고, 아버지와 걷는 속도를 맞추려 애쓰지 않아도 되었고, 동생의 손을 잡아주지 않아도 되었다. 나는 전혀 새로운 눈으로 거리를 볼 수 있었다. 아주 익숙한 장소라도 혼자 그곳에 가면 신기할 정도로 느낌이 달라진다. 2번가를 정처 없이 돌아다니는 사람들, 21스트리트에서 《뉴욕포스트》를 파는 신문팔이 소년들, 22스트리트에 있는 경찰대학교 앞에서 담배를 피우는 햇병아리 경관들, 북쪽으로 한 블록 떨어진 세인트이그나시우스로욜라 성당에서 나오는 무거운 표정의 신부들, 쨍한 가을 공기, 그리고…….

내가 주변을 제대로 관찰하기 시작한 최초의 순간이었다. 나는 그 경험이 바탕이 되어 22년 뒤에 주위를 관찰하는 법을 마스터하게 되었다. 그 덕분에 내가 첫 책을 쓰기 위해 이집트를 여행할 때 모험, 사건, 색, 사회, 정치, 종교에 대해 관찰한 이야기들을 효과적으로 책에 담아낼 수 있었다. 혼자 맨해튼 거리로 나간 그날의 경험은 나에게 여행의 가치를 발견하게 해주었다. 마음의 안식을 주는 예술작품 감상의 세계로 달아날 때 느낄 수 있는 즐거움도 그때 처음 발견했다.

23스트리트에 도착한 나는 서쪽으로 반 블록을 더 가 도서관으로 들어갔다. 당시 여덟 살이던 나는 《하디 보이스(충성스러운 개와 함께 범죄를 해결하는 소년 탐정들 이야기를 담은 책)》를 꽂아놓은 서가로 곧장 달려갔다. 3학년 담임인 플래 선생님이 훌륭한 책이라고 말한 《팬텀 톨부스 : 환상의 통행요금소》도 찾아보기로 했다. 플래 선생님은 교사로도 뛰어났고, 나를 진심으로 아껴주는 분이었다. 도서관의 '어린이 책' 코너에 가자마자 나는 데스크 뒤에 있는 안경 쓴 할머니에게 《팬텀 톨부스》가 꽂혀 있는 서가가 어디에 있는지 물어보았다.

안경 쓴 사서 할머니는 도서목록 파일을 넘기며(그때는 컴퓨터로 도서 검색을 하기 전이었다) 내가 말한 책을 찾아주었다. 사서 할머니가 내가 찾는 책의 카드를 건네더니 손으로 서가를 가리키며 책이 어디에 있는지 설명해주었다. 사서 할머니는 나에게 자기 이름이 그린이라고 소개하며 내 이름을 물어보았다.

"더글라스, 오늘 혼자서 도서관에 왔고, 책에 대한 관심이 많은 걸 보니 정말 대견하구나."

아직까지 내 머릿속에 남아 있는 어릴 적 기억 중 한 가지다. 어른이 어른의 세계에 처음으로 발을 들여놓은 나를 반겨 주었기 때문일 것이다. 나는 그때부터 괴로운 '집'에서 벗어날 곳을 구했다. 사서 할머니는 몰랐겠지만 나는 난생처음으로 부모의 불화로부터 탈출할 방법을 찾아낸 셈이었다.

나는 《팬텀 톨부스》와 사서 할머니가 추천해준 《시간의 주름》을 대출했다. 사서 할머니에게 고맙다고 인사하고 곧 다시 도서관에 들르겠다고 말했다.

도서관을 나와 2번가로 돌아가 동쪽으로 길을 건넌 다음 한 블록 남쪽으로 걸어가 스낵을 파는 바로 들어갔다. 내가 자리에 앉자 주인이 다가오더니 지저분한 행주로 바를 닦으며 물었다.

"꼬마야, 뭘 먹고 싶니?"

"에그크림으로 주세요."

"예의가 제법 바른 꼬마로구나. 내가 곧 에그크림을 가져다주마."

그때 처음으로 나는 뉴욕의 생생한 리듬과 생활상을 직접 보고 느졌다. 나 혼자 나와 있었으니까. 에그크림은 1920년대에 나온 음료로 소다수에 우유와 초콜릿 시럽을 올린 것이다. 어린아이들이나 마시는 음료로 보이겠지만 솔직히 나는 요즘도 가끔 숙취 해소용으로 에그크림을 만들어 먹는다.

에그크림이 나오자 나는 1달러짜리 지폐를 바에 올려놓고 '고맙습니다' 라고 인사했다. 주인이 90센트를 거슬러 주었다. 1963년에는 에그크림 한 잔에 10센트였다. 아버지는 1달러로 담배 4갑을 살 수 있었다.

나는 도서관에서 빌린 책을 펼치고 에그크림을 마셨다.

'정말 멋진 일인걸.'

나는 혼자 에그크림을 마시고 있었고, 성난 부모는 옆에 없었다. 내 방을 끊임없이 들락거리는 엄마도 없었고, 내가 돌봐주어야 할 동생도 없었다. 집을 벗어난 곳에서 느끼는 즐거움, 소설이 주는 도피의 즐거움만이 있었다. 지금 돌아보면 나의 방랑자 기질을 처음 느낀 순간이기도 했다. 그때부터 나는 탈출을 생각했다.

나의 탈출은 증기선을 탄 허클베리 핀의 모험은 아니었다. 도로로 떠나는 케루악의 탈출도 아니었다. 내가 66번 도로를 타고 달리는 꿈을 꾸기에는 너무 어렸다.

몇 년이 더 흘러 우리 가족은 웨스트사이드로 이사했다. 나는 컬리지트에 입학했고, 아버지는 여전히 자주 출장을 다녔다. 아버지와 어머니는 중년이 되면서 싸움이 더욱 격해졌다. 그때는 내가 열세 살이 되던 해였다.

우리 식구는 다섯 명이 되었다. 1963년에 막내 동생이 태어났기 때문이다. 우리가 이사한 아파트는 종전보다 넓었지만 부모의 말다툼 때문에 하루도 잠잠한 날이 없었다.

나는 예술 공연에 탐닉하기 시작했다. 레너드 번스타인이 나의 초기 영웅이었다. 10살 때 처음으로 번스타인이 지휘하는 뉴욕필하모닉의 '청소년을 위한 연주회'에 가게 되었다. 그때 번스타인의 뛰어난 해석이 빛을 발하는 〈베토벤 5번 교향곡〉을 들을 수 있었다.

2년 뒤, 나의 훌륭한 스승이었던 음악교사 티나 호프가 바흐의 〈파스칼리아와 푸가 C단조〉 연주를 들려주었다. 호프 선생님은 오르간 연주자가 애드가 앨런 포 같은 이름의 E. 파워 빅스라고 말했다. 음울한 베이스 코드로 시작해 점점 중심 주제로 상승해가는 그 작품은 열두 살짜리 소년이 느끼기에는 무섭기도 하고 혁신적이기도 했다. 불길한 죽음의 행진처럼 들리던 중심 모티프는 어느새 왼손으로 변주되면서 불길한 기운으로 우주를 열어젖히는 짙은 멜로디가 되었다. 연주가 진행될수록 풍부한 이야기를 전달하는 가운데 매혹적인 분위기가 되어갔다. 오리지널 테마는 변주를 거듭했고, 이후로도 변화에 대한 기대감을 갖게 했다.

나는 계속 긴장감이 더해지는 느낌을 받을 수 있었다. 어두운 분위기에서 출발해 더없이 놀랍게 빛나는 절정으로 치닫는 여정은 무릇 모든 위대한 예술작품들이 다 그러하듯 강렬하고도 겸허한 느낌을 주었다.

호프 선생님 덕분에 내가 바흐의 푸가를 처음 들었던 1968년에는 사실 음악을 깊이 있게 이해할 수 있는 수준은 아니었다. 다만 그 뛰어난 곡을 듣는 동안 기절하다시피 매혹됐던 것만큼은 분명하게 기억한다.

수업이 끝나고 나서 83스트리트와 브로드웨이 사이에 있는 레코드숍에 가서 빅스가 연주한 바흐의 오르간 작품집을 샀다. 내가 구입한 음반에는 바흐의 유명한 곡 〈토카타와 푸가 D단조〉도 들어 있었다. 나는 지금도 그 곡을 들을 때면 빈센트 프라이스 감독의 공포영화에 배경음악으로 사용하면 굉장히 잘 어울릴 거라 생각한다.

음반을 사들고 집으로 간 나는 스피커 하나짜리 플레이어에 걸고 네 번쯤 연속해서 들었다. 그때 아버지가 내 방으로 들어오더니 말했다.

"네가 듣고 있는 음악이 대단한 명곡이라는 건 인정한다만 네 번이나 반복해서 듣다니 너도 정말 대단하구나."

바흐의 음악을 처음으로 접한 그날의 충격과 감동은 그 후로도 한참 동안이나 이어졌다. 그때 나는 음악을 통해 깊은 위안을 얻을 수 있다는 걸 처음으로 알았고, 내 영혼을 위무해주는 초월적 존재를 만난 느낌이었다. '초월적 존재'는 '신'을 말하는 게 아니다. 그때나 지금이나 나는 '전지전능한 신'의 존재를 인정하지 않는다. '이성'과 '영혼'의 중심을 바꿀 수는 없으니까.

몇 십 년쯤 세월이 흐른 뒤에 만난 여자와 나눈 대화를 인용해 보겠다.

여자가 말했다.

"당신은 사교적이고 편안한 성격에 작가로도 성공한 사람인데, 여전히 깊은 외로움을 안고 살아가는 듯 보여요. 가령 당신을 진심으로 사랑해줄 사람은 없다는 생각을 품고 있는 것 같기도 해요."

그 말을 들은 나는 그녀가 정말 사람을 잘 본다고 생각했다.

어쨌든 나는 대꾸했다.

"당신 말대로지만 나는 음악이나 예술작품을 감상하면서 위안을 얻죠. 바흐의 〈파스칼리아와 푸가 C단조〉를 들었을 때 이유를 설명하기는 힘들지만 나는 더 이상 혼자가 아니라는 사실을 깨닫곤 해요."

앞의 몇 페이지를 쓰기 전, 나는 메인 주에 있는 온실에 앉아 E. 파워 빅스의 음반을 들었다. 온실에서는 우리 집 정원이 내다보인다. 정원에는 오크나무가 서 있고, 잔디밭이 펼쳐져 있다. 그 너머로는 메인주 해안 마을을 감싸는 만이 있다. 더없이 종교적인 느낌을 주는 뉴잉글랜드의 해안 풍경이다.

바흐의 음악에서도 신을 발견할 수 있다. 내가 한 달에 적어도 한 번은 듣는 음악, 인생의 영원한 미스터리를 들려주는 음악, 그렇지만 내가 바흐의 음악을 듣는 진정한 이유는 형이상학적인 의문에 대한 해답을 구하기 위해서가 아니다. 우리 모두가 짊어진 비탄과 의심, 고통 속에서 위안과 위로를 얻기 위해서다. 내가 경험한 바에 따르자면 예술작품은 마치 종교처럼 우리의 영혼에 위안과 위로를 주는 힘이 있다.

***

1983년 2월, 당시 나는 애인과 함께 잘츠부르크 뒷골목을 걸었다. 눈이 펑펑 내리는 일요일의 거리는 조용했다. 모차르트의 도시 잘츠부르크에는 장작 타는 냄새와 커피 콩 볶는 냄새가 진동했다. 눈 덮인 도시는 고요 속에 잠겨 있었고, 우리는 값싸고 흥겨운 이탈리아 술집에서 점심을 먹고 난 뒤였다. 음식과 술을 많이 마셨던 우리는 삐걱거리는 더블베드가 비치돼 있는 별 하나짜리 호텔로 돌아가 사랑을 나누었다.

우리는 해질 무렵 다시 거리로 나왔다. 특별한 목적지도 없이 마치 미로 같은 잘츠부르크 거리를 돌아다녔다. 그러다가 어느 성당 앞에 다다랐다. 성당 안에서 합창곡 소리가 들려왔고, 우리는 성당 안으로 들어갔다. 합창단이 모차르트의 미사곡을 부르고 있었다.

우리는 뒤쪽 의자에 앉아 몸을 낮췄다. 라틴어의 매력과 음계의 아름다움에 사로잡힌 우리는 족히 30분 동안이나 그 자리에 가만히 앉아 있었다. 모차르트는 미사곡에 영원의 신비를 부여하고, 고귀하고 영적인 영역을 드러내며 일상의 고단한 현실에 지친 우리에게 위안을 주기 위해 애쓰고 있었다.

노래가 절정으로 치달을 때 훗날 내 아내가 된 여자가 내 손을 꽉 쥐었다. 그 순간, 세상에 대한 걱정이 눈 녹듯이 사라졌다. 머릿속을 온통 복잡하게 만들고 있던 온갖 시시한 일들에 대한 생각도 완벽하게 사라졌다. 이 책의 처음 부분에서 언급했던 순간 즉, 눈보라 치는 크로스컨트리 스키 코스에서 순수한 행복을 느낀 그 순간처럼 나는 결코 닿을 수 없을 것 같았던 '행복의 영역'으로 잠시나마 들어설 수 있었다.

나는 사람이 죽으면 천국에 간다는 생각에는 동의할 수 없지만 위대한 예술작품의 세계 안으로 들어서면 우리가 사는 세상보다 한 단계 고양된 초월의 세계로 끌어올려질 수 있다는 걸 느꼈다. 그 안으로 들어서면 우리는 신을 흘깃 엿볼 수도 있지 않을까?

***

죽음은 늘 우리 앞에 있다. 우리는 머릿속으로 죽음과 함께 맞이할 종말에 대해 인식하고 있다. 죽음은 우리의 존재를 사정없이 지워버린다.

파리에 사는 피터 더피(가명)는 나보다 30세쯤 나이가 많은 미국인이다. 사람 좋은 그는 하버드대학교를 졸업하고, 예일대학교 로스쿨을 나왔다. 워싱턴 법조계와 정부관직을 두루 거친 그는 세계 곳곳에서 파견 근무를 했다.

나는 장남이라 늘 형 같은 사람을 좋아했고, 피터는 그런 역할에 딱 맞았다. 피터는 두 자녀가 장성하고 나서 이혼했지만 여전히 자녀들과 가깝게 지내고 있었다. 은퇴하고 나서 지낼 곳으로 파리를 택한 그는 파리 7구에 큰 아파트를 구입했다. 파리의 집값이 가파르게 치솟기 전이라 비교적 싼값에 아파트를 살 수 있었다. 피터의 애인은 OECD에서 일했다. 시네필의 천국인 파리에서 살고 있는 피터는 나처럼 영화광이었다. 어느 누구보다 영화에 대해 박식했고, 정보입수도 빨랐다. 체중도 열심히 관리하고, 담배는 입에 대지 않았고, 와인을 적당한 정도로 마셨다. 그럼에도 와인에 대한 해박한 지식을 가지고 있었다. 그는 가끔 무모한 일에 빠져들기도 했고, 특히 연애에 관한 한 모험을 피하지 않았다.

그러다가 별안간 림프종 진단을 받았고, 6개월 시한부선고를 받았다.

처음 림프종 진단을 받았을 때 피터의 얼굴에서는 암담한 표정이 사라지지 않았다. 그는 미국으로 돌아가 암 전문의를 만났고, 곧 항암치료가 시작됐다. 항암치료를 마친 그는 다시 파리로 돌아왔다.

피터는 파리의 교외지역인 뇌이에 있는 병원에서 항암치료를 몇 번 더 받았다. 그 당시 나는 한 달에 열흘쯤은 파리에서 지냈다. 내가 파리에 있을 때면 우리는 늘 함께 점심을 먹었다. 피터의 몸은 점점 더 수척해져갔다. 그의 외모에서 풍기던 생기발랄한 모습은 항암치료를 받는 동안 사라졌다. 의사는 피터에게 암세포를 말끔히 제거하면 이전 생활로 돌아갈 수 있다고 말했다.

그해 6월, 피터가 암 진단을 받은 지 5개월이 지났을 때 카페플로르에서 만나 점심을 먹기로 했다. 피터의 살이 너무 빠져 있었다. 피터는 심각하게 우려스러워하는 내 표정을 보더니 항암치료의 부작용 때문에 몸이 조금 수척해졌을 뿐 별 문제없다고 나를 안심시켰다.

피터가 내 근황을 물었다. 그 당시, 나는 집에서 나오는 문제를 심각하게 고려해야 할 만큼 아내와의 사이가 극도로 악화되어 있었다. 결혼생활을 더 참고 견디어야 할지 아니면 새로운 삶을 찾아 떠나야 할지 심각하게 고민하고 있던 중이었다.

피터에게 그런 이야기를 털어놓을 때 왠지 기분이 묘했다. 피터는 아내가 아니라 죽음과 싸우고 있었으니까. 생사가 걸린 피터의 암 투병에 비하자면 나의 부부 문제는 그야말로 대수롭지 않은 문제일 수도 있으니까.

피터와 이야기를 나누던 중 나는 그 생각을 실제로 말했다.

"제 이혼문제보다 훨씬 더 심각한 문제를 겪고 계시잖아요."

"암세포와 지루한 싸움을 벌이는 동안에는 그런 이야기가 오히려 도움이 돼. 자, 그러니까 파리에 있는 애인 이야기나 털어놔 봐."

점심을 다 먹을 즈음, 피터는 파리에 있는 지인으로부터 성당 신부의 연락처를 받았다고 했다. '영적인 상담' 이 필요할 때 한 번 찾아가 보라는 당부의 말도 들었다고 했다.

피터가 말했다.

"그레이엄 그린의 소설에 나오는 이야기 같지?"

"그 신부가 술꾼이라면 더욱 비슷하겠네요."

"나는 아직 몇 년을 더 살 생각이지만 다음 주에 당장 죽는다고 해도 하나님을 받아들일 수는 없을 것 같아. '파스칼의 내기(신의 존재에 부정적이더라도 신을 믿는 게 낫지 않은가? 내세가 있는지 없는지 확인할 길이 없지만 혹시라도 천국에 가서 신을 만나게 된다면 그나마 신을 믿었던 사람이 더 득을 보지 않겠는가?)가 그럴 듯한 이론이라는 데에는 나도 동의해. 하지만 나는 죽으면 그것으로 모든 게 끝이라고 생각해."

피터가 말한 끝은 바로 닷새 뒤에 찾아왔다. 우리는 일요일에 함께 영화(존 포드의 〈리버티 밸런스를 쏜 사나이〉)를 보기로 약속했다. 일요일 정오가 거의 다 됐을 때였다. 저녁 6시에 영화관 앞에서 만나기로 한 약속을 확인하기 위해 피터의 집에 전화했다. 피터가 아니라 젊은 남자가 전화를 받았다. 그는 피터의 아들이라며 어제 아침 일찍 파리에 왔다고 했다. 피터는 지금 임종을 앞두고 있으며, 의사로부터 오늘밤을 넘기기 힘들다는 말을 들었다고 했다.

나는 머리가 어질어질한 가운데 수화기를 내려놓았다. 나흘 전만 해도 피터는 암을 다 없앨 수 있다는 의사의 말을 철석같이 믿고 있지 않았던가? 피터는 과연 의사의 말을 믿었을까? 교수대로 끌려가 목에 밧줄을 걸고 있으면서도 곧 기적이 일어날 거라고 믿는 사람처럼 피터도 근거 없는 희망에 매달려 있었던 건 아닐까? 피터가 오늘밤을 넘기지 못한다면 내일은 과연 어디에 가 있을까? 내일이 되면 피터가 사는 동안 경험하고 만들어내고 축적한 모든 것들이 무자비하게 사라질까? 그토록 생기 넘치던 사람이 암세포에 굴복해 생을 끝내야 한다니 얼마나 허망하고 부당한 일인가?

누구나 세상에서 더 이상 존재할 수 없게 될 때가 온다. 우리가 갈망하고 바라던 모든 것, 성공과 좌절, 욕망과 체념, 장점과 단점 그 모든 게 더 이상 문제가 되지 않을 때가 온다. 그런 것들은 죽음과 함께 모두 사라질 테니까.

'다른 세상으로 건너가기' 가 아닌 종말이 온다. 죽음을 아무리 멋지게 포장하려고 해도 어쩔 수 없이 인정해야하는 사실 한 가지가 있다.

죽음과 함께 모든 것이 끝난다는 사실이다.

나는 죽음으로 모든 게 끝난다고 믿고 있다. 죽는 순간 꺼진 생명의 스위치는 다시는 켜지지 않을 거라 믿고 있다. 그런 생각을 하면 마음이 불편해지는 게 사실이다. 죽음으로부터 달아날 곳이 없다고 생각하면 때로 울적해진다. 타인의 죽음은 받아들일 수 있다. 살다보면 수없이 타인의 죽음과 마주하게 되니까. 하지만 자기 자신의 죽음을 진정으로 받아들일 수 있는 사람은 없다.

1996년 봄, 나는 오스트레일리아의 오지에서 몇 주를 보냈다. 오지를 찾은 것은 그때가 다섯 번째였다. 오지로 사라진 나는 매일 늦은 오후가 될 때마다 글을 썼다. 당시 쓰고 있던 소설이 《빅 픽처》이다. 런던으로 돌아가기 며칠 전, 나는 케언스에서 북쪽으로 갔다. 오스트레일리아 속어로 FNQ('퀸스랜드 훨씬 북쪽'이라는 뜻의 'Far Notrh Queensland'의 약어)라 불리는 곳이었다. 잡지에서 글을 의뢰받았다. 오지에 있는 여관에 며칠 머무르며 밀림에 관한 글을 써야 했다. 여관주인의 아들이 차를 가지고 케언스로 왔다. 여관주인의 아들 로보는 30대 초반의 나이로 소탈하고 편안한 스타일의 오스트레일리아 청년이었다. 함께 차를 타고 가는 동안 로보는 벌써 30대 중반인데 앞으로 무엇을 하며 살아야 할지 찾아내지 못했다고 고백했다. 로보는 함께 있으면 즐거운 사람이었다. 우리는 금세 가까워졌고, 북쪽으로 차를 타고 달려가는 내내 유쾌한 농담을 주고받았다.

로보가 운전하는 차는 2차선 포장도로가 끝나는 지점을 지나면서 거친 비포장도로를 덜컹거리며 달리기 시작했다. 사륜구동 지프는 곧 작은 강가에 도착했다. 강둑에서 큰 악어 네 마리가 일광욕을 즐기고 있었다.

로보가 무심하게 말했다.

“여기서 수영을 했다가는 악어의 밥이 됩니다.”

곧 차를 싣고 갈 배가 도착했다. 배의 갑판은 넓고 평평해 자동차 세 대는 족히 실을 수 있을 것 같았다. 선장은 땀에 얼룩진 셔츠에 마른 흙이 잭슨 폴록의 그림처럼 얼룩져 튀어 있는 모자를 쓰고 있었다.

선장이 말했다.

“로보, 이번 희생자는 누구야?”

로보가 말했다.

“양키야. 더글라스라고 해.”

선장이 말했다.

“얌체 양키는 아니고?”

“내가 보기에는 괜찮은 사람 같아.”

로보로서는 큰 칭찬이었다.

강 맞은편에 배를 대기까지 미처 5분이 걸리지 않을 듯 보였다. 강을 건너는 도중 배가 갑자기 유턴을 시도했다. 악어가 점령하고 있는 강의 한가운데였다. 악어를 세 마리쯤 보았던 나는 유턴하면서 배가 흔들리기 시작하자 덜컥 겁이 나기 시작했다.

그때 로보가 내 얼굴에 분명하게 드러나 있는 겁먹은 표정을 보고 나서 말했다.

“아직까지 배를 물에 처박은 적은 없어요. 그래도 혹시 모르죠. 세상 모든 일에는 처음이 있으니까.”

몇 분 뒤, 우리는 육지에 발을 들여놓았고, 거기부터는 밀림이 펼쳐져 있었다. 마치 숲에 갇힌 듯했고, 하늘도 가끔 어렴풋이 보일 뿐이었다. 사람을 통째로 삼킬 것 같은 열대 양치류 식물들과 고무나무들이

빽빽이 늘어선 길을 30분쯤 더 달리고 나서야 오지의 여관에 도착했다.

개간지에 소박한 모양의 건물이 서 있었다. 그 앞에 테이블들이 놓여 있었고, 나무로 바닥을 깔고 밧줄로 난간을 만든 산책로가 여기저기로 뻗어 있었다. 산책로들은 각각 일곱 채의 오두막으로 이어졌다.

로보가 내 가방을 들고 앞서 걸어 나를 그 중 한 오두막으로 안내했다. 오두막 안에는 더블베드와 고리버들 안락의자, 작은 책상과 의자, 천장 선풍기가 있었다. 생각보다 욕실도 깨끗했다.

로보가 말했다.

“기본적인 것만 갖추고 있어요.”

내가 말했다.

“컴퓨터 전원을 연결할 콘센트하고, 책을 읽을 수 있는 조명만 있으면 됩니다.”

그때만 해도 인터넷이 생활의 중요한 요소가 되기 전이었다. 따라서 무선인터넷이 잡히지 않는다고 불평할 이유는 없었다. 게다가 나는 바깥세상과 연락하고 싶은 마음도 없었다. 나는 소설을 마무리해야 했고, 세상에서 멀리 떨어져 나흘을 보낼 생각이었다.

로보에게 몇 시간 뒤에 보자고 말한 뒤 5분 동안 짐을 풀고 컴퓨터와 수첩, 펜을 작은 책상에 올려놓았다. 두 시간쯤 일에 열중하다가 손목시계를 보자 오후 1시였다.

여관 본채로 내려가 주인을 만났다. 여관 주인 맬러카이는 60대 중반으로 키가 작은 편이었고, 얼굴에 붉은빛이 감돌았다. 맬러카이와 비슷한 나이로 보이는 아내 리지는 키가 남편보다 컸다. 맬러카이는 성격이 사근사근한 편이었는데, 리지는 각진 얼굴에 대체로 신경질적인 표정이었다. 마치 오지에 선교활동을 하러 온 성공회 성직자의 딸

같은 인상이었다.

나중에야 내 상상력이 지나쳤다는 걸 알게 되었다. 리지는 오스트레일리아 토박이로 브리즈번 교외 지역 출신이었고, 남편인 맬러카이와 같은 동네에서 자랐다. 두 사람은 고등학생 때부터 연인이었고, 43번째 결혼기념일이 바로 얼마 전에 지나갔다.

맬러카이가 캥거루 고기와 맥주를 앞에 두고 나에게 살아온 이야기를 들려주었다. 브리즈번에서 성공한 건축업자였던 그는 5년 전 리지와 함께 이곳에 캠핑을 오게 됐다. 두 아들은 장성했고, 은행에는 충분한 예금이 있어 이곳에서 살고 싶다는 생각을 하게 되었다.

맬러카이가 말했다.

"4년의 시간을 쏟아 부은 끝에 이곳에 여관을 오픈했죠."

원래는 24개월을 목표로 작업 기간을 정했지만 악조건이 겹치면서 공사기간이 두 배로 늘어났다.

리지가 말했다.

"여기서는 쉽게 되는 일이 없었어요."

리지는 그 말을 하면서 흰 손수건을 손으로 비틀었다. 은제 휴대용 술병에서 버번위스키를 슬쩍 마시는 리지의 모습을 보니 마치 '살짝 신경쇠약이 올 것 같은 상태'에 있는 테네시 윌리엄스의 희곡 속 등장인물 같았다.

강인해 보이는 남편 맬러카이에 비해 리지는 마음이 약해 보였다. 리지는 이 황무지에 신선한 물을 대는 게 얼마나 힘든 일인지, 열대 기후에서 발전기를 관리하는 게 얼마나 어려운 일인지, 11월부터 3월까지 이어지는 우기에 미친 듯이 퍼붓는 비로 홍수가 나면 얼마나 괴로운지 불평을 늘어놓았다.

맬러카이가 아내의 불평을 제지했다.

"우리는 어쨌든 악조건을 무릅쓰고, 여기에 여관을 오픈하게 되었죠. 아직 어려운 점이 많지만 비교적 잘 꾸려가고 있습니다."

부부를 가만히 들여다보고 있으면 두 사람 사이가 어떤지 금세 알 수 있다. 나는 이제 자리를 피해주어야 할 때라는 걸 알아채고, 근처에 둘러볼 만한 길이 표시된 지도가 없는지 물었다.

맬러카이가 말했다.

"화식조를 보면 절대로 가까이 가지 마세요. 화식조의 발톱에 다칩니다."

혼자 숲을 거닐기 시작한 지 30분쯤 됐을 때 정말로 화식조를 보았다. 두터운 녹색 깃털로 덮인 몸집에 키가 180센티미터가 넘는 새가 길 앞에 떡 버티고 서 있었다. 마치 이방인의 출입을 막아선 문지기 같았다. 모퉁이를 돌아 처음 화식조를 보았을 때 나는 머릿속이 아득해질 만큼 놀라 그 자리에 얼어붙었다. 화식조가 바로 1미터 앞에 있었다. 그 모습이 어찌나 무서운지 나는 소스라치게 놀랐다. 돌아서 달아나거나 비명을 지르지 않기 위해 무척이나 조심해야 했다. 소리를 지르며 달아났다가는 어김없이 화식조의 공격을 받을 게 뻔했다. 화식조와 나는 침묵 속에서 의심의 눈길로 서로를 한동안 바라보았다. 화식조도 나만큼 긴장하고 있는 게 역력했다. 1분이 마치 한 시간처럼 길게 느껴졌다. 화식조는 계속해서 나를 바라보다가 갑자기 숲을 향해 달려갔다.

어디선가 내가 나타나기를 기다리며 숨어 있는 게 아닐까?

나는 화식조가 사라진 쪽을 향해 돌을 던져 보았지만 아무런 소리도 나지 않았고, 움직임도 느껴지지 않았다. 그제야 나는 다시 숲을 거닐기 시작했고, 어디엔가 도사리고 있을 화식조를 떠올리며 주의를 게을리 하지 않았다.

그러다가 비로소 안도했고, 열대우림이 주는 자연의 경이에 빠져들었다. 그 후 며칠 동안 나는 새벽에 일어나 글을 쓰고 아침을 먹고 나서 맬러카이와 긴 대화를 나누었다. 맬러카이는 무척이나 재미있는 사람이었다. 그는 바쁜 비즈니스맨으로 살다가 복잡한 일상에서 벗어나고 싶어 오지로 들어왔다고 했다. 그는 여관을 환경친화적인 곳으로 만들기를 꿈꾸고 있었다.

맬러카이는 겉으로 보기에는 딱딱한 사람처럼 보였지만 알고 보니 속이 깊고 다정한 사람이었다. 그는 오지에서 여관을 운영하다보면 생각지도 않게 스트레스를 받는 일이 많다고 했다. 누구에게나 천국은 결코 쉽게 다가오지 않는다는 말이 생각났다.

우기가 끝난 지 보름밖에 지나지 않았으므로 나를 뺀 손님은 신혼여행을 온 부부가 전부였다. 20대 중반으로 보이는 신혼부부는 둘이서만 조용히 지내고 있었다. 나는 가끔 식사를 하는 베란다 한구석에 앉아 있는 신혼부부를 보았는데, 왠지 신혼의 단꿈에 푹 빠져 있는 사람들처럼 보이지가 않았다. 식사를 하는 동안 눈이 마주칠 경우 고개를 끄덕여 '안녕하세요?' 하고 인사한 걸 빼고 나면 신혼부부와 대화를 나눈 적이 없었다.

여관에서 보내는 마지막 날이었다. 가이드와 함께 말을 타고 열대우림지역 깊은 곳까지 탐험하고 돌아왔다. 말에 올라 무성한 고무나무를 헤치며 구불구불한 길을 달렸다. 말을 타고 가는 동안 옷에도 머리카락에도 온통 먼지가 뿌옇게 내려앉았다.

밀림에서 돌아와 샤워를 하고 옷을 갈아입은 다음 읽고 있던 소설

책과 노트북을 들고 베란다로 나갔다. 맬러카이는 아들 로보가 케언스에 갔는데 내일 아침에 돌아올 거라며 런던으로 돌아가는 데 전혀 지장이 없도록 해주겠다고 약속했다.

신혼부부는 늘 앉아있던 자리에 나와 있었다. 나는 맬러카이에게 맥주를 가져다달라고 한 다음 신혼부부 자리로 와인 두 잔을 보내달라고 했다.

와인을 받아든 신혼부부가 고맙다는 뜻으로 나에게 손을 흔들어 보였다. 나는 맥주를 들고 그들이 앉아 있는 테이블로 갔다. 남자는 영국 출신의 발 전문 의사였고, 여자는 오스트레일리아 출신의 간호사라고 했다. 두 사람은 뉴캐슬 시 병원에서 함께 일하고 있다고 했다. 남자의 이름은 패트릭, 여자의 이름은 샌디였다. 그들은 열흘 전에 결혼했고, 이 오지의 여관에서 일주일 동안 신혼여행을 즐기기로 했는데, 너무 지루하고 길게 느껴진다며 불만스런 표정을 지었다. 샌디는 특히 오지에서 지내는 게 즐겁지 않아 보였다.

이렇게 외진 곳에서 함께 지내면 결혼 전 품었던 회의적인 생각이 더욱 강해질까?

결혼식을 일주일 앞둔 예비 신부였던 아내와 나눈 대화 내용이 떠올랐다. 아내는 우리가 법적으로 부부관계가 되는 것에 대해 갑자기 회의감이 든다고 말했다. 나도 어느 정도 아내와 맞지 않는 부분이 있다고 생각하던 중이었다. 결혼하고 나서 시간이 흐를수록 우리 사이의 잘 맞지 않는 틈새는 점점 더 벌어졌다.

사람들은 당장 눈앞에 보이는 스트레스가 두려워 장기적으로 봤을 때 전혀 도움이 되지 않는 관계를 오래도록 유지해간다. 누구에게나 현재의 삶을 바꾸기로 결정한다는 건 결코 쉬운 문제가 아니니까. 내 결혼생활을 돌아보건대 후회되는 부분도 많지만 사랑스러운 두 아이를 얻었다는 것만으로도 모든 문제를 상쇄하고도 남는 기쁨이 있다.

샌디가 말했다.

"우리가 결혼 전 함께 동거한 시간이 석 달밖에 되지 않아 아직 서로에 대해 모르는 게 많아요."

패트릭이 가끔 드러내는 차가운 눈빛을 볼 때면 두 사람 사이가 더없이 아슬아슬해 보였다. 나는 머릿속으로 부부를 관찰하면서 겉으로는 두 사람의 이야기가 흥미로운 척 포커페이스를 유지했다.

30분 뒤, 술잔이 모두 비었다. 이제 자리에서 일어서야 할 때였다. 신혼부부에게 저녁을 맛있게 먹으라고 이야기한 다음 자리로 돌아가려는데 샌디가 말했다.

"저희랑 같이 드세요."

내가 말했다.

"제가 두 분의 즐거운 식사에 방해가 되지는 않을까요?"

패트릭이 말했다.

"같이 계시면 저희야 좋죠."

나는 바 뒤에 있는 맬러카이를 보며 말했다.

"여기 술 한 잔씩 더 주세요. 제가 살 테니까 사장님도 맥주 한 잔 드세요."

맬러카이가 말했다.

"선생은 복 받을 거요."

조금 뒤, 맬러카이가 술을 쟁반에 담아 우리 쪽으로 걸어오고 있었다. 바로 그때 맬러카이의 입에서 날카로운 비명이 쏟아졌다. 평생 처음 들어 보는 소리였다. 맬러카이가 앞으로 고꾸라지며 술잔들이 바닥으로 떨어지며 박살났다. 맬러카이는 얼굴을 바닥에 부딪쳤다. 샌디가 잽싸게 일어나 쓰러진 맬러카이를 향해 달려갔다. 그녀가 떨고 있는 맬러카이의 몸을 뒤집어 눕힌 다음 가슴을 주먹으로 쿵쿵 내리쳤다. 그러고 나서 나와 패트릭에게 소리쳤다.

"얼른 이리 와서 저를 도와야 해요!"

나는 그제야 맬러카이가 심장마비를 일으켰다는 사실을 눈치 챘다.

중환자실 간호사인 샌디가 모든 일을 주도했다. 샌디는 심장마비를 일으켰을 때 우선적으로 어떤 조치를 취해야 하는지 정확하게 알고 있었다.

"더글라스 씨, 리지에게로 가서 우선 심장잔떨림제거기가 어디 있는지 물어보고 나서 가져오세요. 리지에게는 가까운 병원에 전화해 의사를 보내달라고 이야기하세요."

나는 맬러카이 부부가 사는 여관 본채로 달려갔다. 남편에게 뭔가를 명령하는 샌디의 목소리가 들려왔다.

"나랑 맞춰서 해. 하나, 둘, 셋에 입에 공기를 불어넣어. 하나, 둘, 셋, 불어. 계속해, 계속."

나는 여관 본채의 문을 쾅쾅 두드렸다. 리지가 가운 차림으로 나왔다. 저녁 7시였지만 깊은 잠에 빠져 있다가 방금 깨어난 듯 정신이 없어 보였다. 나는 리지를 부축하며 맬러카이가 방금 전에 심장마비를 일으켰다고 말했다. 나는 별안간 비명을 지르며 달려가려는 리지를 제지했다.

"남편을 보러 가기 전에 먼저 심장잔떨림제거기가 어디에 있는지 말해주세요."

"그게 뭐죠?"

"이런……. 그럼 가까운 병원에 연락해 긴급히 와달라고 해주세요."

리지는 울음을 터뜨리며 말했다.

"가까운 곳에 병원이 없어요. 그렇지만 비행기를 타고 왕진을 와줄 의사를 부를 수는 있어요."

"의사의 전화번호가 어떻게 되죠?"

"남편 먼저 보러 갈래요."

"저에게 전화번호를 알려 주고 전화기를 주신 다음에 가세요."

리지가 탁자로 걸어가 수첩을 열었다. 그녀는 덜덜 떨리는 손으로 전화번호를 옮겨 적더니 나에게 내밀었다. 그런 다음 남편의 이름을 소리쳐 부르며 베란다를 향해 달려갔다. 나는 리지와 함께 달려가며 말했다.

"전화기가 어디에 있는지 알려주세요."

"바에 있어요."

나는 맬러카이를 돌보고 있는 샌디와 패트릭을 지나쳐 곧장 바로 달려갔다. 샌디와 패트릭은 인공호흡을 계속하고 있었지만 표정을 보아하니 결과가 그리 좋아 보이지 않았다.

샌디가 나에게 소리쳤다.

"심장잔떨림제거기를 찾았어요?"

내가 소리쳐 대답했다.

"없대요."

"젠장!"

"지금 전화로 의사를 부르려고요."

"당장 불러와야 해요."

나는 전화기를 집어 들었다. 어둠 속에서 갈겨쓴 글씨를 보려니까 눈이 아른아른했다. 떨리는 손을 진정시키려 애쓰며 전화번호를 눌렀다. 이제 내 심장도 마구 쿵쾅거리며 뛰고 있었다.

"어서 전화를 받으란 말이야."

신호가 가는 사이 나는 계속 혼자 중얼거렸다.

마침내 전화가 연결됐다.

"어디십니까?"

나는 오지의 여관 이름을 말해주고 나서 방금 전 심장마비를 일으킨 환자가 있다고 서둘러 이야기했다.

"가까운 비행장 이름을 아십니까?"

"저는 그냥 여관에 머물고 있는 손님입니다."

그사이에 리지는 남편 옆에 꿇어앉아 있었다. 샌디와 패트릭이 미친 듯이 인공호흡을 하고 있었고, 리지는 그 옆에서 '계속해요, 계속해요' 하며 초조하게 말하고 있었다.

나는 리지에게 소리쳤다.

"비행장 이름이 뭐죠?"

리지가 넋이 나간 표정으로 나를 보았다.

"네? 뭐요?"

"여기서 가장 가까운 비행장 이름을 말해 봐요."

그제야 리지는 정신을 차리고 비행장 이름을 소리쳐 말해주었다. 나는 수화기에 대고 비행장 이름을 말했다.

"잠시만 기다리세요."

전화를 받은 여자는 그렇게 말한 다음 키보드로 뭔가 입력하는 소리가 들렸다. 잠시 후…….

"그 비행장은 조명이 없어 해가 진 뒤로는 이용을 못합니다."

"지금 사람이 죽어 가고 있어요."

"안타깝지만 저희도 어쩔 수 없어요. 그 대신 가까운 곳에 있는 간호사 전화번호를 알려 드릴게요."

2분 뒤, 나는 간호사와 통화했다. 간호사는 내 설명을 듣고 나서 말했다.

"맬러카이 씨를 잘 알아요. 거기 혹시 인공호흡을 할 줄 아는 손님이 있던가요?"

간호사의 목소리는 사려 깊고 침착했다. 몹시 흥분한 내 목소리와는 완전히 대조적이었다.

"네, 신혼여행을 온 간호사 부부가 있어요. 두 사람이 지금 인공호흡을 하고 있어요."

"인공호흡을 계속하라고 이야기하세요. 제가 도착하려면 빨라도 한 시간쯤 걸려요. 강을 건너려면 선장한테 연락해야 하니까요."

간호사가 전화를 끊었다. 나는 샌디와 패트릭에게 달려갔다. 두 사람은 맬러카이를 살리려고 애쓰다가 지쳐 있었다.

샌디가 소리쳤다.

"의사가 온대요?"

나는 비행장 문제를 설명한 다음 대신 근처에 사는 간호사가 달려오는 길이라고 말하고 나서 덧붙였다.

"이곳에 도착하기까지 한 시간은 족히 걸린대요."

"젠장!"

맬러카이에게 마우스투마우스로 인공호흡을 하고 있던 패트릭은 완전히 지쳐 있었다. 공황상태에 빠진 리지가 엉엉 소리 내어 울면서 패트릭을 향해 소리쳤다.

"제발 멈추지 말아주세요!"

샌디가 소리쳤다.

"더글라스 씨가 교대해요."

나는 그 즉시 꿇어앉아 맬러카이의 입을 벌린 뒤 샌디에게 소리쳐 물었다.

"어떻게 하면 되죠?"

"입을 엇갈리게 대고, 내가 불라고 할 때 힘껏 불면 돼요!"

나는 맬러카이의 입술에 입술을 댔다. 샌디가 깍지 낀 손으로 맬러카이의 심장을 세 번 누른 다음 소리쳤다.

"불어요!"

나는 온힘을 다해 맬러카이의 입에 공기를 불어넣었다.

샌디가 소리쳤다.

"좋았어요! 심장이 다시 뛰고 있어요!"

샌디는 다시 맬러카이의 가슴을 누르며 소리쳤다.

"불어요!"

나는 숨을 깊이 들이쉰 다름 맬러카이의 입에 힘껏 불어넣었다.

"계속 불어요!"

"불어요!"

"불어요!"

숨을 크게 들이쉬고 내쉬고를 반복했더니 현기증이 일었다. 샌디가 패트릭에게 교대준비를 하라고 소리쳤다. 샐리는 패트릭과 나에게 1분마다 교대해 인공호흡을 하라고 지시했다.

샌디가 강조했다.

"간호사가 도착할 때까지 인공호흡을 잠시도 멈추지 말아야 해요."

리지가 울면서 말했다.

"제발 멈추지 말아요."

샌디가 말했다.

"절대로 멈추는 일은 없을 거예요."

샌디가 나를 향해 소리쳤다.

"불어요!"

내가 입에 숨을 불어넣으려 할 때 맬러카이가 갑자기 흰 담즙을 토했다. 맬러카이가 토한 담즙이 내 입에 가득 차 어쩔 수 없이 입술을 떼었다. 내가 다시 고개를 돌려 맬러카이의 입에 있는 담즙을 닦으려 할 때 맬러카이의 몸이 갑자기 격렬하게 떨기 시작했다.

샌디는 '젠장'을 연발하며 맬러카이의 가슴을 치고 나서 미친 듯이 눌러댔다. 나는 다시 인공호흡을 하려고 맬러카이의 고개를 손으로 받치고 있었다. 잠시 후 희미하게 떨리던 맬러카이의 어깨가 전혀 움직이지 않았고, 얼굴 근육이 풀어졌다. 방금 전까지 얼굴에 어려 있던 고통스런 표정도 사라져 있었다. 아니, 평생을 겪어온 고통이 모두 사라져 있었다.

맬러카이는 방금 전 세상을 떠났다. 내 손 위에 놓인 맬러카이의 머리에는 이제 생명이 남아 있지 않았다. 샌디가 목에 손을 대고 맥박을 짚어보았다. 샌디와 나의 눈길이 마주쳤다. 샌디가 고개를 가로저으며 맬러카이의 눈을 감겨주었다. 다시는 뜨지 못할 눈이었다. 그 순간, 리지가 통곡을 터뜨렸다.

샌디가 자리에서 일어나 리지를 안아주었다. 패트릭은 아직 바닥에 앉아 손바닥에 얼굴을 묻고 있었다. 나는 일어나 곧장 바로 가 위스키로 입을 헹궜다. 입에 남아 있던 담즙을 모두 헹군 다음 위스키를 길게 들이켰다. 그나마 마음이 조금 진정된 나는 충격에 빠져 있는 패트릭 옆으로 다가가 어깨를 토닥여주며 위스키를 건넸다.

내가 말했다.

"자, 마셔요."

패트릭이 위스키를 마시는 사이 나는 테이블을 향해 걸어가 어지럽게 펼쳐져 있는 식기들을 다 치웠다. 그런 다음 테이블보를 들어 맬러카이의 얼굴을 덮었다.

내가 패트릭을 보며 말했다.

"로보한테도 연락해줘야 해요."

10분 뒤, 샌디가 본채에서 돌아왔다. 마침 처방받은 신경안정제가 있어 리지에게 두 알을 먹이고 침대에 눕혔다고 했다.

"리지는 지금 제정신이 아니에요. 적어도 몇 시간은 신경안정제의 힘을 빌릴 수밖에 없어요. 리지가 로보한테 연락해 달라고 했어요."

샌디의 손에 로보의 전화번호가 적힌 쪽지가 들려 있었다. 샌디의 긴장된 표정을 보니 누군가 대신 전화해 주기를 바라고 있는 듯했다.

나는 손을 내밀었다.

"내가 전화할게요."

샌디가 말했다.

"고맙습니다."

우리 세 사람은 아무 말 없이 어색하게 서 있었다. 우리 앞에는 맬러카이의 시체가 놓여 있었고, 내 머릿속에서는 한 가지 생각밖에 떠오르지 않았다.

'이 황무지 한가운데에서 시체와 함께 있다니…….'

샌디와 패트릭은 얼마나 지쳤는지 서로에게 위로의 말조차 건네지 않았다. 갑작스러운 죽음을 목도한 두 사람의 거리가 좀 더 벌어져 보였다.

패트릭이 나에게 위스키 병을 건넸다. 나는 샌디에게 위스키를 마실 건지 물었다. 샌디가 고개를 끄덕였다. 나는 바로 걸어가 술잔 세 개를 가져온 다음 술을 따라 한잔씩 건넸다. 우리는 말없이 잔을 부딪쳤다. 나는 단숨에 술잔을 비우고 나서 다시 바로 걸어갔다. 전화기를 집어 들고, 케언즈에 가 있는 로보에게 전화를 걸었다.

로보가 전화를 받았다. 그는 내 목소리를 듣는 순간 깜짝 놀란 기색이 역력했다. 내가 그 시각에 멀리까지 전화했다는 사실만으로도 뭔가 좋지 않은 소식을 듣게 될 거라 직감한 듯했다.

나도 모르게 사무적인 말투가 흘러나왔다.

"아버님이 심장마비를 일으켜 방금 전 세상을 떠났습니다."

수화기를 잡은 내 손이 덜덜 떨려왔다. 로보의 숨죽인 울음소리가 들려왔고, 내 손은 더욱 심하게 떨렸다.

내가 말했다.

"정말 유감입니다."

이런 순간에 말이란 얼마나 불필요한가?

40분 뒤, 간호사가 왔다. 우리 셋은 테이블에서 위스키 한 병을 거의 다 비워가고 있었다. 한 시간도 안 돼 세 사람이 위스키 1리터를 마시고도 취하지 않은 경우는 여태껏 별로 본 적이 없었다. 간호사의 이름은 수였다. 수는 몸집이 크고 유쾌한 사람이었고, 건장한 남자 두 명과 함께 왔다. 수는 테이블보에 덮여 있는 맬러카이를 보자마자 조수에게 말했다.

"의료장비는 필요 없겠어요."

수는 테이블보를 벗기고 사체를 면밀히 살폈다. 청진기를 대보고, 눈꺼풀도 열어 보았다. 나는 수가 맬러카이의 초점 없는 눈동자에 플래시를 비출 때 나도 모르게 고개를 돌려 외면했다. 수는 맬러카이의 입을 벌리더니 안쪽을 자세히 살펴보았다. 그런 다음 다시 얼굴에 테이블보를 덮어주고 나서 우리에게 물었다.

"어느 분이 간호사죠?"

샌디가 손을 들었다.

수가 말했다.

"정말 애쓰셨어요. 맬러카이 씨는 쓰러지던 순간 이미 치명적인 상태가 되었던 것 같아요. 제가 그 순간 장비를 가지고 여기에 있었다고 해도 도저히 살릴 수 없었을 거예요. 심장마비 중에서도 아주 고약한 종류였어요. 맬러카이 씨는 무슨 일이 벌어지는지도 인지하지 못하는 가운데 세상을 떠났을 거예요. 그나저나 부인은 어디 있죠?"

샌디가 부인이 있는 곳으로 같이 가겠다고 말했다.

수가 조수들에게 말했다.

"정리해."

두 남자가 침낭처럼 생긴 검은 고무 자루에 맬러카이의 시체를 넣었다. 그 모습을 보며 나는 생각하지 않을 수 없었다.

'바로 저 모습이 우리 모두가 가야 할 종착역이군.'

걱정, 노력, 두려움, 불만, 욕구, 경이로 점철되었던 삶이 종착역에 다다른 순간이었다.

건장한 청년 두 사람이 맬러카이의 시체를 자루에 넣었다. 시체는 매장이든 화장이든 처리될 곳으로 보내질 것이다. 그것으로 끝이다. 세상은 여전히 잘 돌아갈 것이다. 우리가 평생 애써 이룬 것들 역시 죽음과 함께 사라진다. 직접적으로 관계된 몇 사람만 빼면 죽은 자를 기억할 사람은 없다. 이미 우리 앞에서 사라져간 수많은 사람들이 그랬듯이…….

청년들이 시체를 담는 자루를 밀봉했다. 맬러카이의 몸은 이제 고무 자루 속에 담긴 시체가 되었다. 시체가 바퀴 달린 침대에 올려졌다. 내 머릿속에서는 또 다른 생각이 자리를 잡았다.

'나는 방금 한 사람이 죽는 모습을 지켜보았다.'

내 눈앞에서 죽음의 순간이 펼쳐졌다. 생명이 그렇게 빨리 내 눈앞에서 사라지는 광경을 목도한다는 건 분명 무서운 일이었지만 한편으로는 죽음이 너무 쉽게 들이닥친다는 사실을 깨닫게 된 것도 충격적인 일이었다. 분명 잠시 전까지 살아 있던 사람이 한순간에 사라지고 없었다. 맬러카이의 마지막 행동은 바에서 맥주와 와인을 따른 것이었다.

맬러카이는 몇 분 후 죽게 될 거라는 사실을 알고 있었을까? 그는 이미 천국이나 지옥 혹은 그 중간쯤 어딘가에 가 있을까? 그가 자기 손으로 직접 만든 베란다 바닥에서 하늘에서 내려오는 빛에 감싸였을까? 그는 순간적으로 찾아온 심장마비를 인지하고 두려움을 느꼈을까? 아니면, 죽음의 순간을 인지하는 순간 평온함을 느꼈을까?

삶에서 죽음으로의 전환은 순식간에 이루어졌다. 그때 내 머릿속에서는 뛰어난 아일랜드 작가 존 맥개헌의 소설 속 구절이 떠올랐다. 존 맥개헌은 죽음을 섹스의 오르가슴에 비유하며 이렇게 적었다.

'우리를 살아 있게 만드는 그 떨림은 우리를 고기로 만드는 떨림이 된다.'

샌디와 수는 리지를 부축하고 밖으로 나왔다. 리지는 바퀴 달린 침대에 올라 있는 남편의 시신으로 몸을 던지더니 통곡하기 시작했다. 샌디가 다가가 리지를 위로했다.

수가 내 옆으로 다가오더니 물었다.

"저에게 전화한 분이시죠?"

"네, 제가 전화했습니다."

"괜찮아요?"

"솔직히 큰 충격을 받았습니다."

"그럴 만하죠. 밤에 잠을 이룰 수 있는 약을 드릴까요?"

"괜찮습니다."

"맬러카이 씨의 아들에게도 전화하셨다고요? 여행 마지막 날에 이런 불상사를 겪게 돼 유감이에요."

나는 방으로 돌아왔지만 잠을 이루지 못할 게 분명했다. 노트북컴퓨터를 켜고 밤늦게까지 글을 썼다. 2년이라는 시간 동안 써온 소설이 이제야 마무리 단계에 접어들고 있었다. 그날 밤, 나는 열두 페이지를 썼다. 그레이엄 그린이 말하길 모든 작가의 가슴속에는 고드름이 있다고 했다. 작가는 냉정한 자세 덕분에 인생의 공포로부터 한 걸음 물러나 있을 수 있고, 모든 상황으로부터 영감을 얻을 수 있다. 눈앞에서 갑자기 사람이 죽어나가는 광경을 목도하고도 밤늦게까지 글을 쓸 수 있다.

새벽 4시쯤, 마침내 피로가 몰려왔다. 나는 작은 책상에서 좁은 침대로 걸어가자마자 쓰러졌다. 몇 시간 뒤, 노크소리가 들려왔다. 나는 비틀거리며 걸어가 문을 열었다. 문 앞에 몸집이 큰 여자가 서 있었다. 30대 여자로, 반바지와 셔츠 차림에 굳은 표정을 짓고 있었다.

여자가 나에게 물었다.

"케네디 씨?"

내가 고개를 끄덕였다.

여자가 커피가 담긴 머그잔을 내밀었다.

"저는 루스라고 합니다. 로보가 제 남편이죠. 커피를 드시고 나서 샤워를 하세요. 제가 케언스까지 모셔다 드릴게요. 15분 뒤에 출발할 겁니다."

커피를 마시고 샤워를 마친 15분 뒤 나는 며칠 전 이곳에 올 때 탔던 지프를 타고 남쪽을 향해 달리고 있었다.

루스가 말했다.

"남편과 함께 새벽 2시에 여기에 도착했어요. 남편과 시어머니는 경찰과 장례 담당자를 만나기 위해 포트더글러스에 갔죠. 샌디와 패트릭은 다른 여관으로 옮겨 며칠 더 지낼 거라고 하더군요. 결혼생활의 출발선에서 정말이지 끔찍한 일을 겪은 셈이죠."

"리지는 괜찮나요?"

"신경안정제가 조금 도움이 되긴 했지만 잠시 고통을 줄여줄 뿐이죠."

"로보는요?"

"몹시 괴로워하고 있어요. 아버님과 그이는 정말 가까운 사이였거든요."

우리는 그때부터 할 말을 잃고 입을 꾹 다물었다. 남쪽으로 달려가는 내내 짧게 몇 마디만 나눴을 뿐이었다. 강에 도착해보니 악어 여섯 마리가 강둑에서 햇볕을 쬐고 있었다.

배를 타고 강을 건넌 다음 덜컹거리는 길을 50킬로미터쯤 더 달렸다. 마침내 포장도로가 나왔고, 라디오 전파도 잡혔다. 이제 케언스까지 1시간가량 가면 되었다. 루스가 라디오 다이얼을 돌리다가 시끄러운 팝이 나오는 채널에 고정해두었다. 나는 채널을 바꿔도 괜찮을지 물었다.

"얼마든지요."

다이얼을 돌리다가 클래식 에프엠 채널에서 멈추었다. 라디오에서 브람스의 '독일 레퀴엠'이 흘러나왔다.

브람스의 곡은 내게 익숙한 편이었다. 브람스의 곡을 처음 들었던 때는 청소년기 후반이었다. 우울한 색조가 짙게 깔린 브람스의 곡들이 청소년기 후반의 고독과 회의감을 위무해주었다.

브람스는 희열과 절망이 동일선상에 있다는 걸 잘 알고 있는 작곡가였다. 그는 설령 인간관계를 회피하는 사람이라도 마음 깊이 인간관계의 회복을 바라고 있다는 사실을 음악적으로 잘 표현했다.

그 당시 나는 마흔한 번째 생일을 막 지난 때였고, 처음으로 눈앞에서 죽음을 목도했다. 충격적인 일을 겪은 탓인지 브람스의 곡에서 더욱 깊은 비애를 느낄 수 있었다. 인생이란 끝없는 가능성과 어쩔 수 없는 죽음 사이의 달곰씁쓸한 줄타기를 하는 것이나 다름없으니까.

그 몇 달 전, 나는 런던에서 쿠르트 마주르가 지휘하는 런던필하모닉의 연주로 〈독일 레퀴엠〉을 들은 적이 있었다. 나에게는 매우 인상 깊은 연주였다. 브람스가 〈독일 레퀴엠〉을 작곡한 이유를 알 수 있었기 때문이다. 브람스는 천국의 경이를 축하하기 위해 그 곡을 만든 게 아니었다. 그 곡은 어느 모로 보나 이승에 남겨진 사람들을 위한 작품이었다. 살아 있는 자들을 위한 레퀴엠, 죽음을 향해 가는 길에 서 있는 우리에게는 위로와 위안이 필요하다. 브람스의 〈독일 레퀴엠〉은 언제나 내게 위로와 위안을 안기는 곡이었다.

나는 죽음의 현장을 목도한 충격과 아울러 두 시간밖에 잠을 자지 못한 탓에 몹시 지쳐 있었다. 라디오에서 합창곡이 이어질 때에야 나는 비로소 내가 얼마나 크게 상처받았는지 깨달았다. 죽은 자들은 안전한 장소에 가 있고, 살아 있는 자들은 유한한 삶에서 위안을 찾아야 한다는 노래였다.

어느새 해가 중천에 떠 있었다. 거친 열대의 태양, 좁은 길을 온통 메우고 있는 식물들, 달콤한 천국을 그리는 대신 산자들을 위무하기 위해 작곡한 브람스의 음악이 어우러지며 묘한 느낌을 자아냈다. 피로와 우울이 겹친 가운데 브람스의 음악을 듣다보니 나도 모르게 감정이 격해졌지만 드러내놓고 흐느끼지는 않았다.

루스가 나를 쳐다보며 괜찮은지 물었다.

나는 그제야 내 눈에서 눈물이 흐르고 있다는 걸 알아챘다.

"괜찮아요?"

내 얼굴은 어느새 눈물범벅이 되어 있었다.

"네, 조금 힘들지만 괜찮습니다."

"힘들겠지만 마음을 차분하게 가라앉히세요."

루스는 이렇게 생각했을지도 모른다.

'겨우 며칠 본 여관주인이 죽었다고 눈물까지 흘리다니?'

정작 내가 눈물을 흘린 이유는 따로 있었다. 죽음을 목도하고도 나 자신을 위한 위안거리를 찾는 것 말고는 아무것도 할 수 없다는 절망감이 브람스의 음악을 듣는 동안 온통 내 마음을 흔들어놓았기 때문이다. 그때 그 자리에서 나는 아무런 위안도 찾을 수 없었다.

레퀴엠은 40분 동안이나 이어졌다. 레퀴엠이 모두 끝나갈 즈음 우리는 케언스 외곽으로 들어섰다. 내가 묵는 호텔은 케언스 중심가에 있었다. 식민지 양식의 건물들, 아침 9시에도 덥고 환한 거리에 나와 있는 술꾼들, 캥거루 고기를 파는 음식점들, 대마초를 피우는 배낭 여행객들, 가이드를 따라 움직이는 일본 관광객들, 하늘색과 분홍색으로 칠해진 모텔들을 보며 지프에서 내렸다.

루스가 악수를 청했다. 그녀가 손을 어찌나 꽉 쥐었는지 내 손가락이 세 개쯤 부러지는 줄 알았다.

"남편이 고맙다고 전해 달랬어요."

루스를 보내고 나는 호텔 방으로 가서 수영복으로 갈아입고 두 블록 떨어진 해변으로 갔다. 도시 바로 앞에 있는 해변치고는 경관이 무척이나 뛰어난 곳이었다. 야자나무 그늘이 드리워진 모래사장 앞으로 태평양의 바닷물이 반짝거렸다.

바닷물로 뛰어든 나는 허리 깊이까지 들어갔다. 멀리까지 헤엄치고 싶었지만 상어 안전그물이 앞을 막아서 있었다. 나는 한 시간 가까이 바닷물에 들어가 있었다. 바닷물로 씻어내야 할 아픔이 아주 많았다.

바다를 마주하고 있는 바가 보였다. 바닥에 담배꽁초들이 널려 있었고, 지난밤에 손님들이 마신 빈 맥주병들이 잔뜩 쌓여 있었다. 바 뒤에는 아직도 술이 깨지 않은 바텐더가 앉아 있었다.

내가 스툴에 앉자 바텐더가 말했다.

"일찍 시작하십니다."

나는 손목시계를 보았다. 이제 막 10시가 지난 시각이었다.

"그런 것 같네요."

나는 그렇게 말한 다음 쿠퍼스 에일 맥주를 주문했다.

바텐더가 말했다.

"탁월한 선택입니다."

바텐더가 내 잔에 맥주를 따랐다. 나는 차가운 잔을 잡고, 단숨에 반쯤 마신 다음 의자를 돌려 바다를 보았다. 바로 그때, 특이한 일이 벌어졌다. 에뮤 한 마리가 시야에 들어왔다. 연필처럼 가는 다리, 180센티미터나 되는 키, 원시적인 부리가 인상적이었다. 에뮤는 바다 가까이 서 있었다. 철썩철썩 파도치는 바닷물에 에뮤의 모습이 반사되었다. 물에 반사된 그 모습에는 근원적이고 원시적인 무언가가 깃들어 있었다. 아직 원시의 숨결이 남아 있는 새로운 세상을 보는 것 같았다. 그러다가 갑자기 구름이 걷히고 강렬한 햇빛이 쏟아졌다. 해변이 온통 눈부시게 빛났다. 마치 하늘에서 세상을 밝게 비추라고 명령을 내린 것 같았다.

햇빛은 더욱 강렬해져 내 눈앞에 보이는 모든 사물들을 희미하게 만들었다. 마치 영적인 기운이 서린 듯 보였다. 자연에 깃든 신의 경이에 저절로 고개를 숙이게 되는 순간이었다.

내가 특정한 종교를 믿는 신자였다면 어땠을까?

나는 이렇게 생각했을지도 모른다.

'전날 내 팔에서 죽음을 맞은 남자를 보고 나서 삶에 대한 회의를 느끼고 있는 나에게 하나님이 강렬한 햇빛으로 신호를 보내시는 거야.'

나는 교조주의적인 생각을 받아들일 수 없는 사람이다. 그런 한편 인간존재는 신비로 둘러싸여 있다고 생각하는 사람이다. 그런 까닭에 나는 자연의 경이 앞에서 그저 감동의 눈물만 흘렸다. 지난 열여덟 시간 동안 충격적인 일을 겪은 뒤 나는 강렬한 태양이 내리쬐는 해변을 바라보고 있었다. 인간은 자주 길을 잃고 헤매지만 사는 동안 이처럼 경이로운 순간을 많이 만날 수 있다는 사실을 새삼 깨닫게 되었다.

우연한 일에서 형이상학적 의미를 찾는 건 인간 조건의 기본적인 요소이다. 우리는 일상 속에서 더 큰 의미와 증거를 찾으려고 한다. 니체가 말하길 '진실이 밝혀진다고 해도, 그 진실이 흥미로우리라는 보장은 어디에도 없다.' 라고 했다.

자연의 경이를 대할 수 있는 아주 드문 순간도 있다. 별달리 생각을 품을 필요도 없이 고양된 기운을 느끼면 되는 순간이 있다. 브람스의 레퀴엠과 죽음 그리고 강렬한 햇볕에 감싸인 해변의 천국 같은 이미지가 나란히 놓이는 순간이다.

그때로부터 18년이 흐른 지금까지도 나는 그 순간을 종종 머릿속에 떠올린다. 케언스 해변으로 나온 에뮤, 천국을 연상케 하는 빛, 그때 나는 내 안에 있는 신의 존재를 어느 때보다 가깝게 느꼈다. 하지만 그때 그런 느낌을 전하는 신은 아무런 말이 없었다. 그러다가 구름이 다시 움직였고, 햇빛은 옅어졌다. 에뮤는 수풀 속으로 달아났다.

"한 잔 더 드릴까요?"

바텐더가 담배에 불을 붙이고 기침을 한 뒤 오디오를 켰다. 헤비메탈 음악이 울려 퍼졌다. 나는 그제야 다시 현실로 돌아왔다. 나는 고개를 끄덕였고, 바텐더가 맥주를 따랐다. 잔을 들어 올리고 맥주를 한 모금 마시고 나서 말했다.

"내 평생 마셔본 맥주 중에서 맛이 최고로 좋은데요."

바텐더는 내가 이상한 사람인 양 빤히 쳐다보았다.

"그냥 맥주일 뿐인데요."

그 말에 나는 이렇게 대답할 수밖에 없었다.

"그렇게 볼 수도 있죠."

6

왜 '용서'만이 유일한 선택인가?

'가장 어릴 때의 기억으로 남아 있는 것은 무엇인가?'

처음 상담치료를 받을 때 듣게 되는 질문이다. 정신과의사는 그 질문에 대한 대답을 통해 아주 많은 걸 알 수 있다. 그 사람의 평생을 지배하는 중심생각이 무엇인지도 알 수 있다. 하지만 그 기억이 자신의 삶을 제한하는 문신 같은 건 아닐 수도 있다.

파리에서 만나던 내 애인은 자신이 남자들에게 이중적인 태도를 취하는 이유에 대해 어린 시절에 아버지와 떨어져 지냈고, 감정적으로도 가까워지지 못했기 때문이라고 했다. 다섯 살 크리스마스 때 아버지가 다른 여자와 함께 떠나던 모습이 그녀가 아버지를 생각할 때마다 가장 먼저 떠오르는 기억이었다.

"그때 아버지는 크리스마스선물을 사야 한다고 말하고는 집을 나갔어. 그날 그렇게 떠난 뒤로 아버지는 무려 2년 동안 집에 돌아오지 않았지. 나는 어렸지만 아버지가 거짓말을 한다는 사실을 느낌으로 알 수 있었어."

파리의 내 애인은 나를 만난 지 한 달쯤 되었을 때 문득 그 이야기를 털어놓았다. 그때 나는 비로소 그녀를 이해할 수 있었다. 그녀는 나에게서 영원한 사랑에 대한 맹세를 듣고 싶어 하는 한편 우리 사이에 흐르고 있는 애정 어린 분위기를 일부러 외면하려 했다.

"나쁜 습관이라는 건 나도 알지만 당신과 함께 있으면 달라질 수도 있을 것 같아. 당신은 내 영혼의 짝이니까."

누군가를 사랑하게 되었을 때 우리는 상대로부터 듣고 싶은 말만 들으려 한다. 갖가지 난제가 콘크리트 벽처럼 앞을 가로막고 있는 게 뻔히 보이는데도 못 본 척하고 넘어간다. 보고 싶은 것만 보고, 듣고 싶은 것만 듣게 되기 때문이다.

파리의 애인이 아버지에 대한 첫 기억을 이야기했을 때 나는 느껴지는 바를 그대로 받아들였어야 했다. 사랑에 빠지게 된 처음 6주 동안은 정말이지 신기하게 느껴질 만큼 세상이 온통 장밋빛으로 보였고, 우리 앞에 놓인 길을 막아서는 그 어떤 장벽도 없을 것 같은 느낌이 들었다. 그러다가 결국 우리는 앞길을 막아서는 장벽의 존재를 인정하지 않을 수 없었다.

우리는 사실 처음부터 우리 두 사람의 만남이 어떤 결과를 초래하게 될지 잘 알고 있었다. 밀란 쿤데라는 《참을 수 없는 존재의 가벼움》에서 이렇게 말했다.

'모든 결혼과 연애는 처음 사랑에 빠진 몇 주 동안 생각 없이 내린 무언의 동의에 기초한다. 두 사람은 꿈속에 있는 것 같은 상태에 있으면서도 아무것도 알지 못한 채 타협을 모르는 변호사들처럼 계약의

자세한 조항들을 적고 있다.'

밀란 쿤데라의 말은 옳다. 열광적인 사랑의 이면에는 앞으로 다가올 갈등의 원인들이 모두 도사리고 있다. 사랑을 지나치게 냉정한 시각으로 바라본 탓에 로맨틱한 면을 간과한 건 아닌지 생각하는 사람도 있을 것이다. 그렇다면 뒤집어서 생각해 보자. 이제 막 사랑에 빠진 경우 사랑하는 사람의 단점을 생각하지 않을 수 있다는 의미인 만큼 밀란 쿤데라가 오히려 연애 초기의 낭만적인 면을 찬양하는 것으로 볼 수도 있다. 연애 초기에는 내가 상대의 단점을 보지 않듯이 상대도 나의 단점을 보지 않는다. 처음 몇 주 동안에는 서로가 눈이 멀어 보지 못하는 단점들이 너무 많다.

이제 우리는 결론을 내릴 수 있다.

'사랑에 빠지기는 쉽다. 사랑을 유지하는 것은 또 다른 문제다.'

이혼절차를 마무리 지은 지 몇 주 뒤에 나는 파리에서 카트린(물론 본명은 아니다)을 만났다. 처음 사랑에 눈이 멀었던 몇 주 동안 카트린은 나에게도 내 어린 시절의 인상적인 기억들을 떠올려 보라고 했다.

나는 굳이 떠올릴 필요도 없이 말했다.

"내가 네 살 때였어. 당시 우리가 살던 작은 아파트의 주방에서 식탁의자에 앉아 있는 어머니를 보았어. 어머니의 얼굴은 눈물범벅이었고, 고통스런 삶에 지친 모습이었지. 그러다가 한순간 어머니와 눈이 마주쳤어. 내가 놀란 눈으로 바라보고 있다는 걸 알아챈 어머니가 크게 소리쳤어.

'나를 그런 눈으로 보지 마!'

나는 울음을 터뜨렸고, 어머니는 의자에서 일어나 내 옆으로 다가와 몸을 숙이더니 내 손을 잡고 말했어.

'네가 너무 심각한 눈으로 나를 보는 바람에 그만 마음에도 없는 말을 했어. 엄마가 오늘 그냥 기분이 울적해서 그랬으니까 마음에 담아두지 마.'

어머니로부터 끝내 '미안하다'는 말을 들을 수는 없었어. 어머니는 '미안하다'는 말을 할 줄 몰랐거든."

카트린은 내 이야기에 흥미를 보였다.

"어머니가 사과했다면 달라졌을까? 어머니가 화냈던 게 조금이나마 무마됐을까?"

"문제는 어머니가 나에게 특별한 이유 없이 화를 내는 일이 그때뿐만이 아니었다는 거야."

어머니는 내가 다루기 힘든 아이여서 정이 가지 않는다고 말하기도 했다. 몇 십 년 뒤, 당시 장모와 어머니가 영국에서 만난 적이 있다. 내가 동생과 함께 어머니의 70번째 생일선물로 영국여행을 시켜주었을 때였다.

어머니가 장모에게 말했다. 장모가 아내에게 그 이야기를 들려주었고, 결국 내 귀에도 들어왔다.

"더글라스는 내가 좋아하는 아들이 아니었어요. 그 아이를 많이 사랑해주었다고는 말 못해요."

아내에게 그 이야기를 듣고도 나는 별로 충격을 받지 않았다. 어릴 때부터 알고 있던 사실을 다른 사람의 입을 통해 확인한 것뿐이었다.

사실 감정이란 상호작용이다. 열여섯 살 때 어머니에 대한 내 인내력이 한계를 드러내며 폭발한 적이 있다. 학교에서 기말고사가 있는 날이었다. '19세기 유럽 역사'에 대한 시험이었다. 내가 다니던 컬리지트는 수준 높은 학교였고, 나는 밤늦게까지 비스마르크와 샤토브리

앙에 대한 공부에 열중하다가 밤늦게 잠이 들었다.

그날 아침, 어머니는 내가 일어났는지 확인하기 위해 다섯 번이나 내 방에 불쑥 들어왔다. 나는 어머니에게 노크도 없이 내 방에 들어오지 말아달라고 여러 번 말해왔다. 어머니의 행동은 전혀 바뀌지 않았고, 그날 나는 공격적인 태도로 말했다.

"내가 언제 학교에 지각한 적 있어요?"

10분 뒤, 아침을 먹고 있을 때였다. 어머니가 쿵쾅거리며 주방으로 들어왔다.

어머니가 말했다.

"더글라스, 개를 산책시켜야 돼."

"엄마, 오늘은 중요한 시험이 있는 날이라 곤란해요."

"러스티는 지금 당장 산책시키지 않으면 안 돼."

"오늘 시험이 전체적인 성적을 좌우하게 된단 말이에요."

"당장 개를 산책시켜."

"제발 오늘만 엄마가 대신 해주면 안 돼요?"

"당장 개를 산책 시키라니까."

"엄마, 한 시간 뒤면 학교에서 시험을 봐야 해요."

"엄마 말, 못 들었니?"

어머니는 식탁 위에 놓여 있는 내 교과서를 집어 들고 던지려 했다. 내가 먼저 교과서를 집어 들었다. 어머니가 화를 벌컥 내며 내 뺨을 때렸다. 나는 오렌지주스가 든 잔을 집어 들고 어머니의 얼굴에 뿌렸다. 잠시 충격과 긴장으로 침묵이 흘렀다.

나는 책들을 집어 들고 현관으로 달려갔다.

등 뒤에서 어머니가 소리쳤다.

"저녁에 네 아빠 손에 죽을 줄 알아!"

학교에 도착하고 나서 5분 뒤에 시험이 시작됐다. 주방에서 벌어진 사태 때문에 몸이 떨릴 만큼 초조했지만 시험에 집중하려고 애썼다. 역사는 내가 가장 좋아하는 과목이었다. 시험은 긴 작문으로 이루어졌다. 다행히 시험을 잘 보았지만 집에 돌아가 화가 잔뜩 나 있을 부모를 마주해야 할 일이 걱정스러웠다.

그 당시 나는 학교에서 연극 연출을 맡고 있었고, 연극연습을 하느라 저녁 7시까지 집에 갈 수 없었다. 한 시간쯤 연습을 하고 나서 연극을 함께 하는 친구와 함께 학교 근처에 있는 '버거 조인트' 라는 식당에 갔다. 치즈샌드위치를 앞에 놓고 나는 친구에게 아침에 있었던 일에 대해 이야기했다. 집에 돌아가면 아버지에게 단단히 벌을 받을 게 틀림없다는 말도 했다. 친구는 내 꿈이 소설가라는 것을 알고 있었고, 내 말을 다 들은 뒤에 빙긋 웃으며 말했다.

"언젠가 네가 소설에 써먹을 것 같은 이야기인걸!"

결과적으로 그 말은 옳았다.

집에 도착하자 아버지가 화난 얼굴로 다가오더니 말했다.

"밖으로 나와."

어머니는 경멸이 가득한 눈으로 나를 흘깃 쳐다보며 고소하다는 듯 입가에 가느다란 미소를 흘렸다. 아버지는 말없이 나를 앞으로 밀며 아파트 밖 거리로 나갔다. 거리로 나오자 아버지의 표정이 금세 바뀌었다.

"아침에 네가 한 짓은 분명 잘못된 행동이었어. 다만 네가 왜 그랬는지 이해할 수 있을 것 같구나. 한 가지만 명심해라. 앞으로 이런 일이 또 있을 경우 그때는 단단히 혼날 줄 알아."

"아빠, 엄마한테 한 가지만 말해 줘요. 제발 노크 없이 내 방에 들어오지 말아달라고요. 나도 사생활이 필요한 나이가 됐잖아요. 정말이지 엄마 때문에 너무 힘들어요."

"네 엄마가 아빠 말을 들어줄 것 같니? 너도 잘 알잖아? 네 엄마는 가족들의 사생활을 고려해줄 생각이 아예 없어. 네 엄마의 생각은 절대로 바뀌지 않을 거야. 넌 아홉 달만 지나면 집에서 나갈 수 있잖아. 그때까지 마음을 느긋하게 먹고 참아."

"아버지는 엄마 때문에 화가 나도 왜 다 참고 지내요?"

"내가 없으면 네 엄마 옆에 아무도 남아있지 않게 될 테니까."

그때에는 아버지가 가족들을 위해 희생한다고 생각해 진심으로 고맙게 생각했다. 물론 아버지의 말보다 훨씬 복잡한 이유가 있을 거라고 생각했다. 훗날 알게 되었지만 아버지가 어머니를 떠나지 못한 이유는 사실 무척이나 복잡했다.

그날 밤, 나는 내 방에서 작은 트랜지스터라디오로 재즈를 듣고 있었다. 아버지와 어머니가 다투는 소리가 또 들려왔다.

어머니가 소리쳤다.

"손목만 한 대 때렸다고?"

"솔직히 말하면 더글라스가 당신 얼굴에 오렌지주스를 뿌릴 만했어. 아무리 자식이라도 존중할 줄 알아야지."

"나는 걔가 싫어. 정말 싫다니까."

역사 시험은 A를 받았다. 나는 아버지의 조언을 따라서 그냥 참고 지내다가 대학교에 진학했고, 어머니와 최대한 거리를 두려고 했지만 쉽지 않았다. 사이가 나쁜 부모를 둔 자녀는 부모의 불화를 자기 탓으로 여기게 된다. 대학시절, 명절 때 집에 갈 때마다 늘 화목한 가정이

돼 있길 기대하지만 그런 일은 절대로 일어나지 않는다.

1998년, 아내가 나에게 장모와 어머니의 대화 내용을 들은 이야기를 해주었던 때로 돌아가 보자.

"더글라스는 내가 좋아하는 아들이 아니었어요. 그 아이를 많이 사랑해주었다고는 말 못해요."

그 말을 들을 당시만 해도 나는 몹시 화가 나고 크게 마음의 상처를 받았다. 그런 한편 생각했다.

'화를 내봐야 소용없어.'

2년 뒤, 아버지는 모든 정황상 사기가 분명한 사업에 투자하려 했다. 아버지가 나에게도 투자를 강권하다시피 하는 게 더욱 심각한 문제였다.

"결정은 내가 할게. 너는 내 결정을 따르기만 하면 돼."

아버지의 말과 달리 모든 정황이 실패하는 쪽으로 귀결되어가고 있었으므로 나는 아버지의 결정을 따르지 않았다.

내가 말을 따르지 않자 아버지는 몹시 화를 냈다.

"내 말을 따르지 않으면 다시는 너와 연락하지 않겠어."

그 말을 들은 나는 오히려 오기가 생겼다. 나는 짐을 챙겨 영국으로 돌아갔다. 그 뒤로 정말 아버지에게서 연락이 뚝 끊겼다. 어머니도 나에게 연락하지 않았다.

그러다가 몇 달 뒤, 어머니가 갑자기 전화해 초조한 목소리로 말했다.

"2만5천 달러를 빌려줄 수 있니?"

어머니는 첫마디에 불쑥 그렇게 말했다.

"그 돈이 왜 필요한데요?"

"고관절 수술을 받아야 해."

"고관절 수술이면 보험 적용이 되잖아요."

침묵.

"내가 맞춰볼까요? 제3금융에서 2만5천 달러를 갚으라고 난리가 났죠?"

나는 이미 아버지의 변호사를 통해 그 일의 전말을 알고 있었다. 변호사는 아버지가 수표 보증을 서주었다가 1만 달러의 빚을 지게 되었다고 했다.

잠시 침묵하던 어머니가 이윽고 말했다.

"나는 단 한 번도 너를 좋아한 적이 없어."

그 말에 나는 대답했다.

"어머니에게 직접 그 말을 들은 건 처음이지만 이미 여러 번 비슷한 말을 들어서인지 그다지 충격적이지는 않네요."

나는 그 말 끝에 전화를 끊었다.

그 대화는 물론 무척이나 흥분한 상태에서 이루어졌다. 나는 며칠 동안 분을 삭일 수 없었다. 내가 어머니를 조금도 변화시키지 못한 것에 대해 좌절감을 느끼기도 했다. 그 통화 이후 어머니도 나에게 연락을 하지 않았다. 어머니와 나 사이에는 마땅한 해결책이 없었다. 차라리 화기애애한 모자 관계를 이어갈 수 없다는 사실을 깨끗이 인정하는 편이 나을 듯했다. 그래서 나 역시 아예 연락을 끊었다. 마지막 통화를 할 때 어머니의 긴 침묵으로 모든 걸 확실하게 알 수 있었다. 어머니와 나 사이에는 혈연관계라는 것 말고는 별다른 유대감이 없었다. 어머니가 나에게 전화한 이유도 오직 돈 때문이었다.

몇 년이 흘렀다. 아버지에게 연락했다. 아버지의 친구가 나에게 다시 아버지와 적당히 연락하고 지내라고 충고했기 때문이기도 하지만 솔직히 안부가 궁금하기도 했다.

아버지는 여전히 나에게 돈을 내지 않을 거라면 다시는 연락할 생각을 하지 말라고 했다. 나는 이미 변호사를 통해 들었다며 아버지가 투자하려는 사업이 사기성이 농후하다는 것을 알게 된 이상 돈을 댈 수 없다고 잘라 말했다. 그 문제를 더 이상 권하지 않는다면 아버지와 다시 연락하고 지내고 싶다고 했다.

아버지의 대답은 간단했다.

"잘 먹고 잘 살아라."

화해하려고 손을 내밀었는데 정작 돌아온 대답은 예상보다 더욱 실망스러웠다. 아버지의 말에 큰 충격을 받은 나는 이제 부자 관계도 끝났다는 사실을 받아들이기로 했다.

런던에서 아버지의 친구를 만나 함께 점심을 먹을 때 마지막 통화 내용에 대해 이야기해주었다. 아버지의 친구는 고개를 절레절레 저으며 말했다.

"자네 아버지가 사회생활을 망친 건 바로 그런 태도 때문이야. 자기가 옳다고 믿는 일에 대해 지나치게 고집불통이 되지. 아무튼 미안하네."

나는 그분이 좋은 뜻으로 조언했다는 사실을 잘 알고 있었고, 고맙게 여기고 있다고 말했다. 다만 돈으로 부모의 사랑을 산다는 건 나로서는 생각할 수도 없는 일이었다.

어쨌든 나는 아버지의 친구에게 말했다.

"이번에는 서로 양보할 지점을 찾지 못했지만 아버지와 서로 등을 돌리고 살지는 않을 겁니다. 다만 당분간은 아버지가 스스로 바람직한 결정을 내릴 수 있을 때까지 잠시 내버려둘 생각입니다."

아버지는 끝내 나에게 연락하지 않았다. 어머니도 마찬가지였다.

자식 된 입장으로 몹시 안타까운 일이었지만 차라리 연락하지 않고 지내는 편이 오히려 더 나은지도 몰랐다.

2010년 5월, 메인 주에 있는 내 집의 전화벨이 울렸다. 전화선 너머에 있는 사람은 아버지였다. 아버지의 목소리는 이전보다 훨씬 늙어 있었다. 아버지와 마지막으로 통화한 게 벌써 6년 전 일이었다.

내가 말했다.

"아버지, 어쩐 일로 이렇게 전화를 다 주셨죠?"

아버지가 말했다.

"넌 요즘 어디서 지내냐?"

"메인 주에 살고 있어요. 전화번호를 알고 계시는 걸 보니 제가 메인 주에 살고 있다는 걸 모르지는 않으셨겠네요."

"이혼했다고?"

"작년에 제 전처를 만나셨으니까 이미 아시고 있겠죠. 아, 전처와 아이들을 일주일 동안 집에 초대하셨다더군요."

"넌 그 일을 누구에게 듣고 알게 되었니?"

"아이들에게 조부모 집에 다녀왔다는 말을 하지 말라고 단단히 일러두었다는 것도 알고 있어요. 제가 아이들에게 조부모를 만나지 말라고 한 적도 없는데 왜 그러셨어요?"

"넌 왜 연락 한 번 안 하고 지내니?"

그 말을 듣고 턱이 바닥에 떨어지는 줄 알았다. 너무나 기가 막혀 아무 말도 할 수 없었다.

"제가 왜 연락하지 않았는지 누구보다 아버지가 더 잘 아시잖아요. 아버지가 동업하기로 한 사기꾼들에게 돈을 주지 않을 경우 다시는 연락하지 않겠다고 분명하게 말씀하셨잖아요."

침묵. 마침내 아버지가 말했다.

"그래, 그땐 내가 좀 심했다."

"정말 심하긴 했죠."

또 침묵.

마침내 아버지가 말했다.

"네 목소리를 다시 들으니까 좋구나. 이제 몇 번째 결혼했니?"

그쯤 되자 나는 아버지의 성격이 이상해지지 않았는지 더럭 의심이 들었다.

"아버지도 아시다시피 결혼은 한 번밖에 안했어요."

"제법 유명한 소설가가 됐다고 그러던데 사실이냐?"

"글쎄요, 스스로 제 자신을 유명한 소설가가 되었다고 생각한 적은 없지만 어쨌든 제 책을 읽는 독자들이 제법 많아요."

또 침묵.

"그래, 이제 본론을 말하마. 네 엄마와 떨어져서 살고 싶다."

내가 아무 말도 하지 않자 아버지가 말을 이었다.

"나는 이제 살아갈 날이 얼마 남지 않았어. 네 엄마와 진작 헤어졌어야 하는데 너무 늦은 일이지."

아버지는 감정을 추스르는 듯 잠시 말을 멈추고 침묵하다가 곧 다시 말을 이었다.

"메인 주에 집을 하나 사줄 수 있니?"

나는 생각했다.

'지나치게 무리한 요구야.'

아버지가 말했다.

"어려운 부탁이라는 건 알지만 이제 얼마 남지 않은 여생을 네 엄마와 떨어져 조용히 살고 싶어서 그래."

"아버지에게 사기에 휩쓸려 돈을 투자하면 안 된다고 그토록 말렸잖아요."

아버지는 내 말을 듣지 않고 투자를 강행했다가 결국 돈을 날리게 되었다. 나에게도 투자를 종용했지만 나는 거절했고, 아버지는 내게 절교를 선언했다. 그 후, 내가 몇 번이나 화해의 손길을 내밀었지만 아버지는 그때마다 매정하게 등을 돌렸다.

아버지가 화난 목소리로 말했다.

"이제 와서 무슨 말을 듣고 싶은 거냐?"

"제가 무슨 말을 듣겠다는 게 아니잖아요."

"넌 지금 온통 내 탓을 하고 있잖아."

"최소한 일이 왜 이렇게 됐는지 원인을 짚고 넘어갈 필요는 있으니까요."

"나에게 사과라도 받아내고 싶니?"

"제가 언제 사과를 받고 싶다고 했어요?"

사과는 나약한 행동이라고 생각하는 아버지는 다시 입을 다물었다. 한참 동안 침묵이 이어진 끝에 아버지가 말했다.

"9년이야."

내가 말했다.

"맞아요, 9년."

"내가 무슨 말을 더 하겠니? 보고 싶었다."

"저에게 돈을 투자하지 않으면 다시는 연락하지 않겠다고 하시더니 갑자기 전화해 집을 사달라고 하시면서 보고 싶었다고요?"

또다시 침묵.

마침내 아버지가 말했다.

"고려해볼 수는 있겠니?"

"네, 생각해볼게요."

아버지와의 통화는 그렇게 끝났다.

나는 손목시계를 보았다. 오전 10시가 조금 넘은 시각이었다. 아래층으로 내려가 스카치위스키를 잔에 따랐다. 손가락 두 개 높이쯤 따른 위스키를 단숨에 홀짝 마셨다. 해가 지기 전에는 술을 거의 마시지 않지만 살아가다 보면 마음을 진정시키기 위해 위스키가 반드시 필요한 때가 있다.

나는 다시 소설을 쓰기 시작했다. 심란한 일이 있을 때면 글을 쓰는 데 집중하는 게 나에게는 가장 좋은 치료법이었다.

그 다음 주에는 어머니가 몇 번이나 음성메시지를 남겼다. 전화를 달라는 메시지였다. 나는 전화하지 않았다.

'나는 단 한 번도 너를 좋아한 적이 없어.' 라고 말하는 어머니와 다시는 연락하고 싶지 않았다. 한편으로는 나 자신을 타일렀다.

'어머니와 마지막으로 연락하고 나서 9년이라는 세월이 흘렀어. 이제 부모님도 늙었고, 살아갈 날이 얼마 남지 않았어. 이제 상처받은 과거 따위는 접어두고, 부모님을 만날 경우 어떤 전략을 구사할지 진지하게 고민해둘 필요가 있어.'

다음번 어머니의 전화는 내가 직접 받았다. 다음 주 수요일에 뉴욕으로 갈 테니 오후 4시쯤 아파트에 들르겠다고 말했다.

그러자 어머니는 곧장 말했다.

"그날은 선약이 있어."

어머니는 여든세 살이 되었지만 여전히 상대가 다가가면 밀쳐내며 관계의 우위에 서려는 습관을 떨쳐버리지 못하고 있었다.

"만날 시간이 없으니 볼 기회도 없겠네요."

나는 그렇게 말하고 나서 매정하게 전화를 끊었다.

30초 뒤, 어머니가 다시 전화했다.

"반드시 지켜야 하는 선약은 아니니까 네 말대로 오후 4시에 아파트로 와. 우리 집 새 주소는 아니?"

"9년 동안 연락 한 번 없었는데 제가 새 주소를 어떻게 알아요?"

어머니는 나에게 주소를 알려 주고 나서 아버지가 나와 간단히 통화하고 싶다고 했다면서 잠시 기다리라고 했다. 어머니가 아버지를 소리쳐 부르는 소리가 들려왔다. 아버지가 침실에서 다른 전화기로 전화를 받았다.

아버지가 말했다.

"네 목소리를 들으니까 정말 반갑구나. 내 부탁에 대해 생각해 봤니?"

"네, 생각해 봤어요."

"그래서 어떤 결론을 내렸니?"

"며칠 뒤 다시 만나 이야기하죠."

"네 입에서 긍정적인 대답을 듣고 싶구나."

"안 된다고 말할 생각은 없지만 9년 만에 연락해서 첫 마디에 꺼낸 말씀치고는……."

"그래, 미안하다. 애비가 나쁜 놈이다."

"아버지, 그런다고 9년 동안 쌓인 앙금이 쉽게 가시지는 않아요."

"나에게 사과받길 원하니? 미안하구나, 됐니?"

나는 더 이상 다른 말을 할 수 없었다.

"목요일에 아파트로 가겠습니다."

목요일이 가까워질수록 나는 점점 더 불안해졌다. 부모와 9년 동안 연락을 끊고 지낸 탓이었다. 오랫동안 집을 떠났다가 돌아가는 사람이라면 누구나 이제는 화목하게 지낼 수 있지 않을까 하는 희망을 품게 된다. 서로의 감정을 건드리지 않게 조심하며 모두들 편안하고 다정하게 지낼 수 있지 않을까 하는 바람을 갖는다. 포옹과 눈물, 모든 가족 구성원들의 인격적 성숙으로 화해를 이루는 모습은 할리우드 영화에서나 흔히 볼 수 있는 장면이라는 사실을 알고 있다.

맨해튼에 도착한 나는 내 부모가 살고 있는 새 주소를 들고 택시에 올랐다. 새 아파트는 배터리파크 시티에 있었다. 몇 년 전, 내 부모는 전에 살던 아파트를 팔고 중심가에서 떨어진 이 지역에서 살기로 결심하고 이사했다.

내 부모가 맨해튼 아래쪽에 위치한 고층건물 아파트에서 살기 시작한 것도 어느새 10년쯤 지났다. 아파트에 들어섰을 때 나는 깜짝 놀라지 않을 수 없었다. 오래 전부터 쓰던 낡은 가구와 미술품들을 새 아파트에 그대로 옮겨놓은 게 나로서는 도무지 이해하기 힘들었다. 한 가지 더 놀랄 만한 일이 있었다. 어머니가 마치 나를 보름 만에 만나는 듯이 행동한 것이다.

80대 초반 나이인데도 어머니는 예전과 다름없이 부산스럽게 아파트를 돌아다녔다. 부지런히 돌아다녀야 현실을 똑바로 볼 수 있다는 듯이…….

어머니가 말했다.

"반스앤노블 서점에서 네 책 낭독회가 열렸더구나. 나도 가고 싶었지만 너무 바빴어."

나는 아무런 대꾸도 하지 않았다.

"네가 쓴 새 소설을 읽어야지 하고 생각하고 있는데 스케줄이 너무 빡빡해."

나는 역시 아무런 대꾸도 하지 않았다.

"조금이나마 시간을 내 너를 볼 수 있다니, 정말 기뻐."

"시간을 내줘서 고맙네요."

어머니는 내 목소리에 비꼬는 뉘앙스가 담겨 있다는 걸 눈치 채지 못했다.

그때 아버지가 집으로 들어왔다.

예전에 아버지는 190센티미터의 키에 건장한 체구를 자랑했다. 지금은 내 키와 비슷하지만 어릴 때만 해도 아버지의 체격에 압도당했다.

아버지는 콤플렉스가 많긴 해도 연민과 친절을 베풀 줄 아는 사람이었다. 평소 남자다운 모습을 지나치게 강조하지만 사실은 어린아이처럼 겁먹은 모습이 공존하는 사람이었다. 아버지는 자유를 간절히 바라면서도 미리 가능성이 없다고 판단하고 변화의 여지를 스스로 없애며 살아온 사람이었다.

아버지의 손에 지팡이가 들려 있었다. 눈에 띄게 늙은 모습에 허리가 구부정해져서인지 키가 10센티미터쯤 줄어들어 보였다.

"일어서."

아버지가 아파트로 들어서면서 명령했다. 나도 모르게 파블로프의 개처럼 아버지의 명령에 따랐다. 사람은 습관적으로 권위 앞에서 겁을 집어먹는 게 분명했다.

아버지가 나를 요모조모 훑어보았다.

"많이 컸구나."

아버지의 목소리에는 날이 서 있었다. 아마도 내가 메인 주에 집을 사주겠다고 순순히 말하지 않은 것에 자존심이 상한 탓인 듯했다. 아버지가 알츠하이머병에 걸렸을 수도 있다는 생각도 들었다. 아버지가 이미 35년 전에 성장을 멈춘 나에게 '많이 컸구나.' 라는 말을 한 이유가 뭔지 알 수 없었다.

나는 어머니와 대화를 나눴다. 어머니는 무려 9년 동안이나 나와 절연하고 살아왔음에도 내 아이들이 어떻게 지내는지 비교적 잘 알고 있었다. 내가 제법 유명한 소설가가 되었고, 어떤 책들을 써냈는지에 대해서도 잘 알고 있었다. 내 소설을 원작으로 한 영화에 대해서도 잘 알고 있었다.

어머니가 나와 편안하게 이야기하는 동안 아버지는 점점 초조한 낯빛을 보였다. 아버지는 화가 나면 손가락을 비벼대는 습관이 있었는데 지금 바로 그랬다.

어머니는 쉴 새 없이 말을 쏟아놓았다. 마치 9년의 세월이 없었다는 듯 스스럼없는 태도를 취하고 있었지만 어머니 역시 그리 마음이 편하지 않다는 증거였다.

나는 아버지를 향해 말했다.

"아버지, 잘 지내시죠?"

그 말에 아버지의 화가 폭발했다.

"솔직하게 말하자면 난 네가 마음에 들지 않아. 넌 9년 동안이나 연락을 끊었어. 9년 동안 전화 한 통 하지 않았지."

나는 침착한 태도를 잃지 않으며 대꾸했다.

"그 말이 사실이 아니라는 건 아버지가 더 잘 아시잖아요?"

"그만해라. 9년 동안이나 연락을 하지 않은 건 분명한 사실이니까. 난 네가 싫어!"

나는 자리에서 벌떡 일어났다. 그런 다음 아버지의 팔을 붙들고 자리에서 일으켜 세웠다. 아버지의 눈에 두려움이 깔리고 있었다.

나는 딱 한 마디만 했다. 그 말이 아버지에게 전하는 마지막 말이 될지도 모른다고 생각했다.

"안녕히 계세요."

나는 현관문을 향해 걸어갔다. 어머니가 소리치면서 뒤쫓아 왔다.

"아버지가 한 말은 진심이 아니었어."

나는 돌아서서 어머니에게 말했다.

"모두 다 진심이었다는 걸 알아요."

내 목소리가 어찌나 차가운지 나 스스로도 놀랄 정도였다.

"아버지가 유연한 처신을 하는 사람은 아니잖아?"

"그건 나도 알아요."

"아버지는 너를 정말 사랑해."

"9년 동안 전화 한 번 하지 않았어요. 내가 먼저 전화를 했을 때에도 돈 이야기만 하고 매정하게 끊었어요."

"아버지는 상처를 받았어. 네가 우리를 버렸으니까."

"어머니가 몇 년 만에 전화해서 처음 한 말이 뭔지 기억해요? 첫마디에 2만5천 달러를 빌려달라고 했어요."

어머니는 궁지에 몰렸을 때마다 짓는 불쌍한 표정을 지었다.

"네가 먼저 전화할 수도 있었잖아?"

"세상의 어떤 아들이 한 번도 좋아한 적 없다고 말하고 다니는 어머니에게 전화하겠어요?"

어머니의 얼굴이 눈에 띄게 창백해졌다.

"나는 그런 말을 한 적이 없어."

"이미 여러 번 들었어요."

어머니가 다시 말했다.

"그래도 네가 먼저 전화할 수도 있었잖아?"

"이제 그만 가볼게요."

"5천 달러만 빌려줄 수 있겠니?"

"9년 동안 떨어져 지낸 아들에게 돈 얘기 말고는 할 말이 그렇게도 없어요?"

"네가 전화할 수도 있었잖니?"

어머니가 또 그 말을 되풀이했다. 이번에는 더욱 새된 목소리였다. 나는 그 말을 무시하고 조용히 말을 이었다.

"나를 보고 싶다고 말한 진짜 이유가 돈이었죠?"

어머니는 다시 세상에서 가장 불쌍한 아이 같은 표정을 지었다.

"넌 누가 뭐라고 해도 내 뱃속에서 나온 아이야. 그걸 잊지 마."

나는 마치 정신병자를 대하듯 어머니를 쳐다보았다.

"어머니가 방금 전에 무슨 말씀을 했는지 알고 있어요?"

"넌 나에게 단 한 번도 착한 아들이 아니었어."

"마음대로 생각하세요."

엘리베이터가 도착했다. 엘리베이터 문이 열리자 어머니가 말했다.

"그냥 가지 마. 네 아버지한테 사과하라고 말할게."

"사과는 필요 없어요."

어머니가 갑자기 내 손을 붙잡았다.

"얘야, 사랑한다."

그렇게 말하는 어머니의 얼굴에 부끄러움이 가득했다.

"어련하시겠어요."

나는 엘리베이터 안으로 들어갔다. 문이 닫히는 동안 어머니가 말했다.

"네가 전화할 수도 있었잖아?"

엘리베이터가 내려가는 동안 낭떠러지에서 떨어지는 기분이었다.

택시를 타고 곧장 호텔로 돌아갔다. 택시기사에게 잠시 기다리라고 하고 방으로 가 짐을 챙겼다. 기다리고 있는 택시를 타고 공항으로 가 런던 행 비행기를 탔다.

나는 깊은 절망감을 느꼈다. 아버지가 오히려 나에게 화를 내는 모습에 큰 충격을 받았다. 어머니의 어른스럽지 않은 행동에도 화가 났다. 벨 할머니의 목소리가 귀에 들리는 듯했다.

내가 20대 후반일 때 집에서 끔찍한 크리스마스를 보낸 적이 있었다. 어머니는 크리스마스만 되면 가족들을 집으로 끌어 모으려고 애썼다. 어머니는 힘들게 끌어 모은 가족들 앞에서 늘 인상을 찌푸리며 불평을 늘어놓았다.

그때 어머니는 나에게 말했다.

"모두들 내가 베푸는 친절을 당연하게 여기지. 특히 너!"

벨 할머니와 점심을 먹으며 그 이야기를 했다. 그러자 벨 할머니가 눈망울을 굴리며 말했다.

"내가 평생 네 엄마를 보면서 알고 있는 게 두 가지 있어. 첫째, 네 엄마는 죽을 때까지 평생 남 탓만 하며 살 거야. 둘째, 네 엄마는 아직 그냥 너무 어린 소녀에 머물러 있어."

그날 공항 라운지에 혼자 앉아 있을 때 벨 할머니가 얼마나 그리웠는지 모른다. 나는 공항 라운지에 앉아 위스키더블을 마시며 마음을 가라앉혔다. 나도 모르게 끔찍했던 오후의 풍경이 계속해서 머리에 떠올랐다. 나는 다시 한 번 간절히 느끼게 되었다. 나를 진심으로 아껴 주지 않는 사람과 가까이 할수록 상처만 깊어진다는 것이었다.

자기애가 지나치게 강한 사람은 남에게 사랑을 베풀지 않는다. 그런 사람들은 자기 자신은 사랑을 주지 않으면서도 사랑을 바라는 사람을 가까이 묶어두려 한다. 중년을 지난 나 같은 아들까지도 그런 대상일 뿐이다.

런던 행 비행기의 탑승이 시작됐다.

자리에 앉고 나서 승무원에게 저녁을 먹지 않겠다고 미리 말해두었다. 수면제 두 알을 먹고 곧장 곯아떨어졌다. 낮에 겪은 일 때문에 온몸의 기운이 다 빠져 달아났다. 다섯 시간쯤 정신없이 자고 나서 다시 눈을 떴다. 런던까지 45분 정도 남았다는 뜻이었다. 나는 휘청거리는 걸음으로 화장실로 달려가 얼굴에 찬물을 끼얹었다. 어제의 혼란스러운 일들이 다시 머릿속에 떠올랐다. 얼굴을 닦고 머리를 빗으며 거울 속에 들어 있는 내 모습을 보았다.

'이제 내 부모 문제로 속을 끓이는 건 아무런 의미가 없어. 그래 봐야 더 큰 분노, 더 큰 고독 말고 나에게 돌아올 게 뭐 있지?'

갑자기 월요일 아침 채플시간에 불렀던 찬송가 구절이 생각났다.

'성부와 성자와 성령께 영광' 이라는 찬송가였다.

'처음과 같이 지금도 그리고 영원히…….'

평범한 말로 하자면 '전부터 늘 그랬으며 앞으로도 늘 그럴 것이다.'

이제 나도 내 부모에게 할 만큼 했다는 생각이 들었다. 이제 내가 할 수 있는 일은 아버지와 어머니를 용서하는 것뿐이었다. 좁은 비행기 화장실에서 아직 잠이 덜 깬 내 머릿속에 한 가지 생각이 떠올랐다.

더 이상 내 안에 분노를 담아 두고 고통 받지 않겠어. 방법은 단 한

가지뿐이야. 아버지와 어머니를 용서하고 내 안에 높이 쌓여 있는 비탄과 상처를 밖으로 내보낼 거야.

그때 내가 하늘에서 내려오는 밝은 빛에 감싸여 있었을까? 용서와 은혜로 다시 태어나는 기쁨을 맛보며 내적 평화를 느꼈을까?

그렇게 되었더라면 좋았겠지만 훨씬 현실적인 생각이 나를 지배했다.

내가 끝내 부모에 대한 분노를 품고 살아간다면 어떻게 될까? 결국 그 분노가 나를 갉아먹게 될 것이다. 그렇다면 내가 마음의 평화를 얻는 동시에 앞으로 나아가기 위한 방법이라면 내 부모를 용서하는 것밖에 없었다.

그때 누군가 화장실 문을 두드리기 시작했다.

"화장실을 혼자 전세 냈어요?"

나는 그제야 머릿속이 정리되며 지상으로 돌아왔다. 물론 1만 미터 상공이었지만…….

"죄송하지만 잠시만 기다리세요."

나는 다시 거울을 쳐다보며 생각했다.

넌 쉰다섯 살이야. 55년을 살고 나서야 이제 인생의 중요한 진실 하나를 깨달았어.

'누군가를 용서한다는 건 자기 자신을 위한 일' 이라는 진실!

***

모차르트 오페라의 최고봉이라고 할 수 있는 〈피가로의 결혼〉 종반부에는 매우 인상적인 장면이 한 가지 있다.

백작이 부인 로지나에게 외도를 들키고 용서를 비는 장면이다. 로

지나는 백작이 수작을 부리고 있던 하녀 수잔나로 분장한다. 백작은 귀족이 하녀를 취하는 건 아주 당연한 권리 정도로 여기고 있는 작자이다.

백작은 자신이 수잔나를 꼬드긴 줄 알았는데 사실은 아내 로지나의 품에 안겨 있다는 사실을 깨닫게 된다. 백작은 수잔나인 줄 알았던 여자가 사실은 자기 아내 로지나라는 걸 알아채고 난 다음 크게 뉘우친다.

백작은 아내 로지나 앞에서 무릎을 꿇고 용서를 구한다. 이 중요한 장면에서 모차르트는 음악적인 기적을 이룬다. 대부분의 작곡가들이 행복한 장면에서 슬픈 장면으로 바꿀 때 음악적으로 길게 연결해 나가지만 모차르트는 짧은 몇 소절만으로도 어둠에서 빛으로 나아가는 천재성을 발휘한다. 현악기와 목관악기가 서정적인 분위기를 만들고, 백작부인 로지나는 큰 상처를 받았지만 위엄을 지켜야 한다는 사실을 깨닫고 남편에게 노래한다.

'나는 더 자비롭죠. 네, 용서하죠.'

모차르트의 음악은 바로 그런 부분이 탁월하게 품위 있다. 〈피가로의 결혼〉은 오페라의 종반부에서 용서야말로 가장 자애로운 행동(여러 면에서 분명한 사실이다)이라는 사실을 강조한다. 나는 지금껏 〈피가로의 결혼〉을 열 번 넘게 보았다. 그때마다 이 마지막 장면에서 늘 큰 감동을 받는다.

물론 로지나가 백작을 용서했다고 당장 감정의 앙금이 말끔하게 가시지는 않을 것이다. 상처는 하루아침에 아물지 않는다. 그럼에도 로지나는 남편을 용서한다. 그 누구도 아닌 자기 자신을 위한 용서이다.

〈피가로의 결혼〉이 비엔나에서 초연되고 나서 100년이 흐른 뒤 마크 트웨인은 이런 말을 남겼다.

'용서는 구두 굽에 뭉개진 제비꽃이 풍기는 향기다.'

용서는 인간 조건의 중요한 요소다. 세계의 주요 종교들은 모두 용서를 가르친다. 탈무드에 나오는 말을 예로 들어보자.

'완고하면 안 된다. 마음을 누그러뜨릴 줄 모르면 안 된다. 마음을 가라앉히는 건 쉽게, 화를 내는 건 어렵게 살아야 한다. 상대가 진심으로 잘못을 빌 경우 기꺼운 마음으로 용서해야 한다.'

신약에도 용서의 필요성에 대한 이야기와 비유가 많이 나온다.

그 유명한 산상수훈도 사실은 용서에 대한 글로 볼 수 있다. 자주 인용되는 다음 문장은 누가복음에 나오는 말이다.

'그러나 너희 듣는 자에게 내가 이르노니 너희 원수를 사랑하며, 너희를 미워하는 자를 선대하며, 너희를 저주하는 자를 위하여 축복하며, 너희를 모욕하는 자를 위하여 기도하라. 너의 이 뺨을 치는 자에게 저 뺨도 돌려대며 네 겉옷을 빼앗는 자에게 속옷도 거절하지 말라.'

불교에서도 미움과 증오를 마음의 독이 되는 병으로 간주한다. 불교에서는 용서하지 않으면 업이 쌓이고, 자신에게 해를 끼친 사람이 오히려 더욱 불행한 사람이라는 점을 깨달아야 한다고 가르친다.

'그 사람이 나를 이용했어, 그 사람이 나를 괴롭혔어, 그 사람이 나를 짓눌렀어, 그 사람이 내가 가진 모든 걸 빼앗았어.' 라는 생각을 품고 있으면 마음속에서 번뇌가 끊이지 않는다.

용서에 대해 가장 공감할 수 있는 말을 남긴 사람은 아우구스티누스일 것이다. 몇 세기 뒤에 살았던 몽테뉴와 함께 아우구스티누스는 현대적인 실존주의의 토대가 되었다고 할 수 있다.

'용서는 죄를 사하는 것이다. 용서함으로 한 번 길을 잃었던 마음이 다시는 길을 잃지 않을 수 있다.'

현대의학과 정신분석학에서는 '용서 모델'로 불리는 연구가 다양하게 펼쳐지고 있다. 용서하고 미움을 넘어 앞으로 나아가는 사람, 다른 사람에게 받은 피해의 부스러기 때문에 더 이상 괴로워하지 않는 사람이 세상을 훨씬 더 편안하게 살아갈 수 있다는 것이 의학적으로도 증명되었다.

큰 상처를 준 사람에게 호의를 베푼다는 건 다시 말해 자기 자신에게 남아 있는 분노를 줄여나가겠다고 선언하는 것이다. 분노를 줄이는 건 정신건강에 좋은 영향을 미칠 수밖에 없다.

다시 한 번 말하자면 용서는 정신건강에 좋다. 다만 모두가 잘 알고 있듯이 용서하기란 정말이지 몹시 힘든 일이다.

***

과연 아주 끔찍한 과거를 극복할 수 있을까?

요즘 내가 친하게 지내는 사람 중에 케네스(가명)가 있다. 60대의 케네스는 희귀서적판매상으로 벌링턴에서 몇 킬로미터 떨어진 챔플레인 호숫가의 전원주택에서 살고 있다. 케네스는 국가경제면에서는 보수파이지만 사회적으로는 자유주의자다. 나는 지금껏 케네스만큼 책에 대해 박식한 사람을 만나보지 못했다

벌링턴 북 페스티벌에 연설자로 참가했다가 케네스를 알게 되었다. 그 당시 나는 케네스의 집에 초대받았다. 케네스와 10여 년간 함께 살고 있는 사라도 그때 만나 보았다. 뉴잉글랜드 토박이인 사라는 조용하고 품위 있는 여성이었다. 길고 힘들었던 첫 번째 결혼생활을 끝낸 사라는 정신적으로 안정돼 있고 선한 케네스와 함께 지내게 되어 무

척이나 기쁘다고 했다. 문제가 많은 결혼생활을 두 번이나 경험한 케네스도 사라를 만나 안정을 찾게 되었다고 했다. 그들은 쉰 살이 넘은 나이에 만나 함께 미래를 열어 갈 수 있게 된 것에 대해 매우 운이 좋았다고 느끼고 있었다. 대개의 경우 50대에 들어서면 새로운 사람과 친해지기 어려우니까.

몬트리올에 사는 애인을 만나러 갈 때면 나는 늘 케네스의 집에 들른다. 가끔은 그의 집 손님방에서 잠을 잘 때도 있다. 케네스는 마티니를 잘 만들었고, 와인에 대해서도 해박한 지식을 갖고 있었다. 우리는 함께 저녁을 먹고 나서 술을 즐기곤 했다.

사라는 63세의 나이에도 중학교에서 역사를 가르치고 있었고, 매일 아침 5시에 일어나 그날의 수업 준비를 했다. 케네스와 나는 늦은 시간까지 자지 않고 이야기를 나누었다. 늦은 시간이라 해도 겨우 밤 11시였다. 전원생활을 하고 있는 케네스에게 11시는 제법 늦은 시각이었다.

우리는 친해지고 나서 실패한 결혼이야기를 서로에게 털어놓았다. 나는 케네스의 두 번째 아내에 대해 자세히 알게 됐다. 케네스와 10년 동안 살았던 두 번째 아내 플로렌스는 엘리트주의자였다.

플로렌스는 성공한 남자를 남편으로 두고 싶었지만 케네스는 아내의 기대를 만족시킬 수 있을 만큼 성공하지 못했다. 그 사실을 깨달은 플로렌스는 크게 실망해 케네스를 내쫓아버렸다.

헤어지고 나서 몇 년쯤 지났을 때 플로렌스가 케네스에게 연락했다. 플로렌스가 케네스를 차버리고 선택한 컨트리클럽 스타일의 남자에게 배신당한 직후였다. 플로렌스는 케네스를 내친 걸 후회하며 사는 동안 저지른 실수 중에서 최악이었다고 고백했다.

케네스는 신사답게 조용히 말했다.

"플로렌스, 당신도 알다시피 나는 이미 다른 사람과 같이 살아가고 있어. 당신에게 버림받았던 과거의 일에 대해서는 털끝만큼의 유감도 남아 있지 않아. 당신이 잘 지내길 바라지만 앞으로도 우리가 지난날처럼 돈독한 관계를 회복할 수 있을 것 같지는 않아."

그러자 플로렌스의 말투는 금세 비난조로 바뀌었다.

"당신은 아직 나를 미워하지?"

그 말을 들은 케네스는 〈카사블랑카〉에 나오는 유명한 대사를 인용하고 싶었다. 피터 로르가 험프리 보가트에게 플로렌스와 똑같은 질문을 했다.

험프리 보가트가 대답했다.

'오래도록 당신 생각을 했다면 아직 당신을 미워할지도 모르지.'

케네스는 그 말 대신 이렇게 말했다.

"당신이 나를 떠난 건 최선의 선택이었어."

플로렌스와 헤어진 건 결과적으로 케네스에게도 좋은 일이었다. 그 덕분에 사라를 만나 행복을 찾게 되었으니까. 플로렌스가 월스트리트의 골퍼와 살겠다며 케네스를 쫓아냈을 당시 그는 몹시 분하고 화가 났다. 월스트리트 골퍼는 연봉이 50만 달러가 넘었지만 케네스는 그 언저리도 따라가지 못한다는 게 가장 큰 이유였다.

결과적으로 플로렌스에게 버림받은 건 케네스에게는 오히려 다행스러운 일이었다.

"우리는 서로 맞지 않는 사람이었어. 나는 처음부터 그 사실을 느끼고 있었던 것 같아. 그렇지만 내 선택이 실수였다는 사실을 인정하고 싶지 않았지."

케네스는 첫 번째 부인이었던 미리엄에 대해서는 말을 아꼈다. 결혼한 지 4년 만에 파경을 맞았고, 좋은 기억이 남아 있지 않다는 말만 할 뿐이었다. 이혼하고 나서 한 번도 만나본 적이 없다고도 했다. 케네스의 말투로 미루어보아 미리엄에 대한 이야기를 꺼리고 있다는 느낌을 받았다. 미리엄과 얽혔던 과거의 일이 아직 케네스의 마음에 어두운 그림자를 드리우고 있는 게 분명했다.

미리엄에 대한 이야기를 처음 들은 지 일 년쯤 지났을 때였다. 우리는 벌링턴에 있는 케네스의 집 베란다에서 호수를 바라보고 있었다. 나는 마티니를 두 잔이나 마신 상태라 케네스의 집에서 부득이 자고 가지 않을 수 없겠다고 생각하고 있었다. 사라는 프로비던스에 사는 딸을 만나러가 집에 없었다.

케네스와 나는 저 멀리 애디론댁산맥 뒤로 기우는 해를 지켜보았다. 나는 케네스에게 이혼이 남긴 후유증에 대해 이야기했다. 이혼 과정에서 정신적으로 시달린 부분과 경제적으로 큰 데미지를 입은 걸 생각하면 아직도 화가 난다는 이야기였다.

"먼저 이혼하자고 제안한 사람은 자네 전처였지만 자네도 그 과정을 모두 감수하겠다고 합의하지 않았나?"

"물론 그렇기야 하죠."

"이혼 과정에서 어떤 고통을 겪었는지 자네가 이미 많은 이야기를 해주었잖아. 어쨌든 자네는 마침내 그 힘든 과정을 빠져나왔어. 보아하니 그 결정을 후회하지는 않는 게 분명해. 그러니까 이제 전처를 용서할 때가 되지 않았을까?"

"그렇지만 그 지난했던 과정을 생각하면 쉽게 용서가 되지 않아요."

내가 더 많은 이야기를 늘어놓기 전에 케네스가 손을 들고 제지하며 한 마디 했다. 그 말이 내 생각을 확 바꿔 놓았다. 케네스가 한 말은 사실 공자의 말이었다.

'피해를 입었을 때 그 사실을 계속 기억하지 않는 한 그 피해는 아무것도 아니다.'

케네스는 마티니를 마시며 그 말의 사례가 될 만한 이야기를 시작했다. 그동안 이야기하길 꺼렸던 첫 번째 결혼 이야기를 털어놓은 것이다.

케니스는 20대 중반에 미리엄을 만났다. 뉴욕 소더비에서 일하며 희귀본 서적 거래를 배우고 있을 때였다. 소더비에서 많은 일을 배웠지만 절대로 평생 일할 곳이 못 된다는 것도 배웠다.

미리엄은 추상표현주의 화가로 미래가 촉망되는 신예였다. 예술적 창의력을 고양시키기 위해 여러 남자와 자는 것도 마다하지 않는 화가였다. 미리엄은 방탕한 생활로 인생을 망치기에 딱 좋을 만큼의 신탁기금을 보유하고 있었다.

케네스는 가벼운 만남 이상으로 발전되어서는 안 될 관계였다는 걸 너무 늦게 깨달았다고 했다.

"미리엄은 정말 아름다운 여자였어. 보헤미안 같은 아름다움이었지. 그렇지만 정상적인 생활인이 될 수 있는 여지가 없었어. 나는 처음부터 그 사실을 눈치 챘지만 이미 그녀를 너무 깊이 사랑하고 있었지. 미리엄도 내가 그때껏 만났던 남자들과 다르다는 사실을 잘 알고 있었어. 미리엄은 나를 만나기 전까지 주로 미치광이 예술가 타입의 남자들과 어울렸으니까. 어쩌면 서로에게 없는 점들이 큰 매력으로 작용한 것인지도 모르지. 서로 극단적으로 다르다는 게 오히려 단점을 상호 보완해줄 수 있을 거라 여겼던 것 같아. 나는 좀처럼 모험을 하지 않는 사람이었던 만큼 세상 거칠 것 없이 열정적이고 섹시한 여자가 옆에 있어 준다면 그리 나쁠 게 없을 거라 생각했어. 미리엄은 내가 문학과 책에 대해 많이 알고 있는 걸 좋아했고, 나는 미리엄의 철없고 충동적인 면을 좋아했지.

미리엄과 일 년쯤 같이 지내다보니 처음보다는 좀 더 많은 걸 알게 됐어. 그녀가 작품에 매진하기보다는 뉴욕의 예술가 역할을 연기하는 것에 더욱 관심이 많다는 사실을 알게 되었지. 미리엄이 마치 조울증 환자처럼 기분이 시시각각으로 급변하는 여자라는 것도 알게 됐어. 한없이 다정하게 굴다가도 어느 순간 갑자기 돌변해 아주 차갑고 배려 없는 여자로 변하는 거야. 미리엄의 그런 모습들이 나를 몹시 불안하게 만들었지만 워낙 보헤미안 기질을 타고난 여자라 그런 거라며 늘 긍정적으로 생각했지.

그러다가 제대로 사건이 터졌어. 어느 날 피임도구를 사용하는 걸 깜박 잊고 같이 잤던 거야. 미리엄은 임신했고, 나는 걱정이 태산이었는데 반해 그녀는 아무렇지도 않은 듯 오히려 좋아했어. 그녀는 이제 새로운 삶을 살고 싶다며 변신을 모색할 기회라고 말하더군. 뉴욕에서 두 시간 거리인 허드슨 계곡에 농장주택을 개조해 사는 미리엄의 친구가 있었어. 미리엄은 그 친구의 집을 빌리겠다고 했지. 농장주택을 소유하고 있는 친구의 이름이 랄프였어. 그 역시 화가이고, 재즈 피아노 연주솜씨가 일품인 사람이었지. 랄프는 우리를 환대했고, 미리엄은 나에게 소더비 일을 그만두고 희귀본 사업을 직접 시작하는 게 어떻겠냐고 제안했어. 그때 나는 스물여덟 살이었고, 아직 도시를 떠날 생각이 없었지만 미리엄을 만족시키고 싶은 마음이 더욱 컸지. 내가 곧 아버지가 된다는 게 너무 좋기도 했어. 화목하지 않은 부모 밑에서 외동아들로 자란 나로서는 아버지가 된다는 생각만으로도 행복했지. 아이가 생기면 나와는 달리 행복하게 자라도록 해줄 거라는 꿈을 꾸었지. 농장주택에서 미리엄과 함께 보헤미안 같은 전원생활을 즐기며 우리 아이를 행복하게 자라게 해주고 싶었어. 미리엄에 대한 의심들은 아예 덮어 두고 미래를 장밋빛으로 색칠할 꿈만 꾸었던 거야. 정말이지 우리는 그런 감정에 너무 쉽게 빠져들지.

우리 아버지는 보험 세일즈맨으로 일했는데 조용하고 보수적인 사람이었어. 아버지가 나에게 보험 세일즈 일을 하라고 권유한 적은 없었고, 내가 희귀서적을 발굴하는 일을 하게 된 걸 알고 크게 기뻐했지. 좋아하는 일을 하며 밥벌이를 할 수 있다는 게 얼마나 행복한지 곧 알게 될 거라는 말도 해주었어. 아버지는 몇 차례 미리엄을 만나보았어. 그럴 때마다 나에게 충고했지. '미리엄은 아름다운 아가씨가 분명하지만 언젠가 틀림없이 너를 골치 아프게 할 거야.' 라고 했어. 아버지는 내 결혼식이 열리기 한 시간 전에 예식장 근처의 술집으로 나를 데려갔어.

'아직 늦지 않았어. 지금 그만둬도 괜찮아.'

내가 말했어.

'저는 잘 될 거라는 확신을 갖고 있어요. 미리엄이 임신 4개월째고, 저는 그녀와 함께하고 싶……'

그때 아버지가 내 말을 가로막았어.

'넌 미리엄과 함께하고 싶은 게 아니야. 너 자신을 속이고 있을 뿐이지. 넌 자유분방하게 살아온 미리엄이 마음을 추스르고 네 옆에 있어 주는 것만으로도 고맙게 여겨야 한다는 생각을 갖고 있지. 너에게는 과분한 여자를 얻게 되었다는 걸 행운이라고 여기고 있지. 넌 굳이 그렇게 하지 않아도……'

'그럼, 제 아이는 어떻게 하죠?'

'내가 생각하기에 아이가 태어나게 되면 미리엄은 태도를 바꿀 거야. 너에게 아이를 맡기고 맘껏 나돌아 다니겠지. 미리엄은 절대로 집에서 살림이나 하며 엄마 역할에 충실할 수 있는 여자가 아니야.'

그때 나는 아버지의 말을 더 이상 듣지 않고 자리에서 벌떡 일어나 술집을 박차고 나왔어. 아버지가 터무니없는 이야기를 해 단단히 화가 났기 때문이야. 아니, 사실은 내가 이미 수없이 생각하고 있던 미래의 문제들을 아버지가 압축적으로 말해주었기 때문이었는지도 모르지. 라인벡으로 이사하고 나서 미리엄은 와인을 너무 많이 마셨어. 당시는 1970년대였고 임산부는 술이나 담배를 가까이 해서는 안 된다는 제약 같은 건 없었지. 미리엄의 경우 술을 마시는 이유가 분명했기 때문에 문제였어. 미리엄은 뉴욕생활을 그리워한 나머지 술독에 빠져 있었던 거야.

나는 미리엄에게 술이 태아에게 좋을 리 없으니까 그만 마시라고 몇 번이나 말했어. 내 말을 들은 미리엄이 6주쯤 술을 끊었지. 미리엄은 술을 마시지 않게 되자 그림을 그리지 못했어. 오후가 되면 오랫동안 산책을 하며 창작의욕을 되찾으려고 애썼지만 소용없었지. 그사이에 나는 마을에 사무실을 차렸어. 그 당시는 인터넷도 없고, 팩스도 없던 시절이었지. 희귀본 수집가와 딜러를 직접 만나야 일을 처리할 수 있었어. 격주로 며칠 동안 뉴욕이나 보스턴으로 출장을 가야 할 일이 반복됐어. 그나마 사업은 순조로웠지. 일 년만 더 고생하면 사무실 건물을 구입할 수도 있겠다고 생각했어.

다시 몇 달이 흘렀고, 출산 예정일이 한 달 앞으로 다가왔어. 미리엄은 그림을 전혀 그리지 못했지. 스트레스가 폭발해 캔버스 두 개를 나이프로 찢기까지 했어. 어느 날 미리엄이 와인 한 병을 혼자 다 마셨지. 나는 미리엄에게 정신과전문의를 만나 상담을 받아보는 게 좋겠다고 권유했어. 미리엄은 내 말을 듣지 않고 나를 비웃기만 했지.

'정신과의사를 만나본다고 이 빌어먹을 상황이 바뀔 것 같아?'

미리엄은 그 말끝에 낙오자를 만나 인생을 망치게 되었다며 나에게 악담을 퍼부었어. 실제로 '낙오자' 라는 말을 썼어. 뒤이어 나 때문에 전도유망한 화가의 미래가 끝났다고 말하더군.

나는 그렇게 심한 말은 듣고 싶지 않아 현관문을 향해 걸어갔어. 그러자 미리엄은 한 마리 독사로 변하더군. 우리가 함께 지내는 동안 잠자리를 같이 했던 남자들의 이름을 주워섬기기 시작했어. 집주인 랄프와 지난 두 달 동안 어떻게 즐겼는지도 말했지.

'자, 이제 무슨 생각이 들어?'

나는 현관문 밖으로 뛰쳐나가 사무실로 갔지. 한 시간 동안 가만히 앉아 있었어. 앞으로 어떻게 해야 할지 도무지 알 수 없었지. 마땅히 전화할 사람도 없었어. 아버지에게 전화했다가는 '내가 뭐라고 했니?' 같은 말을 들을 게 뻔했지. 하지만 내가 만약 아버지에게 그 이야기를 해주었다면 당장 로드아일랜드에서 차를 몰고 달려와 주리라는 걸 잘 알고 있었어. 하지만 나는 자제력을 무엇보다 중요시하는 사람이라 아무리 내 처지가 절박해도 누군가에게 의지하는 스타일이 아니었지. 물론 어깨에 기대어 울 사람이 간절히 필요했지만 나는 그냥 책상의자에 가만히 앉아 있었어. 어떻게 해야 할지, 뭘 해야 할지 갈피를 잡을 수 없었지. 결국 다시 차를 타고 집으로 돌아갔어.

계단 아래에 미리엄이 쓰러져 있었어. 우리 부부 침대는 위층에 있었는데 아마 계단을 내려오다가 굴러 떨어진 것 같았어. 잠옷 아래쪽에 큰 핏자국이 묻어 있었거든. 미리엄은 의식이 없었지만 그나마 숨은 쉬고 있었지. 왼쪽 다리가 부러진 것 같았고, 입에서는 술 냄새가 진동했어. 911에 전화했지만 시골이라 구급차가 오기까지 30분이나 걸렸지. 병원 응급실에 도착한 지 한 시간쯤 지났을 때 담당의사가 나에게 말했어.

'다리가 부러졌고, 뇌진탕이 심합니다. 몇 군데 내출혈도 있지만 심각하지는 않습니다. 다행히 생명에는 지장이 없습니다만 아이는 산모가 바닥으로 굴러 떨어질 때 사망한 것 같습니다.'

"이제 몇 주만 더 기다리면 세상에 나올 내 아이가 영원히 사라졌어."

케네스는 셰이커를 집어 들고 잔에 마티니를 따랐다.

"의사가 말하길 미리엄의 혈중 알코올 수치가 면허취소 기준보다 세 배는 많았다고 하더군. 그날 밤, 미리엄은 내가 집에서 뛰쳐나가고 나서 술을 더 마신 거야. 나는 죄책감은 느꼈어. 미리엄이 정신적으로 불안정해 위태로울 때에 혼자 내버려두었다고 자책했지. 그런 한편 아이를 잃게 된 것에 대해 분노가 치밀었어. 이튿날 나는 변호사에게 연락해 이혼하겠다고 했어. 라인벡 경찰서장한테 연락해 미리엄에게 살인죄를 적용할 수 있는지 알아봐 달라고 했어. 경찰서장이 책을 좋아해 내 사무실에 몇 번 들렀고, 조금 친해진 사이였거든."

경찰서장의 이름은 프레드 배스였다. 그는 케네스에게 크게 동정심을 보이며 위로의 말을 해주었지만 1970년대에만 해도 산모가 아이를 유산시킨 것에 대해 죄를 묻지 않던 시절이었다. 프레드 배스는 케네스에게 미리엄과 이혼하고 모든 걸 잊는 게 가장 현명한 방법일 것 같다고 조언했다.

미리엄은 퇴원하자마자 집주인인 랄프와 동거에 들어갔다. 케네스는 아이를 죽이고도 일말의 가책을 보이지 않는 미리엄에게 분노해 죽이고 싶다는 생각마저 들었다. 다행히 케네스는 분별력이 있는 사람이었다. 그는 총포상으로 달려가 권총을 사는 대신 프레드 배스에게 전화해 자신이 지금 무척 위험한 상태라고 말했다.

프레드와 케네스는 동네 술집에서 만났다. 케네스가 머릿속에 들어 있는 살인 충동을 솔직하게 털어놓자 프레드가 말했다.

"당신에게 벌어진 일들을 생각하면 충분히 그런 생각을 품을 수도 있죠. 다만 분노의 대상에게 물리적인 폭력을 가한다고 해서 문제가 해결되지는 않습니다. 결국 후회할 일을 한 가지 더 만들게 될 뿐이죠. 당신이 미리엄을 살해하면 나는 어쩔 수 없이 체포해야 할 겁니다. 당신은 일급살인 혐의를 적용받고 감옥에서 평생을 지내게 되겠죠. 미리엄이 당신의 삶을 포기할 만큼 가치가 있는 여자일까요? 나한테 전화해 그 문제를 상의한 건 대단히 현명한 행동이었습니다. 시간이 지나고 분노의 감정이 옅어지면 미리엄이 저지른 짓에 대해서도 용서할 수 있게 될 겁니다."

케네스가 말했다.

"미리엄을 용서하는 일은 절대로 없을 겁니다."

"지금은 그렇게 말하겠지만 당신에게 벌어진 몹쓸 일에서 벗어나 마음의 평화를 얻기 위해서는 미리엄을 용서해야만 합니다. 자기 자신이 저지른 행위에 대한 죄책감을 평생 짊어지고 살아야 할 사람은 다름 아닌 미리엄 본인입니다."

케네스가 되풀이했다.

"나는 미리엄을 절대로 용서하지 않을 겁니다."

"지금은 그렇게 말하지만 시간이 지나면 내 말 대로 될 겁니다. 용서가 당신 자신에게도 더없이 좋은 일이라는 걸 깨닫게 될 테니까요. 용서를 하라고 해서 미리엄과 생일 카드를 주고받거나 다시 만나라는 뜻은 아닙니다. 분노가 당신의 삶에 아무런 도움이 되지 않는다는 걸 깨닫는 게 무엇보다 중요하죠. 우리는 분노를 너무 많이 짊어지고 살아가고 있으니까요. 가장 가까이에 있는 사람으로부터 큰 피해를 당할 경우 특히 극심한 분노의 감정이 일게 되죠. 나는 오랫동안 아버지를 미워했습니다. 아버지가 술만 마시면 나를 때렸거든요. 내가 열다섯 살 때 아버지가 어머니를 때리는 걸 말리자 눈이 시퍼렇게 멍들 정도로 나를 때리더군요. 그 길로 집을 뛰쳐나간 아버지는 한밤중에 차를 몰고 달리다가 나무를 들이받고 즉사했습니다. 미리엄처럼 정신을 잃을 만큼 술에 취해 벌인 일이었죠. 아버지는 우리 가족에게 빚만 남기고 세상을 떠났습니다. 아버지가 집을 뛰쳐나가기 전에 남긴 말이 뭔지 아십니까?

'넌 정말 한심한 놈이야. 언제까지 그렇게 살 거야?'

3년 뒤, 해병대에 입대해 한국전에 참전한 것도 아버지의 그 말이 틀렸다는 것을 증명하고 싶었기 때문이죠. 전쟁터에서 돌아와 경찰이 된 것도 역시 아버지의 말이 틀렸다는 걸 증명하고 싶었기 때문이죠. 서장이 되기까지 죽어라 노력했고, 술을 두 잔 이상 마시지 않았습니다. 30년 동안 결혼생활에 충실하며 단 한 번도 다른 여자에게 눈을 돌리지 않은 것도 내가 한심하지 않다는 걸 증명하고 싶었기 때문이죠. 사실 나는 아직도 아버지를 완벽하게 용서하지 못했습니다. 죽기 직전까지 나와 어머니를 못살게 굴었으니까요. '한심한 놈' 은 내가 아니라 바로 아버지 자신이었다는 사실을 깨닫게 되었습니다. 아버지는 자신이 한심하다는 걸 잘 알고 있었고, 그런 사실을 남에게 들키는 게 두려워 술을 퍼마시고 처자식을 괴롭혔던 겁니다.

퀴글리 신부님과 대화할 때 그 사실을 깨닫게 되었습니다. 퀴글리 신부님은 한 가지 문제를 다각도의 시각으로 바라보는 분이었죠. 신부님이 아버지를 용서하라고 그러더군요. 용서만이 '평화를 가져다주는 약' 이라고 하셨죠. '미워하거나 화내지 말아야 한다. 어떤 사람이 몹쓸 짓을 저지르는 건 그가 가진 한계 때문이라 여기고 용서해라. 용서만이 진정한 평화를 누릴 수 있게 해주기 때문이다.'"

케네스는 프레드 배스 서장과의 대화를 거울삼아 폭력을 저지르고 싶은 충동에서 한 걸음 비켜설 수 있었다고 했다. 다만 몇 년 동안 미리엄에 대한 분노를 떨쳐버릴 수 없었다.

케네스의 두 번째 아내는 아이를 갖지 않았다. 출산일을 불과 며칠 앞두고 잃어버린 아이에 대한 생각이 오랫동안 그를 괴롭혔다. 두 번째 결혼도 실패로 끝나자 그의 슬픔은 더욱 깊어졌다.

케네스는 대단히 금욕적인 사람이어서 자신의 상처를 드러내 위로를 받으려 하는 건 옳지 않다고 여겼다. 그는 조용히 슬픔을 짊어지고 살아왔다. 술에 취해 아이를 죽인 미리엄을 생각할 때마다 떠오르는 분노를 조용히 삭이며 살아왔다.

사라를 만나고 나서 케네스는 비로소 마음의 위안을 얻게 되었지만 30년 가까이 지난 지금까지도 미리엄의 행동을 용서하지 못하고 있었다.

5년 전쯤, 전화벨이 울렸다. 인터넷 검색으로 케네스를 찾아보던 미리엄이 그가 버몬트 주에 살고 있다는 것을 알아내고 전화한 것이다. 미리엄의 목소리는 여전히 술에 절어 있었다.

"어찌나 술에 절어 있던지 마치 수화기에서 술 냄새가 나는 것 같았어. 어떻게 지내느냐고 묻기에 좋은 사람을 만나 행복하게 잘 살고 있다고 말해주었지. 그러자 미리엄이 하는 말이 걸작이었어.

'당신이 왜 나를 떠났는지 이유를 모르겠어. 우리의 결혼생활은 꽤 좋았잖아. 안 그래?'

나는 그 순간 머리가 멍해졌어. 현실이 아니라고 믿기에도 지나칠 만큼 대단히 뻔뻔한 말이었지. 그 말을 듣는 순간 미리엄이 더없이 불쌍해 보였어. 그 여자가 얼마나 현실에서 동떨어져 살고 있는지 명확하게 느낄 수 있었기 때문이야. 미리엄이 또다시 말했어.

'당신이 떠나고 나서 그림을 그릴 수 없었어. 앞으로도 그림을 그릴 수 없을 것 같아. 가끔 우리가 함께 했던 시절을 생각해. 그럴 때마다 나는 당신이 왜 내 곁을 떠났는지 그 이유를 모르겠어.'

내가 미리엄을 떠난 이유를 이야기하자면 한 시간으로도 턱없이 모자랐을 거야. 그때 정말이지 이상하게도 미리엄이 불쌍해 보이는 거야.

'미리엄, 일이 있어서 이제 전화 끊어야 해. 그렇지만 한 가지만 분명하게 알아둬. 나는 당신을 용서했어. 진심으로 잘 지내기를 바라.'

수화기를 내려놓을 때에 흐느끼는 소리가 들려왔어. 그 뒤로 미리엄과는 연락이 전혀 없었지. 중요한 건 그때 내가 미리엄을 용서하기로 마음먹었다는 거야. 30년 동안 쌓여 있던 분노와 미운 감정이 한순간에 사라져버렸지."

케네스는 잠시 말을 멈추고 남은 마티니를 마저 마셨다.

"그때 내가 무슨 생각을 했는지 아나? 사람이 마음먹기에 따라 그 즉시 모든 게 달라질 수 있다는 거야. 용서는 긍정적인 이기주의야."

***

'용서는 긍정적인 이기주의.'

불교에서 말하는 '업' 이라는 말을 생각해 보자. 그 말을 사전에서 찾아보았다.

'미래에 선악의 결과를 가져오는 원인이 된다고 하는, 몸과 입과 마음으로 짓는 선악의 소행.'

악한 행동을 하면 악한 결과를 가져오고, 선한 행동을 하면 선한 결과를 가져온다지만 세상에는 나쁜 짓을 저지르고도 잘 사는 사람이 얼마나 많은가? 그 반면, 평생 나쁜 짓을 저지르지 않고도 불행하게 사는 사람이 얼마나 많은가?

유명신문사의 편집장이 있었다. 그는 아랫사람들을 심하게 다루기로 유명했고, 내 지인을 해고하기도 했다. 25년이라는 시간을 그 신문사에 헌신했던 내 지인은 하루아침에 일자리를 잃게 되었다. 그는 그 당시 개인적으로도 큰 문제를 겪고 있어 신경이 무척이나 예민해져 있었는데, 해고조치는 치명적인 충격이 되었다.

내 지인은 몇 달 뒤 자살했다. 사람들은 편집장이 내 지인의 죽음에 일정 부분 책임이 있다고 수군거렸다. 또 사람들은 편집장이 해고시킨 사람이 자살했는데도 일말의 반성조차 하지 않는다고 수군거렸다.

일 년쯤 지난 뒤 그 편집장의 아들이 자살로 생을 마감했다.

나도 아버지 입장에서 감히 말하지만 자식이 먼저 죽는 것보다 더 끔찍한 일은 없다.

그 이야기를 나에게 전해준 사람이 말했다.

'개인적으로도 몹시 힘든 일을 겪고 있던 사람을 해고해 자살하게 만든 편집장의 업이 그의 아들을 자살하게 만든 게 아닐까?'

그 일에 정말 우리가 알 수 없는 초월적인 힘이 작용했을까? 어떤 초월적인 힘이 편집장이 사람들을 심하게 다룬 것에 대해 벌을 내린 건 아닐까?

나는 그런 질문에 답을 내놓을 수는 없다. 다만 독일의 시인 노발리스가 말한 '성격이 운명이다' 도 '업' 과 연관 지어 생각할 수는 있다. '성격이 운명이다' 라는 말에 동의한다면 우리가 삶을 살아가는 태도나 타인을 대하는 방식이 자신의 장단점을 비추는 거울이라는 생각에도 동의할 수 있으리라.

업을 다른 말로 표현하자면 부정적인 행위가 더 큰 부정적인 행위를 유발한다는 뜻으로 해석할 수도 있다. 용서하지 않고 미움을 안고 살아가는 것은 독으로 가득한 바닷물에서 수영을 하는 것이나 진배없다.

내가 아는 어떤 여자는 남편을 오랫동안 불만스럽게 여기며 살았다. 그러다가 정작 남편이 헤어지자고 요구하자 화를 벌컥 내며 과도한 위자료를 요구해 이혼소송을 난맥상에 빠뜨렸다. 결국 1년 가까이 이혼소송을 끈 결과 변호사 비용으로 전체 재산의 20퍼센트를 쓰게 되었다. 재판 결과 재산을 50대 50으로 나누라는 판결이 내려졌다. 남편이 이혼수당과 양육비로 매년 1만 달러를 지불하고, 코네티컷 교외 주택가에 있는 집과 플로리다에 있는 콘도를 아내와 자녀들에게 주기로 되었다.

다른 사람들은 비교적 무난한 판결이라고 생각했지만 당사자인 캔디스(가명)는 재판 결과를 못마땅하게 생각했다. 성공한 미술상으로 50대 초반인 그녀의 전 남편은 맨해튼에 살고 있었고, 이혼 후에도 큰 경제적 어려움 없이 살아가고 있었다. 사업도 순조롭게 풀리고 있었고, 가끔 매력적인 여자를 만나 데이트도 즐기며 결혼생활을 할 때보다 오히려 활기찬 날들을 열어가고 있었다.

캔디스는 전남편과 달리 이혼하고 나서 마음에 드는 남자를 만나기가 쉽지 않았다. 그녀는 만나는 사람들마다 붙잡고 전남편을 욕했다. 아이들에게도 아버지에 대해 악담을 늘어놓았다.

그러다가 캔디스는 양육문제를 논의하기 위해 전남편을 만났다. 그녀가 전남편에게 말하길 행복한 결혼생활을 해오고 있었는데 왜 헤어지게 되었는지 이유를 모르겠다고 말했다.

이혼하고 4년이 지났을 때 캔디스는 뇌졸중으로 일주일 동안 의식을 잃었고, 깨어난 뒤로는 한 달 가까이 말을 하지 못했다. 캔디스가 마흔여섯 살의 나이에 뇌졸중을 앓게 된 것과 전남편에게 가했던 부당한 행위와는 어떤 연관이 있을까? 아니면 그저 우연이었을까? 화를 분출하지 않고 안으로 삭일 경우 병으로 이어진다는 의학적 연구가 있다. 화를 밖으로 분출한다고 해도 몸 안에 조금이라도 남아 있으면 병으로 발전하게 될까?

아인슈타인은 말했다.

'세상에 존재하는 모든 것은 에너지다. 자신이 원하는 현실의 진동을 맞추면 그 현실을 얻게 된다. 이것은 철학이 아니라 물리학이다.'

아인슈타인은 이런 말도 했다.

'세상의 영원한 미스터리는 그 이해력이다.'

아인슈타인이 한 말에 숨은 중요한 뜻을 생각해 보자. 우리가 이해하고 싶지만 이해할 수 없는 수많은 문제들이 불가사의한 수수께끼로 남아 있다. 그중에서도 가장 불가사의한 수수께끼는 바로 자기 자신이다.

불교에서 말하는 '업'은 어떤 소행이 미래에 선악의 결과를 가져오는 원인이 된다고 말한다. '모든 것이 에너지'라는 아인슈타인의 말

역시 일맥이 상통한다. 타인을 미워하고 원망하는 소행은 자기 자신을 망치는 원인이 된다고 할 수 있다. 따라서 용서란 자기 안에 있는 온갖 나쁜 기운을 밖으로 점차 내보내는 일이다.

내가 '점차 내보내는 일'이라고 표현한 것에 주목하기 바란다. 왜냐하면 내 경험에(그리고 많은 사람들과 나눈 이야기에) 비추어 보자면 타인을 용서한다는 건 결코 쉬운 일이 아니다.

다시, 런던 행 비행기로 돌아가 보자. 나는 비행기의 화장실 거울에 비친 내 모습을 보며 내 부모를 용서하기로 결심했다. 아무리 용서하기로 마음먹는다 해도 모든 게 일시에 이루어질 수는 없다. 오랫동안 마음에 쌓아둔 분노를 떨쳐버리기로 결심했다고 해서 당장 마음이 홀가분해지고 발걸음이 가벼워질까? 전혀 그렇지 않을 것이다. 내 부모를 있는 그대로 받아들이는 것, 내 부모의 언행이 현 상황을 만든 원인이라는 사실을 받아들이는 것, 상황은 쉽게 바뀌지 않으리라는 것, 부모가 내게 계속 짐을 지우는 사실이 안타깝기는 하지만 나는 아직 견딜 만하다는 것 등, 산적한 문제들을 모두 해결하려면 많은 인내와 노력이 필요해보였다.

용서는 나를 위해 필요한 일이었다. 수십 년 동안 짊어지고 살아온 화를 없애는 것이야말로 나 자신을 위한 일이 아니고 무엇이겠는가?

지금까지는 가끔씩 아버지에게 손을 내밀어 화해의 제스처를 취했지만 앞으로는 그러지 않기로 마음먹었다. 아버지를 용서했다는 편지도 쓰지 않기로 했다. 용서하기로 한 상대에게 '용서한다'고 선언적으로 말하는 것은 용서의 원칙에 위배된다. 타인이 나에게 더없이 끔찍한 짓을 저질렀지만 너그럽게 용서해주겠다고 하는 건 자기 과시에 다름 아니다. 과시는 용서의 본질과 맞지 않는다.

용서는 먼저 자기 자신의 마음 안에 있는 미움과 원망을 버리는 일이다. 용서를 상대에 대한 수동적 공격의 도구로 사용하면 안 된다. 타인의 잘못을 용서했으니 자기 자신의 도덕적 우위가 증명된 셈이라고 생각해서도 안 된다.

용서는 존재론적 문제라고 할 수 있다.

우리들 각자가 세상에 홀로 서서 모든 행동에 대해 책임져야 한다면 자기 자신에게 영향을 미치는 타인의 행동을 어떻게 해석할 것인지도 자신의 책임이다. 사는 동안 만나게 될 수밖에 없는 어려움들을 어떻게 받아들여야 할지 결정해야 할 책임도 자기 자신에게 있다. 다른 사람들 때문에 상처받았을 때 그 결과를 어떻게 받아들이고 살아갈지를 결정하는 것도 자기 자신의 몫이다.

용서는 '잊기' 와 다르다. 요즘 '잊기' 에 대해 많이 이야기한다. '잊기' 는 살아가면서 힘겨운 일을 겪게 돼 괴로움에 처했을 때 그 상처를 상자에 담아 마음 깊은 곳에 꼭꼭 묻어두고 다시는 열어보지 말아야 한다는 뜻이나 다름없다.

상처를 마음 속 깊이 묻어두어야 한다는 건 난센스다. 사는 동안 벌어진 모든 일들이 우리를 이룬다. 기쁘고, 슬프고, 좋고, 나쁘고, 아름답고, 추악한 일들이 모두 모여 우리를 이룬다.

케네스는 태어나기 직전의 아이를 잃었다. 그 충격적인 사건이 케네스의 감정과 심리를 변하게 만들었다. 케네스는 그 일이 있은 지 수십 년이 흐르고 나서 나에게 그 이야기를 털어놓았다. 그는 이제 다 용서했다고 말했지만 여전히 그때의 충격적인 사건 때문에 남몰래 상처받고 있다는 걸 알 수 있었다. 그나마 이제는 케네스가 능히 다스릴 수 있을 만큼의 상처라는 게 얼마나 다행스러운가? 케네스가 용서를 선택했기 때문에 상처가 더 이상 덧나지 않고 아물어가고 있다는 생각이 든다.

엎질러진 물을 주워 담을 수 없듯이 우리는 잘못을 저지른 사람에게 회개하라고 강요할 수는 없다. 용서는 우리가 모든 상처를 극복하고 살아갈 수 있을지 스스로에게 묻는 질문과도 같다.

이미 벌어진 일을 없었던 것으로 하거나 바꿀 수 있는 방법은 없다. 다만 그 일이 내 삶에서 독소로 작용하지 않도록 하기 위해서는 용서하고 받아들이는 수밖에 없다. 용서는 결코 쉽게 이루어지지 않는다. 아직 그 일 혹은 누군가로 인해 받은 '상처'에서 여전히 고통스런 피가 흐르고 있다면 더더욱 쉽지 않은 일이다.

'용서는 죄를 사하는 것이다. 용서할 때만이 한 번 길을 잃었던 마음이 다시는 길을 잃지 않을 수 있다.'

누구나 아우구스티누스나 마하트마 간디 같은 위인이 될 수는 없다. 만민평등주의나 무저항정신을 설교해야 하는 것도 아니다. 상처를 입힌 사람을 만나 손을 내밀고 용서했다고 말해주어야 하는 것도 아니다.

용서의 과정은 전적으로 혼자 이루어가야 하기에 더욱 두렵고 힘든 일이다.

타인을 용서하기가 왜 그토록 힘들까?

그것은 바로 우리 자신을 용서하기 힘들기 때문이다.

그렇다. 계속 기억하고 번민하지 않는 한 상처는 아무것도 아니다.

7

중년에 스케이트를 배우는 것은 '균형' 의 적절한 은유가 될 수 있을까?

2009년 1월초, 퀘벡에 눈이 내리고 있었고, 나는 염세주의에 빠져 있었다. 내 울적한 마음을 대변하기에 '염세주의' 라는 말이 딱 어울리는 상태였다. 나는 어두운 숲에서 길을 잃은 상태였다.

그 당시 나는 아내와 8개월째 별거 중이었다. 이혼에 앞선 과정이었다. 23년 동안 이어진 결혼생활을 마무리 짓는 절차를 무려 일 년 가까이 끌다보니, 이혼이라는 게 어느 누구의 잘잘못을 따질 문제는 아니라는 점을 분명하게 깨닫고 있었다. 무엇이 잘못됐고, 누구에게 잘못이 있는지 각자 다른 해석이 있을 뿐이었다.

사실 이혼하는 부부를 보면 어느 일방에게만 잘못이 있지 않다는 걸 알 수 있다. 비중의 차이는 있겠지만 대부분 두 사람 모두에게 잘못이 있는 경우가 많다. 정말 슬픈 사실은 우리가 이혼을 큰 실패로 여긴다는 점이다. 이혼의 다리를 건너야 한다는 게 더 이상 피할 수 없는 일이 되었다는 걸 자각하고 있는 사람이라 하더라도 최종적인 결론을 내리는데 주저한다. 이혼이 기정사실이 됐을지언정 여전히 두렵고 힘든 문제로 치부되기 때문이다. 자식이 있을 경우 더욱 망설이고 주저하게 된다. 이혼이 아이들에게 어떤 영향을 미칠지 잘 알기 때문이다.

이혼절차가 진행될 당시 내가 아내의 담당 변호사로부터 끔찍한 요구조건을 전해 듣고 괴로움에 몸부림쳤다고 할 경우 이 책을 읽는 독자들은 '그건 당신 생각이고, 부인의 생각은 다를 거야.' 라고 지적할 것이다. 그렇게 생각하는 게 옳은 방향이고, 보다 객관적인 시각이 분명하다. 사실 우리 모두는 옳기도 하고 그르기도 하다. 어느 일방에 전적으로 잘못이 있다고 주장하는 것은 결코 객관적인 진실에 부합하지 않는다.

아무튼 2009년 1월, 나는 염세주의에 빠져 있었다. 이혼소송이 벌어지는 동안 받은 심리적, 경제적 압박이 내가 염세주의자가 된 전적인 이유는 아니었다. 내 아이들(당시 12세와 15세)은 아내와 크리스마스를 보내고 메인 주로 돌아왔다. 가족이 떨어져 맞게 된 첫 번째 크리스마스였다.

아멜리아가 메인 주의 집 거실에서 크리스마스트리 아래에 놓인 선물상자를 뜯으며 말했다.

"아빠, 크리스마스 때마다 매번 이래야 해요?"

나는 미안하다고 말하고 나서 덧붙였다.

"많이 힘들겠지만 너희들 잘못은 아니니까 혹시라도 자책 같은 건 하지 마라. 너희들은 엄마 아빠에게 행복을 가져다준 천사였으니까."

그 말을 하는 내내 나는 극심한 고통을 느꼈다. 내가 아이들을 달래려 할수록 우리의 이혼이 아이들에게 얼마나 많은 고통을 안겨주었는지 더욱 분명하게 느껴졌기 때문이다. 가정의 안전한 울타리가 깨졌다. 아이들도 전처럼 온가족이 모여 크리스마스를 보낼 수 없다는 걸 너무나 잘 알고 있었고, 낯선 환경에 적응해 가야 할 길고 힘든 날들이 기다리고 있었다.

나에게는 힘들고 괴로운 이혼소송 과정이 여전히 남아 있었다. 엎친 데 덮친 격으로 일도 순조롭게 풀리지 않고 있었다. 길고 괴로운 소설을 쓰느라 애쓰고 있었다. 아이의 죽음이라는 음울한 주제를 다룬 소설이었다. 과연 내가 쓰는 소설을 읽고 싶은 독자가 있을지 의문이었다. 게다가 유명한 프랑스 영화감독 파트리스 르콩트가 연출을 맡고, 저명한 감독이자 영화제작자인 뤽 베송이 제작을 맡고, 한창 주가가 치솟고 있는 다니엘 오테이유와 헬레나 본햄 카터가 주연을 맡기로 한 영화의 시나리오를 썼는데, 촬영 시작을 몇 주 앞두고 재정적인 문제로 취소되는 바람에 크게 낙담해 있었다.

파리에서 만난 여자와의 연애도 끝이 났다. 그녀와 보스턴에서 크리스마스를 함께 보내기로 했는데 비행기에 탑승하지 않았다.

우리는 전날 전화로 이야기를 나눴다. 그때까지 우리 사이에 문제는 없었다. 아이들이 크리스마스를 보내기 위해 아내에게 가 있는 지금 나는 당연히 그녀와 크리스마스를 보낼 수 있으리라 기대했다. 그녀가 변덕이 심하다는 건 알고 있었지만 아름답고 똑똑한 여자였다. 연애초기에는 자주 삐걱거렸지만 힘든 시기를 무사히 지나고 나서는 별 문제 없이 서로에게 잘 적응해가고 있었다.

나는 그녀에게 뉴잉글랜드에서 크리스마스를 보내자고 제안했다. 그녀도 쾌히 받아들였다. 전에는 비행공포증이 있었지만 이제는 다 극복했다며 나를 안심시키기까지 했다.

12월 15일, 나는 자동차를 몰고 보스턴공항으로 그녀를 마중하러 나가고 있었다. 공항에 도착하기 약 15분 전에 휴대폰이 울렸다. 갓길에 차를 세운 나는 휴대폰 화면에 떠 있는 그녀의 전화번호를 보고 생각했다.

'비행기가 연착됐나?'

아침에 에어프랑스 웹사이트를 확인해본 바로는 비행기가 정시에 출발한 것으로 되어 있었다.

나는 전화를 받았다.

"미안해, 못 가겠어."

그녀는 그 말만 남기고 숨죽인 울음소리와 함께 전화를 끊었다. 93번 고속도로에 눈이 펑펑 쏟아지고 있었다. 나는 믿을 수 없는 소식에 눈을 감고 생각했다.

이제 혼자서 쓸쓸히 크리스마스를 보내야겠구나.

사실 혼자서 쓸쓸하게 크리스마스를 보낸 건 아니었다. 메인 주에 있는 친구들과 이웃들이 나를 초대해주었지만 커다란 상실감을 겪고 있었던 탓에 마음을 풀어헤치고 함께 어우러질 수 없었다.

아이들이 크리스마스가 이틀 지난 아침에 집에 도착했다. 아이들과 함께한 시간은 더없이 즐거웠지만 낯선 환경 때문에 생긴 아이들의 상처가 내 손에도 만져질 듯해 마음이 아팠다.

나는 처음이라 힘들지 앞으로는 차츰 익숙해질 것이라며 아이들을 달랬다. 사실은 아이들을 달래는 것이라기보다는 나 자신을 달래는 것이었다. 새해가 밝아오는 게 전혀 달갑지 않았다. 이혼 소송 때문에 새해 벽두부터 자주 법원에 들락거려야 할 테고, 감당하기 쉽지 않은 경제적인 타격과 함께 말할 수 없이 지친 심신으로 녹초가 돼 있을 게 뻔했으니까.

나는 1월 5일에 아이들을 다시 보스턴의 아내에게로 보내고, 지프를 몰고 캐나다로 향했다. 저녁 8시, 영하의 기온 탓인지 북쪽으로 가는 고속도로는 텅 비어 있었다. 밤하늘에 구름이 잔뜩 끼어 있었고, 머리 위는 칠흑같이 캄캄했다. 내가 운전하는 지프에는 크로스컨트리스키와 일주일치 옷가지가 실려 있었다. 퀘벡에서 일주일 동안 크로스컨트리스키를 탈 생각이었다.

1월의 쓸쓸한 밤, 89번 고속도로에는 짙은 적막감이 감돌고 있었고, 내 절망감은 점점 깊어가기만 했다. 살아오는 동안 수없이 많은 일들을 겪었고, 감당하기 힘들 만큼 어려운 시기도 많았다. 2005년에는 몇 달 동안 우울증을 앓았다. 밤마다 극심한 불면증에 시달렸고, 그 시기에 내 소설들 가운데 가장 어둡고 기묘한 느낌을 주는 《파리5구의 여인》을 썼다.

나는 어두운 숲에 있을 때에도 절망을 적절히 내 안에 가두며 살아왔다. 키르케고르가 말했듯 '절망은 죽음에 이르는 병'이다. 나는 가까운 친구 몇몇이 절망에 무릎 꿇는 모습을 보았다. 그럴 때마다 나는 절대로 절망하지 않겠다고 마음을 굳게 다져왔다. 절망에 굴복한다는 건 희망을 잃는 것이다. 희망이 없는 삶이란 빠져나올 가능성이 전혀 없는 함정에 갇혀 지내는 것이다.

그날, 캐나다로 가는 길에 나는 절망에 휩싸였다. 절망은 사악한 쥐처럼 내 정신을 갉아먹었다. 내가 떠안고 있는 모든 문제가 일제히 폭발했다. 눈앞에 다가온 이혼, 법정소송, 엄청난 비용, 원활하지 않은 일, 크리스마스 직전에 깨어진 연애, 안타깝지만 당분간 어쩔 수 없이 연락을 끊고 살아야 하는 부모, 큰 상처를 받아야 하는 두 아이들이 번 같아 교차하며 떠올랐다.

나는 내 자신을 다독거렸다.

더글라스, 자 어서 기운을 내. 그저 나쁜 일기예보라고 생각해. 조만간 날씨는 다시 맑아질 거야.

퀘벡의 호텔에서 뒤척이며 잠을 자다가 깨어난 아침, 런던에 있는 내 변호사가 보낸 이메일 때문에 내 마음은 더욱 심하게 우울해졌다. 회계감사를 받아야 한다는 메일이었다. 좋지 않은 내 재정 상황에 또다시 빨간불이 들어오는 순간이었다.

나는 이제 옴짝달싹 못할 덫에 갇힌 느낌이었다.

눈은 하루 종일 내렸다. 온 세상이 눈에 갇혔다. 나는 퀘벡에서 세인트로렌스 강을 따라 북쪽으로 40킬로미터를 더 올라간 다음 세인트앤산에 있는 크로스컨트리 센터로 갔다. 차를 주차하고 스키와 폴을 꺼내 스키 코스 입구로 갔다. 지도를 확인한 다음 바인딩에 발을 집어넣고, 폴을 꽉 쥐었다. 나는 스키를 타고 천천히 위로 올라가기 시작했다. 계속해서 펑펑 쏟아지는 눈 때문에 길을 찾기가 힘들었다. 언덕 꼭대기에 오르기까지 45분이 걸렸다. 유산소운동으로 엔도르핀이 생성되기를 기대했지만 전혀 느낄 수 없었다. 오히려 기분이 더욱 우울해지기만 했다.

내가 우울을 떨쳐버리기 위해 얼마나 애썼는지는 하늘만이 알 것이다. '내일은 내일의 태양이 뜰 거야.' 같은 말로 씻어 버릴 수 있는 우울이 아니었다. '내가 아직 배가 불러 감정의 호사를 부리는 거야.' 같은 생각은 우울을 더 깊게 할 뿐이었다.

나는 '아프리카에서 매일이다시피 굶주리는 사람도 있는데, 의식주를 마련하는데 전혀 불편함 없이 살면서 기분이 조금 울적하다고 엄살을 떨면 안 되지.' 같은 말을 싫어한다. 의식주와 아픔은 별개의 문제이다. 가뜩이나 절망에 빠져 있는 사람에게 '지금 아프리카에는 기아로 죽어가는 사람이 수두룩한데 우울 따위 사치한 감정은 당장 던져 버려!' 라고 말할 권리는 어느 누구에게도 없다.

아무튼 나는 우여곡절을 겪으며 스키 코스 꼭대기까지 올라왔다. 눈앞에 놓인 가파른 내리막길을 보자니 내 괴로운 인생을 대하는 듯했다. 방금 내린 눈 덕분에 스키 코스는 대체로 부드럽고 푹신했다. 나는 아래쪽을 내려다보며 생각했다.

'한껏 속도를 내 달려도 그리 위험하지 않게 내려갈 수 있겠어.'

나는 숨을 가다듬고 나서 폴을 쥔 손에 힘을 주고 몸을 앞으로 밀었다. 출발하자마자 곧 가속도가 붙었다. 방금 내린 눈이 두텁게 쌓여 있을 거라는 생각은 오산이었다. 눈이 그리 두텁게 쌓여 있지 않아 스키가 닿는 곳마다 미끄러운 빙판이 금세 드러났다.

나는 무시무시하게 날아가는 대포알처럼 아래쪽을 향해 달리고 있었다. 속도를 줄이는 게 분별력 있는 행동이겠지만 나는 아무 생각 없이 속도감에 몸을 내맡기고 아래쪽으로 질주했다. 위험할 수도 있다는 생각이 잠깐 뇌리를 스쳐지나갔지만 나는 중력의 법칙에 몸을 떠맡기고 질주했다. 무릎을 굽히고, 폴을 겨드랑이에 꼈다. 내 몸이 어떻게 되어도 상관없다는 생각이 들었다. 조심해야 한다는 생각은 완전히 망각했다. 나는 그저 내달리다가 어디에라도 부딪치고 싶었다.

커다란 오크나무가 눈앞에 갑자기 나타났다. 찰나의 순간에 나는 생각했다.

'젠장맞을!'

머릿속에서 어린 시절의 기억이 휙 지나갔다. 훨씬 더 구체적인 생각이 머릿속을 파고들었다.

내가 평생 맞서 싸웠던 어둠에 결국 굴복하는 건가? 어둠이 나를 삼키게 내버려둘 건가? 어둠이 내 생명을 앗아간다면 나의 사랑스러운 두 아이 맥스와 아멜리아의 삶도 큰 상처를 받겠지.

순간적인 판단 하나로 모든 게 바뀌는 경우를 보면 정말 신기하지 않은가?

1975년 봄, 더블린에 있는 트리니티대학교에 교환학생으로 있을 때 나는 피츠윌리엄광장 근처에서 길을 건너다가 자동차에 치였다. 내 몸이 공중으로 튀어 올랐다. 지금도 그때의 기억이 생생하게 떠오른다. 절체절명의 순간, 나는 이대로 세상에 작별을 고할 것인지, 아니면 최선을 다해 내 몸을 지킬 방법을 찾을 것인지 결정을 내려야 했다. 나는 내 몸을 보호하기로 결정했고, 최대한 몸을 둥그렇게 말며 어깨부터 바닥으로 떨어졌다. 내 목이 아니라 어깨가 먼저 땅에 닿는 바람에 나는 가까스로 살 수 있었다. 아주 짧은 순간에 나는 살기로 마음먹었고, 결국 스스로 목숨을 구할 수 있었다.

그로부터 33년이 지난 지금 나는 우울에 빠져 스스로 위험을 자초하고 있었다. 5초 뒤면 어김없이 오크나무에 부딪칠 수밖에 없는 상황이었다.

바로 그 순간, 나는 급히 왼쪽으로 몸을 틀었고, 눈에 스키를 깊이 파묻으며 쓰러졌다. 눈 위에 쓰러진 나는 가까스로 오크나무를 피했다는 걸 알 수 있었다. 불과 몇 초 만에 이루어진 행동이었다. 내가 멍하니 눈 위에 누워 있는 동안 세상은 온통 정적에 휩싸였다. 나는 스스로 생명을 건 위험을 자초했다가 마지막 순간에 살기로 결심했다. 나 자신도 내가 저지른 행동들을 이해할 수 없었다.

눈은 계속 퍼붓고 있었다. 스키 한 짝이 몇 미터 떨어진 눈 위에서 나뒹굴고 있었다. 나는 자살을 저지를 뻔했고, 충격에 휩싸였다. 미리 계획한 일은 아니었다. 충동적인 생각이 하마터면 나를 죽음에 이르게 할 뻔했다.

나는 추위를 느끼며 몸을 일으켜 세웠다. 영하 10도의 날씨에 눈 위에 계속 누워 있을 수는 없었다. 넘어질 때 왼쪽 무릎에 타박상을 입는 바람에 통증이 일었지만 몸을 움직일 수 없을 정도는 아니었다.

나는 스키를 찾아 천천히 발에 끼우고, 다시 스키 코스에 섰다. 그런 다음 아주 조심스럽고 신중한 자세로 앞으로 나아갔다. 몸을 계속 움직이는 게 무엇보다 중요했다. 나는 천천히 앞으로 나아갔다. 가파른 언덕이 두 번 더 나왔다. 그때마다 나는 스키를 벗고 걸어서 내려갔다. 내리막길에서 스키를 타게 되면 또다시 속도를 내고 싶은 충동이 일까봐 두려웠다. 나는 내 자신을 믿을 수 없었다. 아니, 솔직히 말하면 내 자신이 너무 두려웠다.

15킬로미터 코스를 내려오는데 무려 세 시간이 걸렸다. 스키 센터에 도착해 자동차에 짐을 싣고 곧장 퀘벡으로 출발했다. 비로소 호텔 방에 도착한 나는 욕조에 뜨거운 물을 받아 오랫동안 몸을 담갔다.

하마터면 죽을 수도 있었어.

충격은 이내 나 자신에 대한 분노로 바뀌었다.

나는 마침내 욕조에서 나왔다. 왼쪽 다리에 커다란 멍 자국이 나 있었지만 나는 대단히 운 좋게 살아남았다. 내가 묵고 있는 호텔은 퀘벡 남부에 있었다. 17세기 프랑스 식민지 시절 건물이 잘 보존되어 있어 세계문화유산으로 지정된 곳이었다. 눈이 쌓인 곳에 달빛이 비치자 더욱 아름다웠다.

나는 30분 동안 무작정 걸었다. 죽음 가까이까지 갔다가 돌아와 아름다운 도시의 꽃향기를 맡으며 걸었다고 말하고 싶지만 거리는 짙은 안개에 휩싸여 있었다. 여전히 머릿속이 혼란스럽고 불안해 술집으로 들어갔다. 위스키를 마시고 맥주로 입가심한 다음 수첩을 펼쳤다.

'인생의 가장 큰 미스터리는 자기 자신이다. 우리는 자신을 잘 알고 있다고 생각하지만 절대로 자기 자신을 진정으로 알지 못한다.'

그런 수수께끼 같은 말을 갈겨쓴 다음 수첩을 덮었다.

나는 위스키를 한 잔 더 마시고, 술집을 나와 퀘벡 중심가로 걸어갔다. 광장에 작은 스케이트 링크가 있었다. 퇴근하고 스케이트를 타러 온 사람이 제법 많았다. 나는 슈트 위에 두툼한 파카를 입고 스케이트를 타는 직장인들을 흥미로운 눈길로 지켜보았다. 일곱 살이 안 되어 보이는 어린아이들도 스케이트를 즐기고 있었다. 70대 초반으로 보이는 커플도 세 쌍이나 있었다.

퀘벡 사람들은 어릴 때부터 스케이트를 가까이 하는 게 분명했다. 아버지는 학창시절에 아이스하키 선수를 지낸 탓에 센트럴파크에 있는 스케이트장에 나를 자주 데려갔다. 나는 어릴 때부터 운동신경이 좋지 않았다. 아버지는 나에게 스케이트를 타는 방법을 가르치려 했지만 번번이 넘어져 다리에 멍만 잔뜩 들었을 뿐이다.

내가 아홉 살 때 아버지는 답답하다는 듯 소리쳤다.

"얼음 위를 미끄러지듯 나가면 돼!"

운동에 소질이 없는 아들을 둔 아버지의 실망스런 얼굴 표정이 그대로 다 드러났다. 내 눈에는 눈물이 고였다. 몇 년 뒤 칼리지트에 다닐 때도 내 운동신경은 여전히 형편없었다. 체육시간에 팀을 짜 경기를 할 때마다 나는 늘 마지막까지 뽑히지 않는 학생이었다.

내가 유산소운동에 관심을 갖게 된 건 40대 중반 때부터였다. 유산소운동은 신체 건강뿐 아니라 정신의 균형을 유지하는데 많은 도움이 됐다. 나는 크로스컨트리스키를 배웠고, 의무적으로 헬스클럽에 갔다. 그때부터 스트레스와 피로를 떨쳐내는 방법으로 엔도르핀을 이용하게 되었다. 음식과 술을 좋아하지만 꾸준히 운동을 하면서 몸의 균형이 잡혀 갔다. 과식을 즐기는 체질이지만 운동이 단단하고 균형 잡힌 몸매를 유지하는 균형추가 되어주었다.

스케이트는 여전히 나에게 어려운 운동이었다. 캐나다 로키 산맥에서 글을 쓰고 크로스컨트리스키를 탈 때에 몇 번인가 루이즈 호수에 가 스케이트를 타보려고 했지만 여전히 몸의 균형을 유지하며 앞으로 나아가기가 힘들어 포기했다.

퀘벡 시청 근처 광장에서 사람들이 스케이트를 타는 모습을 보며 나는 결심했다.

스케이트를 배우고 말겠어.

호텔로 돌아간 나는 프런트 직원에게 스케이트를 가르쳐줄 사람을 구해달라고 했다.

프런트 직원이 웃으며 말했다.

"특이한 주문이네요."

내가 웃으며 말했다.

"제가 캐나다 사람이 아니어서요."

"30분만 시간을 주세요."

30분이 될 때까지 기다리지 않아도 되었다. 15분 뒤, 프런트 직원이 내 방으로 인터폰을 했다. 퀘벡에는 전문적인 스케이트 강사가 없지만 그의 친구가 학교 교사인데 기꺼이 스케이트를 가르쳐주기로 했다는 것이었다.

"내일 저녁 6시에 시간 괜찮으십니까? 강습료는 시간당 30달러인데 혹시 너무 많은가요?"

"아니, 좋습니다."

"제법 쓸 만한 중고 스케이트를 100달러쯤 주고 살 수 있는 곳도 알려드리겠습니다."

이튿날, 스케이트를 구입한 나는 프런트 직원의 친구인 교사 뤽을 만났다. 30대인 뤽은 덩치가 크고 수염을 길렀으며 대체로 편안한 성격이었다. 그는 중학교 교사로 첫사랑과 결혼했는데 아내의 이름은 사빈이었다. 아홉 살과 일곱 살짜리 두 아들이 있었고, 이름은 가브리엘과 데니스였다. 뤽을 여섯 번 만나 스케이트를 배웠다. 스케이트를 배우는 동안 뤽은 외국여행을 많이 다니지도 않았고, 그리 명석한 편은 아니었지만 자신의 삶을 답답하게 여기거나 좁은 곳에 갇혀 산다고 불만을 품고 있지는 않은 사람이었다. 뤽은 자신이 살고 있는 곳과 가족을 사랑하고, 그 안에서 충분히 행복을 느끼는 사람이었다.

물론 편안한 겉모습 이면에는 좀 더 복잡한 심리가 숨어 있을 것이다.

현재의 울타리 안에서 충분히 만족하며 사는 사람이 과연 얼마나 될까?

편안해 보이는 뤽의 속내를 들여다보면 의심과 후회, 분노가 숨어 있을지도 모른다. 인생사가 어느 누구에게나 더없이 복잡하고 힘들다는 가정은 내 경험에서 비롯된 것이다. 지금 눈에 보이는 모습이 뤽의 전부가 아니라는 건 소설가가 직업인 내가 아니더라도 누구나 짐작할 수 있을 것이다.

아무튼 뤽은 스케이트를 가르치는 방법이 뛰어난 트레이너였다. 그는 얼음 위에 엉거주춤 서 있는 나를 보자마자 곧 문제점들을 파악했다.

뤽이 말했다.

"넘어지는 걸 두려워하지 않는다는 건 좋은 마인드입니다. 넘어지는 걸 두려워하면 스케이트를 배우기 힘들죠."

뤽의 이야기를 듣는 동안 내 머릿속에서는 전날 스키 코스에서 있었던 일이 떠올랐다. 그 일을 겪고 나서 나는 새삼 깨닫게 되었다.

'사는 동안 내가 얼마나 나 자신을 망가뜨리고 다시 일어서기를 반복했던가?'

뤽의 말대로 나는 넘어지는 건 두렵지 않았다. 나의 더 큰 문제는…….

뤽은 내 생각을 꿰뚫어보기라도 한 듯 말했다.

"몸의 균형을 잡는 데 문제가 있어요. 앞으로 나갈 때 제대로 서 있으려면 몸의 균형을 잡는 게 필수라는 사실을 잊어서는 안돼요. 몸의 균형을 잡을 줄 알게 되면 스케이트를 익히는데 전혀 문제가 없을 겁니다."

그 말에 나는 '아이고!' 하는 생각밖에 할 수 없었다. 내 인생이 대체로 흥미롭기는 하지만 균형을 잡는 것과는 거리가 멀었다.

뤽이 말했다.

"자, 다시 시작해 봅시다."

뤽은 내 팔을 잡고 나를 스케이트장 한가운데로 이끌어갔다. 붙잡을 난간이나 벤치도 없는 링크 한가운데였다.

"자, 세 가지 기본만 지키면 돼요. 몸을 딱딱하게 굳게 하지 말 것, 항상 몸의 균형을 염두에 둘 것, 얼음을 지치려고 해볼 것."

그런 다음 한 마디 덧붙였다.

"제 말을 다 알아들었죠?"

나는 고개를 끄덕였다.

뤽이 잡고 있던 손을 놓자마자 나는 앞으로 넘어졌다.

"무릎이 너무 뻣뻣하게 굳어 있잖아요. 무릎을 자연스럽게 굽혀야 몸의 균형을 잡을 수 있어요."

뤽의 말대로 무릎을 굽히자 이번에는 엉덩방아를 찧었다. 뤽은 넘어진 나를 일으켜 세워 주지 않았다.

다시 엉거주춤 몸을 일으킨 나에게 뤽이 말했다.

"몸의 균형을 유지할 수만 있다면 스케이트를 배우는데 전혀 문제가 없어요. 자, 다시 한 번 해봐요."

나는 무릎을 굽히고 보이지 않는 난간을 잡는 듯 두 손을 양옆으로 들었다.

'몸의 균형을 잡자.'

나는 그렇게 생각하며 오른발을 내밀고 얼음을 지쳤다. 아직 자세가 완벽하지는 않았지만 어쨌든 얼음을 지치고 앞으로 나아갈 수는 있었다.

뤽이 고개를 끄덕였다.

"자, 이제 왼발로도 얼음을 지쳐 봐요."

여전히 폼은 엉성했지만 나는 몸의 균형을 잃지 않고 앞으로 나아갈 수 있었다.

"한 번 더해 봐요. 이번에는 오른발이 앞으로 나간 다음 곧바로 왼발로 얼음을 지치며 앞으로 나가 봐요."

나는 뤽의 말대로 해보려다가 또다시 넘어졌다.

뤽이 말했다.

"왜 넘어졌는지 알고 있죠? 무릎을 굽히지 않았잖아요. 몸이 굳어 있게 되면 쉽게 넘어져요. 다시 넘어지고 싶지 않으면 명심해요."

처음 한 시간 강습이 끝날 때쯤 나도 비로소 무릎을 굽히고 몸의 균형을 잡을 수 있게 됐다. 발을 번갈아 교차하며 비록 짧은 거리지만 얼음을 지칠 수도 있었다. 한 시간 강습이 끝나기를 몇 분 남겨두고 뤽이 나에게 링크를 한 바퀴 돌아보라고 했다.

내 옆으로 휙휙 지나쳐가는 퀘벡 사람들을 보며 내 스케이트 실력이 무척이나 초라하게 느껴졌다. 나는 뤽의 말대로 넘어지지 않고 링크 한 바퀴를 다 돌 수 있었다.

뤽이 말했다.

"이제 스케이트의 첫 걸음마를 떼게 됐어요. 내일 링크에서 봐요."

그날 밤, 나는 호텔 방에서 컴퓨터로 공영라디오 방송을 들으며 책을 읽고 있었다. 라디오에서는 문학프로그램이 진행되고 있었고, 스탠리 쿠니츠의 시가 낭송되었다. 나는 책을 내려놓고 시낭송에 귀를 기울였다.

나는 아래 네 행을 듣는 동안 큰 충격을 받았다.

아, 나는 내 불행의 부족을 만들어 왔네
그런데 내 부족은 갈 곳을 잃었네!
이 상실의 잔치를
마음은 어찌 감수할까?

시 낭송이 끝나자마자 나는 제목을 얼른 받아 적은 다음 컴퓨터에서 그 시를 검색했다. 그날 저녁, 나는 그 시를 네 번 넘게 읽었다.

이 상실의 잔치를 마음은 어찌 감수할까?

그 마지막 질문이 밤새 나를 괴롭혔다.

이튿날 아침, 나는 세인트앤 산의 크로스컨트리 스키코스로 갔다. 이번에는 경사가 가파르지 않고, 크게 휘는 지점이 12킬로미터인 코스를 택했다. 비교적 쉽고 안전한 코스였지만 완주를 끝내자 엔도르핀이 돌았다. 내가 싸우고 있는 어둠이 조금 밝아졌다.

이 상실의 잔치를 마음은 어찌 감수할까?

정말로 어찌 감수할까?

그날 저녁 6시, 나는 스케이트장으로 갔다.

뤽이 보자마자 나를 몰아붙였다.

"좋아요. 어제 배운 실력을 그대로 유지하고 있는지 한번 봅시다."

처음에는 균형을 잃고 넘어졌다. 최소한 네 번은 넘어졌지만 무릎을 계속 굽히고 있었다. 아무튼 몸이 뻣뻣하게 굳어지는 문제를 극복했다는 게 기뻤다. 한 시간 동안 강습을 더 받고 나서 점차 스케이트장을 여러 바퀴 돌 수 있었다. 아직 그리 보기 좋은 자세는 아니었다.

뤽은 편안하게 얼음을 지쳐야 한다고 지적했지만 아직은 뜻대로 되지 않았다. 여전히 얼음을 힘껏 지치기보다는 아기 걸음마처럼 조금씩 내디딜 때가 많았다. 어쨌든 나는 스케이트를 타고 있었고, 얼마든지 스케이트 날을 딛고 혼자 서 있을 수 있었다.

그때 갑자기 슬픈 생각을 불러일으키는 모습을 보았다. 내 또래부부가 두 아이와 함께 스케이트를 타고 있었다. 두 아이의 나이는 맥스와 아멜리아와 비슷했고, 역시 딸과 아들이었다. 아이들은 스케이트를 타는 동안 쉴 새 없이 뭐라고 떠들어대며 즐거워하고 있었다.

나도 모르게 입술을 깨물었고, 눈에는 눈물이 고였다. 이제 우리 부부에게 이혼은 기정사실이 된 상황이었지만 무엇보다 가족이 해체되는 슬픔이 가장 컸다.

내가 얼음 위에 얼어붙다시피 서서 슬픔에 젖어 있자 뤽이 말했다.

"괜찮아요?"

내가 말했다.

"아내와 이혼절차를 밟고 있어요. 아이들이 보고 싶어요."

뤽은 내 말을 분명하게 알아들은 것 같았는데, 대답은 엉뚱하게 나왔다.

"자, 몸의 균형을 잡고 앞으로 나아가요."

나는 그날 일식당에서 혼자 저녁을 먹으며 노트북컴퓨터를 열고 쿠니츠의 시를 또 응시했다.

이 상실의 잔치를 마음은 어찌 감수할까?

이혼하고 나서 마음을 어떻게 감수할지가 나의 과제였다. 어떻게든 상실감을 뛰어 넘어 활기찬 생활로 되돌아가야 했다.

'몸을 딱딱하게 굳게 하지 말 것.'

누군가 멀리서 나를 보았다면 내 몸이 딱딱하게 굳어 있다고 말했을 것이다.

나는 대학을 졸업하는 순간부터 온갖 위험을 자초하며 수많은 시도를 해왔다. 직업을 바꿔야 한다는 확신이 들 때면 가차 없이 그만두었다. 연극 연출 일은 미래가 밝지 않아 그만두었다. 희곡 역시 내 길이 아니라고 판단했다. 11년 동안 살았던 더블린을 떠날 때도 망설이지 않았다.

더블린에서 런던으로 옮겨 작가로서의 길을 찾을 수 있는 기회를 얻었다. 여행과 문화생활을 좋아하고, 사람들과 어울리길 좋아하는 나에게 작가로서 살 수 있는 길이 열렸다는 건 더없이 고마운 일이 아닐 수 없었다. 아이들의 아버지가 된다는 걸 알게 되었을 때 나는 기쁨과 함께 큰 책임을 느꼈지만 몸이 굳은 적은 없었다. 청년 시절, 나는 절대로 아이를 갖지 않겠다고 말하곤 했다. 그러던 내가 이제는 자식을 낳고 키우는 것이야말로 세상에서 가장 가치 있는 일이라 생각하게 되었다. 내 인생에서 딱딱하게 굳은 부분이 있다면, 내 자신의 상실을 받아들이지 못하는 것이었다.

불안정한 어린 시절의 산물인 분노, 후회, 가책, 죄책감에서 벗어나지 못한다면 즉, 어두운 기억들이 내 삶에 계속해서 그늘을 드리우도록 내버려둔다면 무릎을 제대로 굽히고 앞으로 나아갈 수 없을 것이다. 누구에게나 유연성이 필요하다. 어둠의 그늘에서 벗어나지 못할 경우 우리는 삶에서 필연적인 온갖 난제에 유연하게 대처할 수 없다.

'균형을 생각하라.'

나는 이틀 전, 속도에 굴복해 균형을 잃었던 순간을 생각했다.

삶에서 균형을 잃기란 얼마나 쉬운 일인가?

스키코스에서 광기에 사로잡혔던 내 모습을 떠올리자 나는 또다시 두려워졌다. 생을 버리고 싶은 충동에 휩싸였던 나 자신에게 화가 나기도 했다.

어쨌든 나는 오크나무와 충돌하기 직전 가까스로 몸을 피했다. 염세적인 광기에 휩싸였던 나는 죽음을 피하고 삶을 선택했다. 그때 나는 실망, 슬픔, 좌절, 갈등을 내 인생이라는 큰 그림 속의 일부로 받아들이기로 했다.

나는 갑자기 대단히 낙천적인 사람이 되었을까?

내 세계관에는 '삶은 기본적으로 투쟁이다.' 라는 믿음이 깔려 있었다. 지난 10년 동안 내 삶은 즐겁기도 했고, 괴롭기도 했다. 작가가 되고 나서 처음으로 달콤한 성취의 향기를 제대로 맡을 수 있었다.

나는 생이 갑자기 무자비하고 부당한 카드를 내밀 수도 있다는 사실을 정확하게 깨달은 순간이 있었다. 1998년 5월, 나는 내 아들 맥스의 방에 있었다. 나는 맥스가 없다는 사실을 깨달았다. 맥스가 실제로 없었다는 뜻이 아니라 내 아들의 개성이나 성격이 없었다는 뜻이었다. 맥스는 이름을 불러도 대답하지 않았고, 외부 자극에 반응하지 않았다. 맥스의 눈은 겨울호수처럼 차갑게 얼어붙어 있었다.

그 당시 아내는 프랑스에 출장을 떠나 있었다. 집에는 당시 두 살이던 아멜리아와 나밖에 없었다. 맥스를 침대에서 품으로 안아 올렸다. 맥스의 파자마 아랫도리가 흠뻑 젖어 있었다.

나는 맥스를 욕실로 데려가 파자마를 벗기고 변기 위에 앉혔다. 맥스의 다리를 닦을 수건을 집느라 아주 잠깐 동안 고개를 돌렸다. 그 짧은 순간에 맥스는 자기 몸을 가누지 못하고 쓰러졌다.

그때 나는 진짜 위급한 순간이 되면 주위의 소음이 다 사라지게 된다는 걸 알게 되었다. 나는 맥스를 안아들고 욕조에 세웠다. 샤워기로 맥스의 소변을 깨끗이 씻어내고 방으로 데려가 옷을 입힌 다음 주방으로 데려갔다.

나는 맥스가 좋아하는 초콜릿 빵을 꺼냈다. 맥스 앞에 사과주스와 초콜릿 빵을 내려놓았다. 맥스는 주스와 빵을 물끄러미 쳐다보기만 할 뿐 먹을 생각을 하지 않았다. 나는 맥스의 이름을 부르다가 손가락을 맞부딪쳐 탁 소리를 냈다. 맥스는 여전히 아무런 반응을 보이지 않았다.

나는 전화기로 달려가 프랑스에 가 있는 아내의 휴대폰으로 전화했다. 아내에게 어떤 일이 있었는지 자세히 이야기한 다음 말했다.

"그레이트오먼드스트리트 병원으로 데려갈게."

그레이트오먼드스트리트 병원은 런던에서 가장 유명한 아동 병원이었다. 아내는 회의에 들어가야 하지만 최대한 빨리 런던 행 비행기를 찾아 돌아오겠다고 말했다.

나는 얼른 위층으로 올라가 당시 두 살이던 아멜리아의 옷을 입혔다. 그 다음 아멜리아를 안고 재빨리 아래층으로 달려갔다. 맥스는 식탁자리에 앉아 여전히 꼼짝도 하지 않고 있었다. 빵과 주스에는 전혀 손을 대지 않고 멍하니 바라보기만 했다.

나는 어쩔 수 없이 초콜릿 빵을 맥스의 손에 쥐어주고 손을 입으로 가져갔다. 그렇게라도 해서 빵을 먹여야 했다. 오전 8시에 육아도우미 비키가 출근했다. 나는 비키에게 맥스가 아파 병원에 가봐야 한다고 말했다.

나는 맥스와 아멜리아를 차에 태웠다. 병원으로 가는 길에 맥스는 또 다시 발작을 일으켰다. 나는 차를 갓길에 세우고 맥스의 발작이 가라앉을 때까지 꼭 끌어안고 있어야 했다. 뒷자리의 유아용 시트에 앉아 있던 아멜리아가 손을 뻗어 제 오빠의 머리를 쓰다듬었다. 그 모습이 지금도 눈에 선하다. 그 어린 나이에도 아멜리아는 제 오빠가 발작을 일으켜 괴로워하는 모습을 그냥 지켜볼 수 없었던 것이다.

맥스는 또 오줌을 쌌다. 세심한 성격의 비키가 차를 세우고 맥스의 옷을 갈아입히는 게 좋지 않겠냐고 말했다. 출발하기 전에 나는 맥스의 속옷과 옷을 챙겨두었다. 비키와 나는 출근 시간 러시아워가 시작되기 전에 얼른 차를 세우고, 맥스의 옷을 갈아입힌 다음 병원으로 달려갔다.

나는 병원 앞에서 맥스를 안아들고 차에서 내렸다. 자동차 열쇠는 비키에게 건넸다. 소아신경외과는 세상 어떤 부모라도 가고 싶지 않은 곳일 듯했다. 뇌수술과 항암치료를 받아 머리카락이 몽땅 빠지고 얼굴이 홀쭉해진 아이들이 내 앞을 지나갈 때 나는 안쓰러운 나머지 눈을 내리깔아야 했다.

나는 맥스를 데리고 뇌파검사실로 갔다. 맥스는 이미 몇 주 전부터 작은 경련을 일으켰다. 윔블던에 있는 특수학교에서는 맥스를 언어장애를 가진 아이로 진단했다. 그 특수학교에서는 맥스의 발달장애에 효과적으로 대처하지 못했고, 작은 경련을 주의력결핍증으로 진단했다.

나는 맥스를 정밀 검사해봐야 한다고 주장했다. 마침 그날 아침 맥스는 그레이트오몬드스트리트 병원에 검사 예약이 되어 있었다. 그 덕분에 응급환자로 이런저런 절차를 밟을 필요 없이 곧장 검사실로 갈 수 있었다.

뇌파검사를 담당하는 사람이 왔다. 이름이 멜라니로 20대 후반의 오스트레일리아 출신 여자였다. 멜라니는 맥스가 마비상태인 걸 보고 나서 조심스럽게 아이를 다루었다.

"안녕, 맥스?"

맥스는 대답이 없었다. 멜라니가 다가와 맥스를 자세히 살폈다. 맥스의 눈동자가 빠르게 움직이고 있었다. 멜라니는 눈동자의 움직임을 주시했다.

"맥스, 내 말 들리니?"

여전히 대답이 없었다.

멜라니가 나에게 물었다.

"언제부터 이런 상태였죠?"

"오늘 아침에 아이 방으로 들어갔을 때 처음 발견했습니다. 미세한 경련을 일으키기 시작한 건 열흘 전부터입니다."

멜라니가 내 팔을 쓰다듬으며 말했다.

"힘드시죠?"

내가 말했다.

"괜찮습니다."

"그럴 리가요?"

우리는 전자장비들이 가득한 방으로 들어갔다. 대형 모니터, 길게 말린 종이에 가는 바늘들이 여럿 달린 프린터 같은 첨단기기도 있었다. 치과 진료실에 흔히 볼 수 있는 의자도 있었다. 멜라니가 의자에 맥스를 앉힌 다음 나에게 설명했다.

"머리에 전선을 몇 개 꽂을 텐데, 그다지 아프지는 않아요."

맥스는 아무런 움직임도 보이지 않고 앉아 있었다. 멜라니는 맥스의 머리 곳곳에 전선을 대보더니 나에게 여분의 의자에 앉으라고 손짓을 보냈다.

멜라니는 전선을 모두 연결하고 나서 전자 장비를 가동시켰다. 기계가 켜지며 윙 소리가 나는 동시에 그래프 프린터의 바늘들이 아주 빠르게 요동쳤다. 전문가가 아니더라도 내 아들의 머릿속에서 대혼란이 빚어지고 있다는 걸 금세 알 수 있는 증거였다.

나는 그래프에서 눈을 떼고 멜라니를 쳐다보았다. 멜라니는 정신없이 요동치는 그래프를 쳐다보며 눈이 휘둥그레져 있었다. 그녀는 절제된 목소리로 병원에서 누구나 절대로 듣고 싶어 하지 않는 말을 했다.

"잠시만 실례하겠습니다."

멜라니는 황급히 검사실을 나갔다. 복도에서 빠르게 울리는 멜라니의 발자국소리가 들려왔다. 곧 멀어졌던 발자국소리가 잠시 후 다시 가까이에서 들려왔다. 이번에는 두 사람이었다.

멜라니와 함께 검사실에 온 사람은 50대의 은발 남자로 흰 가운을 입고 있었다. 의사는 자신이 오늘 아침 근무를 맡은 소아신경외과 의사라고 말하고 나서 계속 요동치고 있는 그래프를 유심히 살펴보았다. 의사는 겉으로 드러내지 않으려고 애썼지만 가늘게 한숨 짓는 모습이 내 눈에도 보였다.

의사는 맥스의 차트를 들어 자세히 살피며 말했다.

"아드님은 간질입니다."

"치료가 가능합니까?"

"대개는 적절한 약물요법만으로도 치료가 가능하죠."

"대개의 경우가 아니면요?"

"치료가 안 되는 경우는 드뭅니다."

"간혹 치료가 안 될 수도 있다는 말씀입니까?"

의사가 고개를 끄덕였다.

"간혹 치료가 안 될 경우 지금 저 상태가 지속될 수도 있습니까?"

"간질은 환자마다 조금씩 증상이 달리 나타납니다."

"제 아들은 지금 듣지도 못하고, 말도 하지 못합니다."

나는 침착한 목소리로 말하려고 애썼지만 뜻대로 되지 않고 갈라졌다. 나도 모르게 눈물이 고였다. 소아신경외과 의사는 나 같은 부모를 다루어본 경험이 많은 듯 내 팔을 꽉 잡고 말했다.

"무척이나 힘드실 테지만 좋은 소식이 있을 거라 기대하면서 마음을 편안하게 가지세요. 대부분의 아이들이 치료를 받고 회복된다고 생각하시면 됩니다. 당장 입원시키지 않아도 되고요. 입원한다고 더 좋을 건 없으니까요. 그 대신 맥스 같은 증상을 전문적으로 치료하는 의사선생님을 소개해드리겠습니다. 할리스트리트에서 멀지 않은 곳에 있는 병원인데, 호스킹 박사가 아마도 지금쯤 자리에 있을 겁니다. 제가 전화해서 맥스를 봐줄 수 있는지 확인해 보겠습니다."

한 시간 반 뒤, 우리는 그윌림 호스킹 박사의 병원에 와 있었다. 호스킹 박사는 내 또래로 가운이 아닌 슈트 차림이었다. 겉으로는 무뚝뚝해 보였는데 나중에 알고 보니 더없이 친절한데다 열정이 대단한 의사였다.

호스킹 박사는 한참 동안 맥스를 살펴보고 나서 내가 가져온 뇌파검사 결과를 다시 한참동안 들여다보았다.

호스킹 박사가 맥스를 두루 살피며 물었다.

"맥스, 네 아버지의 수명을 5년간 단축시킨 기분이 어떠니?"

호스킹 박사가 내가 몹시 궁금하게 여기는 게 뭔지 알고 있다는 듯 나를 쳐다보며 말했다.

"맥스를 깨어나게 할 수 있겠습니다만 당장은 인내심을 갖고 기다려야 합니다. 금방 낫는 병이 아니니까요. 분명히 말씀드리지만 지금 이 상태에서는 벗어날 수 있습니다."

'이 상태'에서 벗어나기까지 무려 10주가 걸렸다. 처음에는 정신 안정제인 디아제팜을 처방받았다. 첫 주에는 호스킹 박사의 병원에 맥스를 두 번이나 데려가야 했다. 발작이 너무 심했기 때문이다. 두 번째 응급상황이 발생해 병원으로 데려갔을 때에는 호스킹 박사도 맥스의 상태를 보고 큰 충격을 받았다.

호스킹 박사는 이제부터 디아제팜과 스테로이드제를 섞어 써야겠다고 말했다. 몇 주 동안 맥스의 몸이 부은 탓이었다. 두 가지 약을 함께 처방하자 맥스는 조금씩 진정되기 시작했다. 약 처방만으로 호전되지 않을 경우 입원치료를 받아야 한다고 했다. 2주가 지나자 맥스의 발작이 마침내 가라앉았다. 그때부터 스테로이드제 투약을 중단했다. 스테로이드제 덕분에 맥스의 부기도 가라앉았다. 그렇지만 맥스가 다시 말을 하게 된 건 아니었다. 점차 사람들의 말소리에 반응하기 시작했지만, 여전히 맥스가 입으로 말하는 소리를 들을 수 없었다.

호스킹 박사가 나를 안심시켰다.

"곧 말을 할 수 있게 될 겁니다."

나는 밤마다 맥스에게 책을 읽어 주었다. 맥스가 유난히 좋아하는 책이 모리스 센닥의 《괴물들이 사는 나라》였다. 공교롭게도 그 책의 주인공 이름도 맥스였다. 어린아이가 어른들의 세계에 대한 두려움과 그것을 극복하는 과정을 아주 뛰어나게 표현한 모리스 센닥의 그림책 《괴물들이 사는 나라》에는 맥스가 특히 좋아하는 대목이 있었다.

괴물들이 말했어요.

"제발 떠나지 마. 떠나면 우리가 너를 잡아먹을 거야. 너를 너무 사랑하니까."

그러자 맥스가 말했어요.

"싫어!"

내 아들 맥스가 괴물들에게 둘러싸여 있었다. 맥스는 간질이라는 괴물에게 말하는 능력과 외부의 자극에 반응하는 방법을 모두 빼앗겼다. 나는 '그러자 맥스가 말했어요.' 까지 읽어주고 나서 한참을 기다렸다. 그 뒤의 말이 맥스의 입에서 나오기를 간절히 기대했지만 허사였다.

맥스가 간질 발작을 처음 일으킨 5월의 그날 아침 이후 두 달이 지났을 때였다. 나는 맥스의 침대 옆에서 모리스 센닥의 그림책을 읽어주고 있었다.

"괴물들이 말했어요. '제발 떠나지 마. 떠나면 우리가 너를 잡아먹을 거야. 너를 너무 사랑하니까.' 그러자 맥스가 말했어요……."

맥스는 여전히 침묵했다. 나는 대답하기를 바라며 맥스를 바라보았지만 역시 아무런 반응이 없었다. 슬픔이 비수가 되어 내 가슴을 찔렀다. 그런 상태로 지낸 지 8주가 되었다. 호스킹 박사가 맥스를 잘 돌봐주고 있었지만, 맥스의 의식과 반응은 여전히 다른 세상에 가있었다.

다시 책을 읽으려는 순간, 기어들어가는 목소리가 들려왔다.

"싫어."

그때를 생각하면 지금도 생생한 감동을 느낀다.

'맥스의 의식이 살아있어!'

여름이 끝나갈 무렵 맥스는 말하는 능력을 되찾았다. 메인 주에서 여름휴가를 보낼 때 딱 한 번 발작을 일으켰을 뿐 그 후로는 무사했다.

맥스에게 언어장애가 있다는 진단은 오진이었음이 밝혀졌다. 맥스는 어휘력이 심하게 부족했고, 말을 할 때 똑같은 말을 여러 번 반복했다. 시간 개념이 없었고, 다른 사람과의 교류가 불가능했다.

나는 런던에서 자폐증 치료에 일가견이 있다는 의사를 찾아냈다. 가이스 병원에서 근무하는 질러언 베어드 박사였다. 베어드 박사는 정신분석치료 전문가인 오리엘 드류 박사와 함께 일했다.

내가 진료실로 들어서자 베어드 박사는 맥스를 두고 갔다가 두 시간 뒤에 다시 오라고 했다.

나는 두 시간 뒤 다시 베어드 박사를 만나러갔다. 맥스는 진료실 한

쪽에서 교육용 자재를 가지고 놀고 있었다.

나를 발견한 베어드 박사는 딱딱한 미소를 지었다. 나는 그 미소를 보자마자 베어드 박사가 말하기 곤란한 문제를 상의하려 한다는 걸 알 수 있었다.

베어드 박사는 나에게 자리에 앉으라고 한 뒤 곧장 이야기를 꺼냈다.

"맥스는 아주 예쁘고 착한 아이입니다."

일단 호의적인 말로 입을 연 베어드 박사는 맥스가 자폐아이며 부족한 어휘력과 발달 장애로 미루어볼 때 어른이 되어도 제한적인 사회생활을 할 수밖에 없을 거라고 말했다.

충분히 예상했던 진단이었음에도 나는 철퇴로 머리를 얻어맞은 것 같은 충격을 느꼈다. 내 아들에게 극심한 장애가 있다는 사실이 드디어 전문가에 의해 공식적으로 확인된 셈이었다.

내가 그때껏 머릿속으로 그려왔던 삶이 뿌리째 흔들릴 수밖에 없는 말이었다. 아니, 맥스가 몸이 마비된 채 침대에 누워 있던 지난 5월 아침부터 이미 내 삶은 뿌리째 흔들려 왔다고 해도 과언이 아니었다.

베어드 박사가 자폐증 진단을 내린 날은 1998년 10월의 토요일 아침이었다. 3개월 뒤, 맥스의 가정교사 팀이 꾸려졌다. 내 주변사람들은 준비기간만도 반 년 이상 걸릴 거라고 말했지만 나는 3개월 만에 모든 준비를 마쳤다. 마침내 '행동분석 응용교육' 전문가인 일곱 명의 교사가 한자리에 모였다. '행동분석 응용교육'은 UCLA대학교의 아이버 로바스 교수가 자폐아를 위해 마련한 획기적인 교육 시스템이었다.

맥스가 자폐증 진단을 받은 직후 일요일에 내 친구 집에서 점심 모임이 있었다. 친구의 아내가 지인 이야기를 꺼냈다. 런던에 살고 있는 캐슬린 야즈박이라는 미국인으로 헤드헌터로 일하면서 자폐증을 가진 두 아들을 키우고 있다고 했다. 그때 들은 이야기를 통해 나는 비로소 아이버 로바스 교수와 행동분석 응용교육에 대해 알게 되었다.

갈지 말지 망설이다가 나갔던 점심 모임에서 우연히 들은 이야기가 맥스의 삶에 일대 전환을 가져오리라고는 아무도 몰랐을 것이다. 그때 일을 생각해 보면 '인생은 우연의 게임' 이라고 말하지 않을 수 없다.

사실 그날 나는 점심모임에 나가지 않을 생각이었다. 아내는 출장 중이었고, 나는 혼자서 맥스와 아멜리아를 돌봐야 했다. 아이들을 데리고 점심을 먹고 나서 영화를 보러 갈 생각이었다. 막 집을 나가려는데 전화벨이 울렸다. 내 친구 프랭크였다. 프랭크는 아이들을 데리고 집으로 와 점심을 같이 먹자고 했다.

결국 나는 아이들을 데리고 프랭크의 집으로 가 점심을 함께 먹게 된 것이었다. 그때 프랭크의 아내 캐롤라인이 나에게 캐슬린 야즈박을 만나보라며 전화번호를 적어 주었다. 이튿날 캐슬린에게 전화를 걸었지만 연결되지 않아 메모를 남겨 두었다. 48시간 뒤, 캐슬린에게서 연락이 왔다.

캐슬린은 똑똑하고 활기찬 30대 중반의 여성이었다. 두 아들의 자폐증과 싸우고 있는 훌륭한 어머니이기도 했다. 캐슬린은 로바스 교수의 교육법이 자폐증에 획기적인 전환점을 마련해줄 거라고 힘주어 말했다. 그런 다음 나에게 로바스 시스템을 통해 자폐아를 교육한다는 교사들의 연락처를 알려주었다.

복잡하고 길고 쉽지 않은 여정이 시작되었다. 나는 12주 동안 정신없이 돌아치며 팀을 만들었고, 1999년 벽두부터 맥스는 마침내 로바스 시스템을 운용하는 교사들의 수업을 받을 수 있게 되었다.

맥스는 여러 명의 각기 다른 교사들로부터 일주일에 44시간 동안 일대일의 교육을 받는 스케줄을 소화해야만 했다. 나는 홈스쿨링 지원금을 받기 위해 갖은 애를 쓴 끝에 마침내 정부로부터 교육비용의 35퍼센트를 지원받을 수 있게 되었다.

공립초등학교 특수반에 로바스 시스템 교사와 함께 맥스를 입학시키기 위해 교육청 담당자를 찾아가 설득하기도 했다. 끝내 공립학교 입학이 거절되고 나서 증세가 경미한 자폐아를 위해 설립한 런던 소재 학교에서 일하는 차트필드 교장을 만나 설득을 시도했다. 지방정부에서 차트필드 학교의 땅을 다른 용도로 활용하기 위해 학교를 폐쇄하려 할 때에 반대모임 시위대에 합류해 함께 투쟁하기도 했다. 차트필드 학교를 살리려는 노력은 끝내 실패로 돌아갔고, 맥스를 중증 장애 아동들을 위해 설립한 학교에 입학시켜야 한다는 결정이 내려졌다.

나는 그때부터 지방교육청을 상대로 싸워야 했다. 그 결과, 경증 자폐증 아동을 위해 설립한 영국사립학교 팔리의 대기자 명단에 맥스의 이름을 넣을 수 있었고, 반년 동안 팔리의 교장을 괴롭힌 끝에 마침내 입학허가를 얻어냈다.

장애인 자녀는 부모와 가족관계에 굴레가 된다고들 한다. 나도 예외가 아니었지만 나와 전처는 맥스를 다른 사람과 다르게 대하지 않았다.

맥스가 어릴 때 음악회와 연극공연에도 데려갔고, 보통 아이들과 똑같은 예의범절을 가르쳤다. 외국을 여행할 때에도 맥스를 꼭 데려갔다. 2005년에 내 50번째 생일을 맞아 오스트레일리아로 한 달 동안 여행을 떠났을 때에도 맥스를 데려갔다.

맥스는 학교 수업이 끝나면 개인교습을 받아야 했다. 일 년 동안 가정교사를 두고, 프랑스어 공부를 하기도 했다. 외국어 공부를 하면 인지력 향상에 도움이 된다는 말을 들었기 때문이다.

맥스는 놀라울 정도로 발전했다. 맥스가 발전하는 동안 나 역시 긴장을 잃지 않기 위해 애쓰다보니 여러 모로 스트레스를 받지 않을 수 없었다.

자폐아를 둔 부모들이 정기적으로 모여 이야기를 나누던 날 내 친구 캐슬린이 말했다.

"자폐아 부모는 늘 불안감을 떠안고 살아야 하죠. 괴로움을 남몰래 삭이며 살아야 할뿐더러 불안하고 괴로운 날들은 시간이 갈수록 더욱 늘어나게 되어 있어요."

더없이 긍정적인 캐슬린의 입에서 그런 말이 나올 정도로 자폐아를 둔 부모는 긴장을 풀고 맘껏 쉴 수 있는 날이 없었다.

그런 가운데 나는 균형을 유지하며 살아가는 가장 좋은 방법은 '일'이라고 믿었다. 맥스의 발전을 위해 그때그때 필요한 부분을 해결하는데 집중했고, 불안과 괴로움은 멀찌감치 밀쳐두었다.

맥스가 간질 증세를 보인 날부터 8개월 동안 나는 죽어라 노력했다. 1999년 1월부터 우리 집은 학교가 되었다. 가정교사 팀의 리더는 폴이라는 청년이었다. 폴은 다른 교사들을 관리하고, 월요일과 화요일 오전에 3시간 동안 맥스를 가르쳤다. 폴은 늘 신념을 갖고 맥스를 대했다. 로바스의 교육시스템은 엄격한 면이 많았다. 폴은 일부러 악역을 맡아 1년 동안 맥스의 한계를 깨기 위해 최선을 다했다. 말 반복하기, 정확하지 않은 시간관념, 독선적인 행동 등등 맥스가 갖고 있는 자폐아의 특징들을 깨기 위해 노력했다.

당시 나는 네 번째 소설 집필에 몰두하고 있었다. 이전 세 편의 소설이 심리적 스릴러였다면 네 번째 소설은 크게 달랐다. 내가 쓰고 있는 소설은 매카시즘의 그림자가 드리워졌던 1950년대 뉴욕을 배경으로 삼은 사랑과 배신 이야기였다. 그 소설이 바로 《행복의 추구》였다. 나에게는 큰 위험이 따르는 모험이었다. 출판사와 미리 계약이 되어 있지도 않아 과연 책으로 출판될 수 있을지 의심스러웠다. 화자가 두 명의 여성이라는 점도 길고 복잡한 소설의 향배를 불확실하게 만들었다.

집이 맥스를 위한 학교로 바뀌기 시작할 때, 나는 네 번째 소설의 초고를 100페이지쯤 써나가고 있었다. 당시 우리 집은 런던 남부 완즈워스에 있는 광장 근처에 있었다. 빅토리아양식의 주택이었고, 꼭대기 층에 내 서재가 있었다. 월요일 아침마다 폴을 위해 문을 열어 주었다. 그 주의 수업이 월요일 아침 8시 30분부터 시작되었다. 나는 폴을 집에 들이고 맥스에게 키스하고 나서 서재로 올라가 소설 집필에 매진했다. 아침 9시면 맥스가 아래층에서 소리를 질렀다. 맥스가 자기중심적인 행동을 교정해주기 위해 애쓰는 폴에게 맞서 고함을 지르는 것이었다. 처음 교육을 시작할 때에는 위층으로 달려와 소리를 지르며 내 서재 방문을 쾅쾅 두드리기도 했다. 나는 폴의 조언에 따라 절대로 문을 열어 주지 않았다. 엄격한 교육을 이겨내지 못하고 고통스런 비명을 지르는 아들의 목소리를 듣고 있으려니 정말이지 고통스럽기 짝이 없었다.

나는 그 혼란스런 와중에도 어떻게든 소설을 써나갔다. 폴뿐만 아니라 다른 교사들도 맥스가 유난히 까다로운 성격이라고 말했다. 맥스의 거친 모습도 마침내 교사들의 노력에 굴복했다. 봄이 되면서 맥스의 고함소리는 어디론가 사라졌다. 같은 말을 반복하는 습관도 사라졌다. 주말을 책임지고 있는 교사 키에런이 말했다.

"맥스가 못 해낸다면(자폐증의 여러 특징을 이겨내지 못하면) 아무도 해낼 수 없을 거예요."

그렇게 말한 키에런도 맥스를 가르치느라 식은땀을 흘려야 했다. 카트리나도 마찬가지였다. 카트리나는 여러 교사들을 직접 섭외해 팀을 꾸린 주인공이었다. 맥스가 학교에 다닐 때에 그림자처럼 곁을 지켜준 사람이기도 했다. 카트리나는 대단히 헌신적인데다 신념이 강한 사람이었다. 당시 20대였던 교사들 모두가 맥스를 위해 열심히 애써 주었다.

'이 상실의 잔치를 마음은 어찌 감수할까?'

10년 뒤, 퀘벡에 있는 일식당에 앉아 있을 때 지난 일들이 파노라마처럼 머릿속을 스쳐지나갔다. 맥스는 팔리칼리지에 들어갔다. 팔리칼리지는 정부에서 운영하는 기숙학교로 한 해 정원이 50명이었다. 팔리칼리지를 나오면 고등학교 졸업자격이 주어졌다.

지나간 과거를 회상할 때마다 번개처럼 여러 이미지들이 머릿속을 스쳐지나간다. 맥스가 아래층에서 소리를 지르던 1999년 1월 말의 아침, 집에서는 홈스쿨링이 이루어지고 있었고, 나는 소설을 써야 했다. 아내는 베를린영화제에 참석하기 위해 독일로 떠날 예정이었다. 나는 잠시 그 모든 일로부터 벗어나 잠시 쉬지 않으면 버틸 수 없을 것 같았다. 열흘만 어디론가 사라지고 싶었다.

나는 어디로 갔을까?

퀘백. 다시 와 있는 이곳.

퀘백의 일식당에서 사케를 마시고 있을 때 또 다른 기억이 떠올랐다.

1999년 1월 말, 당시 나는 크로스컨트리스키를 막 배우기 시작했다. 세인트앤 산의 초보자 코스에서 첫 강습을 받고 돌아온 나는 호텔주차장에 차를 세우고 쏟아지는 눈 속으로 코코아를 마시러 갔다. 그러다가 갑자기 아무런 이유도 없이 큰 슬픔에 휩싸였다. 왜 그리 눈물이 쏟아지는지도 모르면서 한동안 펑펑 울었다.

나도 모르게 퀘벡 대성당에 들어와 있었다. 마음을 진정시키려 애쓰면서 뒤쪽 의자에 조용히 앉았다. 마침 오후 미사 시간이었다. 신부가 아뉴스데이를 프랑스어로 읊고 있었다. 나는 아뉴스데이를 라틴어로도 암기하고 있었다. 특히 마지막 두 연은 더욱 확실하게 기억하고 있었다.

하나님의 어린양, 세상의 죄를 없애시는 주님, 자비를 베푸소서.
하나님의 어린양, 세상의 죄를 없애시는 주님, 평화를 주소서.

불가지론을 믿는 내가 그 순간 그 기도문에서 위안을 얻었을까? 아니면 '믿음' 이라는 신비가 아니면 해석할 길이 없는 신의 침묵에 감동했을까?

나는 퀘벡 거리에서 갑자기 눈물을 왈칵 쏟게 되었는지 알 수 있을 듯했다. 몇 달 동안 슬픔과 괴로움을 일단 저 멀리 밀쳐두고 어떻게든 그 일을 해결해 나가는데 집중했다. 결국 오래도록 억누르고 있던 슬픔과 괴로움이 한꺼번에 폭발한 것이다. 너무 오래 억눌러온 슬픔이었다.

'하나님의 어린양, 세상의 죄를 없애시는 주님, 평화를 주소서.'

평화를 주소서?

신의 침묵이 아니라 인간 존재의 중심에 있는 침묵. 백지 같은 하늘을 올려다보며 '왜 제가?' 하는 질문을 던지는 순간이 이 세상에서 얼마나 많을까? 그리고 그 질문에 대해 돌아오는 답변은…….

침묵. 그 침묵은 그 나름대로 또 다른 관문이었다. 자기 자신과 자신이 가장 사랑하는 사람들에게 닥친 온갖 불행의 이유와 해결책을 스스로 쓸 수 있는(혹은 쓸 수 없는) 백지로 가는 관문…….

'세상의 죄를 없애시는 주님, 하나님의 어린양에게 자비를 베푸소서.'

나는 성당에 앉아 신의 자비를 구하고 있지는 않았다. 내 슬픔에서 벗어나기를 바라지도 않았다. 나는 단 한순간도 '맥스가 정상이었다면 얼마나 좋을까?' 하는 생각을 하지 않았다. 맥스는 있는 그대로 내 아들일 뿐이었다. 맥스가 다른 모습이기를 원하지 않았다. 내 슬픔은 맥스에게 닥친 불행에 뿌리를 두고 있었다. 아직 어린 나이에 찾아온 크나큰 시련, 나는 맥스가 여동생 아멜리아에게 어떤 영향을 미치게 될지 잘 알고 있었다.

나는 맥스 때문에 우리 가족 모두가 힘들어지게 내버려두지 않겠다고 다짐했다. 로바스 교수법으로 홈스쿨링을 시작한 건 그 첫걸음이었다. 앞으로도 얼마나 지난한 싸움을 벌여야 할지 잘 알고 있었다. 자폐증과 싸워야 하고, 정부와 교육청을 상대로 싸워야 하고, 맥스의 장래가 극히 제한적일 것이라고 말하는 사람들과 싸워야 할 것이다. 때로는 그런 사람들을 설득하고, 손을 내밀어야 했다. 나는 그런 일에 기꺼이 뛰어들 각오가 되어 있었다. 내 아이들을 위해서라면 그 어떤 어려운 일에도 기꺼이 뛰어들어 반드시 이겨낼 각오가 되어 있었다.

퀘벡 대성당에 앉아 위안을 찾고 있을 때 내 가까이에 60대 여자가 앉아 있었다. 왜소한 몸에 창백한 얼굴을 한 그녀는 묵주를 손에 쥐고 무릎을 꿇고 있었다. 언뜻 보기에는 기도를 하는 것 같았지만 자세히 보니 계속 뭔가 중얼거리고 있었다.

'오 크나큰 신비여.'

60대 여자는 마치 주문인 양 그 구절을 백 번쯤 되풀이했다. 그 순간, 내 안의 소설가적 기질이 그 여자가 왜 그런 주문을 외우는지에 대한 배경을 알아보고 싶어 했다.

그녀는 크리스마스 미사곡의 첫 구절을 되풀이하고 있었을까?

크리스마스는 벌써 한 달 전에 지나갔음에도 여자는 신경 쓰지 않는 것 같았다. 되풀이하여 들리는 '오, 크나큰 신비여'라는 말은 기묘하게 슬픈 힘이 있어 나는 그 말에 온통 정신을 빼앗겼다. 그 말은 이후로도 한동안 내 머릿속을 떠나지 않았다.

몇 분 뒤, 나는 성당을 나와 방금 내린 눈으로 덮인 퀘벡 거리를 걸었다. 그 겨울 풍경의 아름다움은 이제 내가 되풀이하여 속삭이고 있는 말 '오, 크나큰 신비여' 때문에 더욱 증폭되었다. 내가 신과 대화를 나누게 되었다는 게 아니고, 그것과는 조금 다른 생각이 머릿속을 채웠다.

이 모든 일의 신비를 받아들여. 딱히 의미를 찾지 마. 당위를 요구하지 마. '왜 내가?'라고 묻지 마. 일어난 일은 일어난 일이야. 신비에 싸인 수수께끼가 있을 뿐이야. 우리는 뭐든 이해하려 하지만, 결코 이해하지 못해. 과거에도 이해할 수 없었고, 지금도 이해할 수 없으며, 앞으로도 이해하지 못해.

10년 뒤, 다른 문제로 위기의 한가운데에 몰렸을 때 내가 '일주일 동안 크로스컨트리스키를 타면서 유산소운동을 하면 우울을 씻어낼 수 있지 않을까?' 하는 생각으로 또다시 퀘벡을 찾아왔다는 건 그야말로 이상한 일이었다. 그러다가 결국 내 자신을 죽음의 벼랑 끝으로 밀어 넣으려 하지 않았던가?

나도 모르게 되돌아온 게 아닐까? 내가 깨달음을 얻은 곳을 무의식

중에 되찾은 게 아닐까? 어떤 일이 벌어지기 시작한 초기에 우리에게 주어지는 선택을 제외하고, 우리의 인생에서 스스로 제어할 수 있는 부분은 아주 적다는 사실을 비로소 깨닫고 받아들이기 시작한 그곳으로 돌아온 게 아닐까? 우리는 그 초기의 선택을 '운명'이라고 부르는 게 아닐까?

나는 그때 삶을 선택했다.

그리고 지금은?

지금은…….

"몸이 굳어지게 하면 안 돼요!"

뤽의 목소리가 들려왔다. 이튿날 스케이트장이었다. 그제야 정신을 차려 보니, 내 몸이 딱딱하게 긴장되어 있었다. 앞으로 나아가려는 스케이트 날을 내 몸이 방해하고 있었다. 뤽이 못마땅한 표정을 지으며 소리쳤다.

"더 잘할 수 있어요. 몸의 균형을 잡고, 얼음을 지쳐요. 몸의 균형을 잡으려면 무릎을 굽혀야 해요."

나는 무릎을 굽히고, 다리를 앞쪽으로 내밀었다. 여전히 자세는 어색했지만 이제 나는 스케이트를 잘 타기 위한 테크닉의 기본을 마스터했다. 결국 나는 힘들이지 않고 앞으로 나아갈 수 있었다. 아니, 갑자기 우아한 자세로 스케이트장을 돌기 시작했다는 말은 아니다. 그나마 나를 가로막고 있던 장벽이 조금은 허물어졌다는 말일 따름이다. 다음 순간 나는 정말로 얼음을 지치기 시작했다.

나는 링크를 계속 돌고 또 돌았다. 뤽은 여전히 크게 소리치며 내 자세에 대해 지적했다. 그러다가 결국 말했다.

"이제 제대로 알아차렸군요. 계속 그렇게 하세요."

나는 생각했다.

'계속 달리지 않으면 내가 달리 뭘 할 수 있을까?'

시간이 흐르고 나서 그때 그 순간 즉, 내가 균형을 잡을 수 있게 된 순간을 떠올리며 혼자 생각에 잠기곤 한다.

'인생에는 힘든 길도 있다는 사실을 인정하지 않으려 하기에 우리 스스로 무덤을 파는 게 아닐까?'

특별한 일, 즐거운 일, 평범한 일 속에서 우리는 목전에 임박한 비극과 부조리한 운명을 헤치고 넘어서야 한다. 우리는 돌고 또 돌고 또 돌며 앞으로 나아가야 한다. 어지럽고 어렵고 어마어마한 신비를 껴안기 위해 우리는 균형을 잃지 말아야 한다.

나는 멋진 자세는 아닐지언정 비교적 무난하게 스케이트 링크를 돌고 있었다. 둥그런 원은 최종 목적지도, 미래도, 종착지도 없다. 하지만 몇 달 만에 처음으로 나는 미래를 생각하지 않고 있었다. 그저 얼음 위를 미끄러지며 지나가고 있었다.

내가 아무리 알고 싶어도 내 앞에 펼쳐질 미래를 알 수는 없지 않은가?

그로부터 3개월 뒤 이혼법정에 서게 되리란 것도, 그 결과 몇 주 뒤에 이혼이 결정되리란 것도, 몇 년 만에 처음으로 홀가분한 기분으로 이혼서류에 서명하게 되리라는 것도, 스케이트장에 있던 내가 어찌 알 수 있었겠는가?

2012년 여름 음악공연에서 내 딸 아멜리아가 무대에 오르리란 걸 어찌 알았겠는가? 아멜리아가 그 소중한 경험을 통해 배우가 되겠다는 꿈을 이룰 수 있으리라는 자신감을 갖게 되리란 걸 어찌 알았겠는가?

2007년에 만났다가 그 뒤로는 줄곧 연락이 없던 여자가 다시 내 삶에 나타나게 되리란 걸 어찌 알았으며, 그녀와 결혼해 난생처음 다른 사람과 함께 행복할 수 있음을 깨닫게 되리란 걸 어찌 알았겠는가?

한때 어른이 되어도 정상적인 사회생활을 하게 될 희망이 없다는 말을 들었던 맥스가 2012년에 다섯 개 대학에서 입학 허가를 받게 되리란 걸 어찌 알았으며, 현재 미국의 일류미술대학 2학년생이 되어 있으리란 걸 어찌 알았겠는가?

그 음울한 1월에 퀘벡의 스케이트장에서 내가 알고 있던 것이라고는 '얼음 위에서 몸의 균형을 잡고 서 있어야 한다.' 는 것뿐이었다. 몸이 딱딱하게 굳어 있으면 안 되었다. 곧 넘어질지도 모른다고 의심해서도 안 되었다. 물론 의심은 살아가면서 균형을 유지하는 데에 필수적인 요소다. 인간은 의심한다. 고로, 살아 있다.

가장 커다란 '의심' 은 자기 자신에 대해 품는 의심이다. 우리는 어떻게 하면 자기 자신에 대한 의심을 잘 다스려 '내일에는 내일의 해가 뜬다.' 는 낙관주의를 지켜갈 수 있을까?

바로 그게 우리에게 주어진 인생의 숙제가 아닐까?

사는 동안 우리는 돌고 또 돌며 앞으로 나아가야 한다. 머지않아 다시 어둠이 찾아오겠지만 그럴 때마다 퀘벡에서 내게 스케이트를 가르쳐주며 희망을 포기하지 않고 얼음 위에 서 있게 해준 뤽의 말을 떠올릴 것이다.

나의 세계관으로 받아들일 수도 있는 말, 혹은 내 자신이 짊어져야 할 무거운 짐들을 그다지 절망적이지 않은 시각으로 바라볼 수 있게 하는 말, 내 앞에 놓인 삶의 여러 가지 복잡한 질문들, 답을 얻을 수 없는 질문들, 눈앞에 펼쳐진 길이 어둡고 질척하게 보일 때, 모든 것이 불가능해 보일 만큼 힘들 때, 더더욱 답이 보이지 않는 질문들, 그런 질문들에 두루 대응할 수 있는 말, 이제 나에게 과연 어떤 가능성이 남아 있겠는가? 하며 절망감에 빠졌을 때, 우리 모두가 관성에 따라 어떻게든 그저 앞으로 나아갈 수밖에 없다고 느낄 때, 내 자신을 추스르며 해주어야 하는 말, 그것은 바로 '굳어지지 말 것, 무릎을 굽히고 균형을 잡을 것, 어떻게든 앞으로 나아가려고 애써 볼 것.' 이다.

〈끝〉

옮긴이의 말

인생의 덫은 모두 우리 스스로 놓은 것일까?

살아가면서 우리는 크고 작은 절망과 불행에 맞닥뜨린다. 절망의 우물 밑바닥에서 위를 올려다보면 우물 입구는 까마득히 멀기만 하고 거기서 들어오는 빛은 형편없이 가늘고 흐릿하기만 하다. 이 우물을 기어올라서 저 파란 하늘이 보이는 바깥으로 나갈 수 있을까? 그럴 수는 없을 것 같다. 절망의 우물에서 빠져나오기란 불가능할 것 같다. 그리고 선택한다. 이 우물 속에서 그냥 살아가거나 우물 밑바닥에 난 더 깊은 구멍으로 내려가거나…….

더글라스 케네디는 이런 인생의 절망과 절망 속의 선택과 그 선택의 결과들을 이야기한다. 《빅 픽처》부터 더글라스 케네디는 꾸준히 '인생의 선택'을 이야기해 왔다. 주인공이 여성이든 남성이든, 스릴러

형식을 통해서든 연애소설의 형식을 통해서든 이야기의 중심에는 '선택' 과 '결과' 가 있다. 그리고 어떤 불행한 결과나 갈등이나 모두 인물 스스로가 놓은 덫에 자신이 걸려든 결과임을 강조해 왔다.

더글라스 케네디는 그것이 자기 작품들의 중심임을 이 에세이에서 자신의 입으로 확인시키고 있다. 케네디는 묻는다. '인생의 덫은 모두 우리 스스로 놓은 것일까?' 그렇다. 우리는 마음속 깊은 곳에서는 그 선택이 잘못된 것임을 느끼면서도, 환경이나 상황을 핑계 삼으며 더 쉬운 길을 선택한다. 잘못된 선택으로 인해 더 심한 절망의 구렁텅이에 빠졌을 때, 우리는 그 원인을 자기 자신에게서 찾기보다 다른 곳에서 찾으며 다른 사람이나 환경을 탓하고 원망하며 거기에 미움을 쏟는다. '내 불행의 시나리오는 스스로가 지어내는 것' 이다.

그런 원망과 미움으로 자신의 삶을 갉아먹으며 더욱더 깊은 불행에 빠지지 않으려면 어떻게 해야 하나. 케네디는 '용서' 를 말한다. 그러나 그 용서란, 나에게 피해를 주거나 불행을 안긴 사람을 무작정 이해하고 그 피해를 잊어버리라는 것이 아니다. 케네디는 말한다. "용서에서 필요한 점은 '우리가 과연 남아 있는 상처를 안고 적응하며 살아갈 방법을 찾아갈 수 있는가?' 를 스스로에게 묻는 것이다."

이런 이야기들이 이 책에 녹아 있지만, 그렇다고 해서 딱딱한 도덕 교과서처럼 '이렇게 살아라.' 하고 말하는 책은 아니다. 오히려 소설을 읽듯 흥미진진하게 읽으며 책장을 넘기게 된다. 그런 재미는 무엇보다, '진솔한 삶' 의 이야기들에서 온다. 작가 자신의 삶, 아버지와 어머니, 어린 시절, 아들의 이야기가 생생하게 그려진다. 작가 자신의 이야기뿐 아니다. 불행한 결혼 생활에서 벗어나지 못하는 친구, 우울증으로 자살한 스승, 스캔들로 자신의 재능을 썩히는 작가 등등 여러 실존 인물들의 삶이 책 속에 펼쳐진다. 실제 인물들의 삶과 함께 여러 소설과 문학 작품, 작가들의 이야기도 책을 읽는 재미를 더한다. 더글라스 케네디의 팬이라면, 작가가 자신의 소설과 삶에 영향을 준 작품이라고 밝힌 책들을 찾아서 읽는 재미도 맛볼 수 있을 것이다.

조동섭